Ronso Kaigai
MYSTERY
242

サーカス・クイーンの死

Anthony Abbot
About the Murder
of the Circus Queen

アンソニー・アボット
熊木信太郎［訳］

論創社

About the Murder of the Circus Queen
1932
by Anthony Abbot

目次

主要登場人物

サッチャー・コルト……………ニューヨーク市警察本部長
アンソニー（トニー）・アボット……コルトの秘書、本書の語り手
マール・ドアティ…………………地区検事長、コルトの旧友
ジョシー・ラトゥール……………サーカス団の花形スター
フランドリン………………………ジョシーの夫、サーカス団のアクロバット
ロビンソン大佐……………………サーカス団長
セバスチャン………………………サーカス団メンバー
ケブリア……………………………ウバンギ族の呪術師
イザベル・チャント………………ジョシーづきのメイド
マールブルク・ラヴェル…………銀行家、サーカス団のスポンサー
グミンダー教授……………………アフリカ系言語の専門家
ルックナー教授……………………コルトに協力する老科学者
マルトゥーラー医師………………次席検死官

サーカス・クイーンの死

前書き
古典的なニューヨークの殺人劇

ニューヨーク市警本部長だったサッチャー・コルト氏が在職中に捜査した犯罪のうち、最も奇怪なものを挙げろと言われれば、数年前のサーカス公演の初日に起きた奇妙な殺人事件を躊躇なく選ぶだろう。それはコルトが捜査した最も奇怪な事件だっただけでなく、最も魅惑的かつ邪悪な事件でもあった。この事件では、昔の探偵の金言が二重の正当性を与えられたのである。警察署ではこう言われている。「犯罪を理解するにはその背景を知らなければならない」しかし、入念に計算されたこの殺人事件において、理解すべき背景は二つあり、一般市民や警官たちが知らない世界も二つあった――知られることのない、未知の奇妙な領域。そのため、コルトが経験した他のどの犯罪にもなかった執拗な謎が、マディソン・スクエア・ガーデンで発生したこの古典的犯罪には存在していたのである。

新旧二つのマディソン・スクエア・ガーデンがあり、そのそれぞれで殺人が行なわれた。だが、両者のあいだには二十五年あまりの歳月しか横たわっていない。両者の差異が大さいために、殺人事件の研究者にとって第一の犯行は些細なものに、第二の犯行は極めて興味深いものとなった。マディソン・アヴェニューと二十六番街の角に立つ古い建物の屋上で発生したスタンフォード・ホワイトの射殺事件は、軽率かつ乱雑な犯行であり、好事家にとっては一瞥するだけの価値しかなかった。

一方、八番街ウエストに接し、四十九番通りと五十番通りに挟まれた新しいマディソン・スクエア・ガーデンで起きた殺人は、それと別種の犯行、真に入念な殺人、そして極めて危険な犯罪者による事件だった。一見したところ感情に左右されず、危険なまでの完全性という点で機械のような頭脳を持つこの人物は、入念に計画したうえで比類なきまでに巧みな罠を仕掛けた。血に飢えた行動の一つ一つが、何気ない偶然、無邪気な誠実さで覆い隠されたのである。すべてが隅々まで入念に計画されていたので、何一つ計画されたようには見えなかった。振り返ってみれば、犯行手段が突き止められたことも、犯人が名指しされたことも驚きのように思える。この謎に満ちた事件がかくも短期間で解決に至ったのは、ひとえにサッチャー・コルト本部長の忍耐、勤勉、そして粘り強さの賜物である。彼が犯行現場に居合わせた事実こそ、悪魔的な犯行を狂わせたのだ。

しかし、人間による悪事のスペシャリストであるコルトにしても、最後に突き止めた独特かつ冷血な動機への準備はできていなかった。科学万能の時代において、時代遅れの殺人犯はずっと以前に、近代的かつ難解な技術を有する犯罪者に道を譲っていた。だが、サッチャー・コルトがそれまで耳にした殺人犯の誰一人として、現実的な利己心、あるいは計画を実行に移す技能と勇気において、この怪物を超える者はいなかった。

私は事実を装飾することなく提示しようと試みた。この事件で我々とともに働いた人間の中には、夜ベッドに入ることを恐れる者もいる――暗黒時代の黒魔術師が権力と闘っているかのようなあの数時間を思い出し、いまだ身体を震わせる筋金入りの警察官がいるのだ。これからご覧になるように、我々は一晩にわたって恐怖を存分に味わったのである。

アンソニー・アボット

第一章　奇妙な予感

十三日の金曜日。

先ほどからずっと、四月の雨が本部長オフィスの窓を叩きつけている。ニューヨーク市警の古い本部庁舎はセンター・ストリートに建っていて、本部長オフィスがある二〇〇号室は二階の北端に位置している。そしていま、暗い色合いをした板張りの室内は、春の土砂降りによって早くも薄暮に包まれていた。緑のかさをつけたランプが、机上に白い光の輪を作る。サッチャー・コルト本部長は背を丸めながら、市長に提出する年次報告書の校正刷りに集中していた。

三時三十分ごろ、ドアをノックする音が聞こえた。本部長オフィスを担当するイスラエル・ヘンリー警部――現在は警視正――が姿を見せ、金文字が浮き彫りになった名刺をわたしに手渡す。そこにはこう記されていた。

「カーネル・トッド・ロビンソン。『ロビンソン・ブラザーズ・アンド・ドーソン・アンド・ウッドラフ合同サーカス団――地上最大のショー』オーナー兼団長」

その仰々しい名刺をサッチャー・コルトの前に置くと、暗く陰気な瞳に喜びの光が走った。

「トッド・ロビンソン！　今夜、マディソン・スクエア・ガーデンでショーの初日なんだ。すぐにお通ししろ！」

そして、出し抜けにくすくす笑いながら、本部長は校正刷りを脇によけた。コルトのサーカス好きは、もちろんわたしも知っている。「パトロール警官友愛組合」一座は別格として、お気に入りは「サーカス・ファンズ」。ホテル・ルーズベルトのダイニングルームを借り切って行なわれるニューヨーク支部の月例昼食会にも、都合が合えば必ず出かける。テント状に仕立てられたそのダイニングルームはポスターや飾り、それにつまらない美術品で埋め尽くされ、床には芝生が敷かれる一方、テーブルは紅白のチェック柄のリネンで覆われており、ダイニング・テントを思い出させるようになっていた。

　本部長が嬉しげな笑みを浮かべていると、八角形の応接室に続くドアから、かの有名なサーカス団長が姿を見せた。背が高く、程よく日焼けした顔に銀髪という外見のトッド・ロビンソン大佐（カーネル）は、なめし皮の色をした退役軍人といった表現がふさわしく、洪水や火事、泥やぬかるみ、パニック、強風による倒木、そして高価な動物の死など、普通なら「神の行ない」と呼ばれるような、ありとあらゆる厄災にも平気だった。象の調教から照明機材の修理まで、「ショーのなか」ならなんでもできるこのサーカス団長は、顔一面に笑みを浮かべてコルトと握手し、机の端に腰を下ろしてから、嚙み煙草を嚙み切った。

「チーフ、どうも参ったよ。助けてほしい」

　コルトは特製の煙草をアルジェリア製のパイプにぎっしり詰め込んだ。

「よろこんで、大佐。で、どういうことです」

「聞いてくれるか」

「ええ、どうぞ」

ロビンソン大佐はまず、マディソン・スクエア・ガーデンで興行を行なう経緯を話した。その年、「リングリング・ブラザーズ・アンド・バーナム・アンド・ベイリー」一座はヨーロッパを旅していた。呼び物となるショーがない状況は、大手の独立系サーカス団で最後尾にあったロビンソン大佐の目に、またとないチャンスと映った。そこで新しい動物を買って調教し、豪勢な金箔塗りのワゴン、それに新しい制服とコスチュームを購入して、大規模ショーの契約にこぎ着けたのである。

「だが、コルトさん」サーカス団長は話を続けた。「そこからおかしな出来事が次々と起こり始めたんだ」

「なんです、おかしな出来事とは」

「いや、わたしのささやかな西部劇で奇妙な不正が行なわれている、と言うべきか」ロビンソンは訂正した。「単なる偶然ではない出来事だ。思うに、むしろ警察の問題じゃないかと思う。最初は悪い偶然が重なっているだけだと考えた。ショーが始まってもいないのに南部で事故が三件起きて、三人死んだ。だが、それで終わらなかった。冬の拠点としていたジョージアを離れるとすぐ、また別の事件が起こりだした。まずはリッチモンドで列車事故に遭い、山車(だし)が二台、ばらばらに壊れてしまった。次に、観覧席を積んだ平底船が炎上した。象たちも病気に襲われる。雄の象のうち三頭を除いた全部が、奇妙な病気にかかったんだよ。そしてワシントンからニューヨークに向かう五時間のあいだに、我々が誇る「スピットファイア」というライオンが、消化不良で死んでしまった。だが、それでもまだ足りないのか、ペンシルベニア駅に着いてすぐ、これも貴重な見せ物だった、調教済みのラバが檻から出る途中に脚を折ってしまい、銃で安楽死させざるを得なくなった。言っておくが、いま言った事故はどれも、我々にとって大きな損失だ」

しかし、コルトはわずかに表情を変えたに過ぎなかった。

「これらの不運が悪意によるものとは考えていないでしょうね」

トッド・ロビンソン大佐は節くれだった手で銀髪をとかすと、苦悩の光を両眼に浮かべた。

「実は、それだけじゃない」と、言い訳がましく続ける。「それからあとの出来事を聞いてほしい。わたしのスターたちに脅迫状が届いたんだ」

「脅迫状？」

「そこには、ニューヨーク公演では自慢のパフォーマンスをするなと書かれていた。逆らうなら命はない、と！」

サッチャー・コルトの整った顔に浮かぶ、憂慮の色が消えた。再び椅子にもたれ、リラックスした穏やかな表情でつぶやく。

「で、あなたは新聞記者にこう言うのでしょう、スターたちは恐るべき脅迫を受けたが、何があろうと必ず姿を見せる――」

「皮肉はよしてくれよ、チーフ――広報係のでっち上げなんかじゃ――」

それを遮るようにコルトが尋ねる。

「で、脅迫されたスターたちの名は」

ロビンソンがそれらの名前をたちどころに暗唱したので、わたしはそれを書き留めた。

「若いブランコ乗りのフランドリンと、その妻ラトゥール――」

「あのジョシー・ラトゥールか」

「そう。身びいきで言うのじゃなく、彼女はサーカス界最高のパフォーマーであり――そのギャラはサーカス史上最高額だ」

「他には」

「シニョール・セバスチャン、『空中の王様』と呼ばれている――まあ、これもそのとおりだ。そして綱渡りの一人、ムリヨ。脅迫状が届いたのはそれだけだと思う」

そう言って大柄な興行主は立ち上がり、しばらく躊躇してからおずおずと付け加えた。

「いやなことが他にもあってね。今日は十三日の金曜日――わたしのパフォーマーたちは誰も出演したくないと言うんだ。わたしだってこんな日にショーを行なうなどまっぴらごめんだが、仕方がない。わたしのスポンサー――マールブルク・ラヴェルという百万長者はご存知でしょうな――そのラヴェル氏が、公演開始の遅れに苛立っているんだ。我々の必要経費は一日あたり一万五千ドル。すでに巨大な損失が出ていて、ラヴェル氏としてはすっかり腹を立て、もう金は出さないと脅している。なので今日がどんな日であれ、ショーを中止するわけにはいかない。もちろん」そこで口調がいささかむきになる。「我々のショーは巨額の金を生み出す。いつだって、すぐれたパフォーマンスを見せるからだ――あの奇妙な事故さえなければ、だが」

そう言って絹のハンカチで鼻をかみ、人なつっこい笑みを浮かべた。

「この商売はいやなことばかりでね。こんなのは日常茶飯事といっていい。ですがね、チーフ――人が突然三人も死ぬなんて！　自然死だったとはいまでも思えない――あの脅迫状がなかったとしても。どうしてこんなことに巻き込まれたのか、まったく見当がつかない。わたしはしばらく前に相当の金を相続したので、いつ引退してもいい。ギャングや詐欺師とは関係を絶ったし、いまはまったくのファミリービジネスだ。しかし、正直に生きた結果わたしはどうなったか。苦悩の種が増えただけだ！

詐欺師といれば悪運がつかないと昔の人は言っていたが、これも公平に考えれば、老人のたわごとにも一理ある、というところだろうな」

コルトは立ち上がり、礼儀正しく笑みを浮かべた。

「部下に命じて、この件を調べさせますよ」

「だが、チーフ——わたしとしてはあんたが直接——」

コルトがロビンソンの懇願を断るより早くドアがひらき、ヘンリー警部が顔をのぞかせた。

「申し訳ありません、本部長。マディソン・スクエア・ガーデンで事故がありまして——ロビンソン大佐を電話に出してほしいとのことです」

一瞬、不安げな沈黙が室内を包んだ。

「ここにつないでくれ」

サッチャー・コルトがそう命じるや否や、サーカス団長は受話器をつかみ、相手の声に耳を傾けた。受話器から聞こえるのは甲高い声で、悪い知らせを途切れ途切れに伝えていた。やがてロビンソン大佐の大きな手が受話器を置いた。先ほど見た人なつっこさは、顔からすっかり消えていた。

「舞台主任が高所にワイヤーを張ろうとして、足場から落ちた——死んだそうだ」

一瞬間を置いたあと、呻くように付け加える。

「すぐに行ったほうがよさそうだ」

コルトはパイプの灰を落としながら、目を細めた。その眼差しは真剣そのものだった。

「お望みどおり、わたしが捜査を担当しましょう。今夜七時、ガーデンのロビーでお待ちしています。そのとき、脅迫状を受け取った人たちを連れてきていただきたい」

「ありがとう、チーフ」ロビンソン大佐は呟くようにそう言うと、本部長と力なく握手をし、茫然自失の様子でその場を立ち去った。

「ロビンソンの事件は、決して珍しいものじゃない」室内が我々だけになったあと、コルトが言った。

「と言うことは、あの脅迫状を真剣に受け取っているのですか」わたしは思わず声をあげた。「あの人がなんと言おうと、広報係のでっち上げだと思いますがね」

するとサッチャー・コルトは立ち上がり、帽子と手袋、そしてステッキを手にした。

「わたしは脅迫状を真剣に受け止めている。一般的にこうした事件の場合、脅迫状を受け取った人間の一人が、全員の脅迫状を書いた犯人なんだよ」

「ですが、人を殺そうというのに、なぜ警告なんかするんです」

「犯罪者の虚栄心というやつさ。自分では制御できない衝動のせいで、頭の切れる殺人者が一人なら ず破滅に至っている。自分を誇示する誘惑に逆らえなかったのさ。今夜、それら脅迫状の書き手が見つかるはずなのも、そのためだ」

「筆跡を比較するんですか」

「まさか。人間の行動に対する優れた観察眼の持ち主は、恐るべき妄想に取り憑かれた者を必ず見破る、というのがわたしの信念だ。だから、脅迫状を受け取った人たちを観察し、そこから犯人を見破って、立証できればいいと考えている」

「ショーがひらく前にですか。それは大変ですよ」

「確かに、捜査能力が試されるな」そう口にするコルトの表情はいくぶん晴れていた。「仮定に過ぎない未知の犯人が実在するとして、すぐに逮捕できなければ、別の犯罪に手を染めるのは間違いない……今夜、先約はあるかね」

「ええ、ベティーと」

「ならば、奥さんも連れてきてくれ。もうしばらく会っていないからな。たまには仕事に楽しみを持ち込むのもいいじゃないか」

時刻は四時十五分。本部長はいまから十五分後、シティーホールで行なわれる特別集会に出席しなければならない。市長も壇上に立ち、殉職した九人を含む十二人の警察官に、その勇気ある行動を讃えてメダルを授与することになっていた。ちなみに殉職者のメダルを受け取るのはその未亡人や母親である。

「ドアティ地区検事長に連絡して、一緒の車で行こうと伝えてくれ」本部長はそう指示しながら、机に置かれたペルシャ製の涙滴型の花瓶からくちなしの花を抜き取った。そして、その白い花びらを注意深く襟の折り返しに差し込んでから、さらに指示を出した。

「フリン警視を呼んで、ロビンソン大佐から聞いた過去の事故をすべて調べさせるんだ。ワシントン郊外で起きた列車事故について鉄道当局は何を発見したか、そしてラバの事故はどういう経緯だったのか、突き止めるよう伝えてくれ。またマールブルク・ラヴェル氏の警察ファイルも調べてもらいたい。一連の事故のせいで大きな損失を被っているはずだ。もちろん、ガーデンで起きた舞台主任の事故死については、二、三人の優秀な部下が必要になるだろう。サーカス関係者についてなんらかの情報を得られれば、なお結構。ついでに言っておくが、ベティーは一人で帰宅することになるから、あらかじめそう伝えておいてくれ。あと、リボルバーの準備を忘れないように」

警察本部長はそう言ってドアを閉じた。

第二章　もっとも危険な敵

あと数分で午後七時というころ、ベティーとわたしは喧騒渦巻くマディソン・スクエア・ガーデンのロビーに着いた。ちょうど入口の扉がひらかれたところで、いくつかあるチケット売り場の窓口へと男女が列をなしてゆっくり進み、呼び込み係、キャンディー売り、ポップコーン売りの大声が夜の闇に響き渡っている。大衆の安全を確保するため、サッチャー・コルト本部長は大ロビーのほか、一般客用の出入口六ヵ所と関係者用の出入口五ヵ所にも、特別警官隊を配置していた。しかし、期待に顔を輝かせながらテラゾー張りの床を埋め尽くす群衆にとって、これらの制服警官は交通誘導員とほとんど変わりなかった。本当の任務は、各地の捜査管区や技術班に所属する千八百人の職員から厳選された、少数の私服警官に割り当てられている。群衆が回転式ゲートを通るなか、これら鋭い目つきをした法の番人たちは次々と通り過ぎる無数の顔を追い、自らの記憶にある犯罪容疑者の写真ファイルと突き合わせていた。

先頭を進む観客の一団のなかから、わたしはすぐにマール・K・ドアティ地区検事長の丸々肥えた顔を見つけた。左右の手は、まだ歯の生えそろわない小さな男の子たちの手を握っており、我々の犯罪法廷に君臨する無慈悲な検察官もいまは、色彩豊かな三枚一組のポスターのまえで顔を輝かせていた。地区検事長は肉づきのよい大柄な男で、カールした赤毛と突き出た顎が特徴的だ。それはまさに、精力と魅力に溢れた扇動者という表現がふさわしい。わたしが肩を叩くと、ドアティはおかしなくらい素早く振り返った。その青い瞳はサーカスへの期待と喜びで光り輝き、いまにも眼窩から飛び出そうだった。

「これはこれは、新婚さん」と、地区検事長は轟くような大声で言った。「ベティー、きみはますます美しくなってゆくな。これはわたしの甥っ子でね、歳はそれぞれ九歳と十歳――アルとジミーだ」

我々夫婦はアルとジミーと握手をした。二人ともおじと同じく太り気味で、瞳は青く赤ら顔――二人のあいだに立つ偉大なオリジナル作品から生み出された、小さな模造品という感じだ。ドアティ家の三人はゴム製のサルを背負い、糖蜜キャンディーの入った箱とアイスクリームのコーンを手にしている。地区検事長は我々に挨拶しながらも、ピンクのレモネードにこっそり視線を走らせているようだ。

「このサーカス団についてだが、サッチャー・コルトは何か噂を耳にしたかね」即座にドアティが訊いた。「郡捜査官のホーガンから、今日の午後起きた不審な事故の話を聞いたものでね――」

だがその場にトッド・ロビンソン大佐が姿を見せたので、ドアティは口をつぐんだ。自分の縄張りに戻ったサーカス団長は、今日の午後に警察本部を訪れたときよりも印象的な人物と映った。しわ一つない夜会服をまといながらも相変わらず嚙み煙草を口にしており、自分の領域の支配者を装っている。その一方で、不安に強く怯えているようでもある。わたしは一同の紹介を済ませてから、何気ない口調で、舞台裏はすべて順調かどうか訊いた。

「ショーは八時に始まるよ。何があろうともね」ロビンソンは謎めいた返事をしながら、嚙み煙草の端を嚙みちぎった。「それはそうと、トラブル続きには参るね。ここに来る途中、ちょっとした口げんかがあったんだ——相手はあの忌々しいウバンギども——今夜のショーが台無しにならなければいいんだが」

「ウバンギって？」ベティーが訊き返す。

「見たことがあるだろう、あの唇が大きい女性たちだよ」わたしは妻に教えてやった。

「口のなかに大きな木の輪っかを入れてる、アフリカの恐ろしい野蛮人のこと？」

「そのとおり——皿のような口をした、色の黒い女どもさ」ロビンソン大佐はそう言うと、愛想よく笑みを浮かべた。「我々のショーに加わって今年が二年目。多少英語を覚えてアメリカの黒人と話ができるようになった。だから、色々なことがわかるようにはなっている。ただ今夜は——偏見なく言えば——やり過ぎだった。ジョシー・ラトゥールの名前は聞いたことがあるだろう——サーカス史上最高額のギャラを稼いでいる女だ。で、そのラトゥールが自分の楽屋に入ったところ、二人のウバンギがそこにいた。ところが、どうやってそこに入ったのか、あるいは何が目的なのか、まったく言おうとしないんだ」

「盗みかな」ドアティが言った。

「かもね。ともあれ、ラトゥールは激怒した。いつもそうなのさ——女豹というのがぴったりだ。彼女はホウバッシュ、つまりサイの皮でできた鞭を手にとると、それでウバンギを打った」

ロビンソン大佐の悩ましげな両眼のうえで、眉間の皺がさらに深くなった。

「人を鞭打つことは、アメリカ合衆国では犯罪だ」と、憂鬱げな声で続ける。「たとえ相手がアフリカの野蛮人であっても。ウバンギたちもそれは知っている。それで二人はラトゥールに腹を立て、自分の楽屋に戻って話し合いをしているところなんだよ。いったいどうなることやら」

そこで大佐は一瞬ためらい、こう付け加えた。

「たしかにわたしも、あのウバンギどもに苛々させられることがあった。そんじょそこらの大学教授よりも、毒草についてはるかに詳しい。茂みのなかでは偉大なマジシャンで、遠くからでも敵を殺せる——あの恐るべき魔法を使ってね」

ロビンソン大佐がそうした驚くべきことを述べたてていると、出し抜けにサッチャー・コルトが姿を見せた。時刻は午後七時ちょうど。群衆のなかから現われた本部長はシルクハットをかぶり、お決まりのクチナシを襟に差している。

一通り挨拶を交わしたあと、コルトはロビンソン大佐を脇に連れ出し、打ち明けるように言った。

「舞台主任の死について、報告書の一部を読んできました。今日の午後三時ちょうど、フランドリンという軽業師がアクロバットで使う、完全に固定された足場のうえに、舞台主任は立っていた。しかし、突然目まいに襲われたのなら話は別ですが、転落した経緯は不明のままです。司法解剖がまだ終わっていませんのでね」

「以前に目まいを起こしたことはない」ロビンソン大佐は単調な声で断言した。

「そうですか。誰かが彼の死を故意に引き起こしたのであれば、それはどのようになされたのか。事故当時、オーケストラと並行して多くの出し物のリハーサルが行なわれていました。だが、そのとき現場にいた全員を調べた結果、主任の近くには誰もいなかった。それに照明はほとんど消されていたから、マディソン・スクエア・ガーデンはかなり暗かった」

「またもや奇妙な事故というわけか！」信じられないというように目を回しながら、ロビンソン大佐がつぶやく。「このサーカスは悪運続きで、メンバーたちも神経を尖らせている。たとえば綱渡りのムリヨ。奴も脅迫状を受け取った一人だが、出演をやめてしまった。契約を破棄するかたちで、一時間前にわたしの前から姿を消したんだよ。同じようにする人間が、本番前にまだまだ現われるかもしれない」

「お話では、軽業師のフランドリンも脅迫状を受け取ったということですが」

「さよう、フランドリンも受け取っている」

「そして舞台主任は、フランドリンの足場から転落した」

「そのとおり！」

「当時、フランドリンはガーデンのなかにいましたか」

「いや――ちょうど汽船をおりたところだ――外国に行っていたんでね」

「それなのに、ムリヨは姿を消した」

「いやいや、ムリヨの居場所は知っている。出演をやめただけだからね。その一方で――」

だがサッチャー・コルトはそれを遮り、まずは現場を見せてもらいたいと言った。そしてすぐ、我々は大佐のあとについてゲートをくぐった。それからコンクリートの階段をおりると、そこはマディソン・スクエア・ガーデンの舞台下にある展示ホールだった。ロビンソン大佐の移動動物園とも言うべき動物の檻が置かれ、周囲は余興のショーで使うけばけばしい横断幕で飾られている。地底を這うように進む群衆はすでに、野生動物や奇形の人間を驚きの目で見ていた。

するとベティーが、既婚女性らしいそつのない笑みを向けた。

「ドアティさん、よろしければ甥御さんの面倒を見ましょうか――ここの見世物を見せてから、わたしたちの席にお連れしますわ。そこでお会いしましょう」

そう言ってベティーは二人のミニチュア・ドアティの手を引いて、動物園の通路を歩いていった。その姿が消えたあと、コルトはドアティのために、先ほど大佐が持ち込んだ話を手短に語った。

「もちろん、偶然に過ぎないだろう」ドアティは即座に反論した。

一方のコルトは先を急がず、煙草に火を点けた。

「あっさり言い切ることはできないよ。サーカスの関係者がもう四人も死んでいる。誰かが自分を破滅させようとしていると、大佐が信じるのももっともだ。まったくの偶然かもしれないが、もっとも危険な敵を相手にしている可能性もある――つまり、復讐を固く誓った狂人、完全に正気だと信じ込ませるほど頭のいい狂人さ。さて、そろそろ行こうじゃないか」

「さあ、こちらへ――食肉目の檻の向こうだよ」ロビンソン大佐は舞台上でするように帽子をとってから、一同を案内した。銀髪のサーカス団長がこれらの野生動物を心から誇りにしているのは間違いない。本番前の緊張、そして謎に満ちた一連の災難にもかかわらず、ロビンソン大佐はあえて先を急ぐことなく、数々の見事な野生動物、とりわけヒョウと呼ばれるまだら模様の悪魔を我々に自慢した。

「いつの日か、わたしはこれを世界でもっとも偉大なサーカスにするつもりだ――誰にも真似のできない、唯一無二のショーを見せるのさ。わたしがこの世で抱いている野心はそれだけでね。まあ、このままスポンサーがついてくれても、きっとその前に資金を使い果たすだろうが」

ショーに関する限り、ロビンソン大佐は情熱の塊だった。

大佐が饒舌に説明してくれたところによると、サーカスに出演する大型の猫類は、「ショーの最中に生まれた」ものを除いてジャングルで捕らえたものだという。要は、穴を掘って葉で隠し、若いヤギを餌に引き寄せるのだ。ところが、野生動物を生きたまま捕らえるにあたって、麻酔銃という新しい方法が発明された。目を覚ました動物はすでに囚われの身だが、身体は無傷のまま、というわけだ。正体不明の不吉な影が自分の行く手に影を落としていることなど忘れたように、大佐はサイについての知識やら、ゾウアザラシの食習慣やらを話し続けた。また大佐いわく、ねぐらにいるライオンは一種の腹話術師で、毛むくじゃらの頭を地面にくっつけながら吠えることで、獲物に声の方向を悟られないようにするのだという。またホッキョクグマは足の裏にも毛が生えていて、一面氷の北極で滑り止めの役割を果たしているのだそうだ。ロビンソン大佐は話に熱中するあまり、我々の奇妙な任務をすっかり忘れたようである。本部長は礼儀正しくそれに耳を傾けていたが、その目は檻のなかの動物に向いていていなかった。その代わり、すれ違ったサーカス関係者の特徴をすべて記憶しようとするかのように、調教師や世話係の顔に視線を走らせていた。

「なぜまっすぐ舞台に行かないんだ」と、わたしの横を歩くドアティが文句を言った。

「まずはここを見たいと、本部長が言うんですよ」

「なんのために」

わたしは首を振った。そんなことはわたしも知らない。我々がいま立っているのは「驚異と不思議の国の人々」という見世物の前。正面には顎の高さほどの足場があり、余興のメインであるウバンギたちが立っていた。全部で九人いて、女性が五人、男性が四人である。フランス領赤道アフリカの隔絶された三角地帯からここニューヨークへ連れて来られたこれら風変わりな人たちを見るのは、これが初めてだった。女性の口にはめ込まれた大きな円盤は、顔を醜く見せることで、他の有力部族の人さらいから彼女らを守るためだという。アヒルのような嘴と、円盤をはめ込まれた唇を持つこれらウバンギ族の女性たちは、悪魔学の古い書物に見られる巨大な怪物のようだと言われているが、それももっともなことだと思った。

「この人たちはマギ族で、チャド湖の南、チャリ川沿いの出身だ」と、ロビンソン大佐が知識をひけらかすように説明した。

「どんな言葉を話すんですか」サッチャー・コルトが尋ねる。

「もちろん、部族独特の言葉さ——それとピジン・フランス語の一種だな」

「では、誰も英語を話さないと」

「呪術師のケブリアは話せる」

「書くことは」

「見事なものだよ。イギリスで教育を受けたからね」

「で、ケブリアはいまどこに」

「それがわからないんだ。足場のうえにいるはずなんだが、どうやら姿を消したらしい」

「ずいぶんひどいやぶにらみをしているが、いったいなぜなんだ」ドアティはそう言うと、身震いのふりをした。

「いや、彼らは視力が悪いのでね」ロビンソン大佐が説明する。「とにかく蒸し暑いところに住んでいるものだから、すぐに目をやられてしまう。実際、成人したウバンギ族のほとんどは、片目が見えないんだ」

その場を離れ、アヒルの嘴をした「高原の黒人女性たち」に背を向けてようやく、わたしはほっとした。ますます増える観客のなか、我々を導くロビンソン大佐は、相変わらずサーカス団の自慢を続けている。自分は詐欺まがいの商売を進歩的なやり方で一大ビジネスにした、あるいは、我がサーカス団は専属の医師、弁護士、理髪師、消防団、果ては郵便局まで抱えている、といった具合だ。

わたしは一行から少し遅れていた。なぜか不安を感じだしたのである。あちこち動き回る騒がしい群衆に囲まれてはいるものの、誰か、あるいは何かが我々のすぐあとをつけている感じが拭えなかったのだ。

まったく馬鹿げた不安だが、どうしても肩越しに振り返って見ずにはいられなかった。すると十フィートも離れていないところに、こちらをじっと見つめる顔があった。色の黒い残忍そうな顔で、一面傷だらけだ。落ち窪んだ眼窩のなかで、瞳だけがぎらぎら光っている。

「ドアティさん」わたしは地区検事長の肘を摑みながら言った。「誰かが我々のあとをつけています」

しかし地区検事長が振り向いた瞬間、わたしは啞然とした。傷だらけの黒い顔はすでに消えていた。

第三章　暗黒星

我々をつけていたらしきあの恐るべき顔のことを、どこかでサッチャー・コルトに報告すべきだったかもしれない。しかし、その機会は訪れなかった。本部長は脅迫状の受取人から話を聞きたがっていたし、ロビンソン大佐のほうは腕時計をにらみながら、どうか手短に済ませてくれなどと言っている。やがて我々は大佐の案内で、出演者の楽屋エリアを隔てるゲートの前まで来た――その障壁が別世界へと通じる扉であると、我々はすぐに知ることとなる。

ゲートの先は一本道で、移動式の楽屋やブースが雑然と並んでおり、コスチュームを着た出演者があたりを動き回っている。その先にはメイク用のテーブルが並んでいて、大勢の人間が明るい色で顔を塗って、滑稽な表情を作りあげていた。

「これがピエロの行列というやつだよ」と、歩調を緩めながらロビンソン大佐が説明する。

そのひとことは、わたし自身の馬鹿さ加減を咎める言葉として、いまも心に突き刺さる。とは言え、このピエロの行列から、サッチャー・コルトが古典ミステリー顔負けの決定的な手がかりを得るなど、どうして予測できようか。

「ピエロの行列は、わたし自身のキャリアの出発点でもある」新しい嚙み煙草の塊を口にしながら、ロビンソン大佐が打ち明けるように言った。「わたしはもともとピエロの軽業師で、それを続けるという選択肢もあった。昔はフレッド・ストーンと同じテーブルでメイクをしたものだが、その後ウィル・ロジャースを擁するワース・サーカス団に移った。一九〇四年のことで、ビルは当時『チェロキー・キッド』と名乗っていたものだ」

サーカス団長は広々としたコンクリートの階段の下に立っていて、スターたちやベテラン団員の楽屋がある、階上の舞台裏のエリアへ我々を案内することになっていた。だが、ここに至っても、左足の靴紐を結び直すなどして、あえて我々の足を遅らせた。

「気づいたかね、ピエロのメイクが一人一人違っていることに」と、コルトに尋ねる。「ジョーイという名のピエロが自分のデザインどおりにメイクしたのだが、やがてそのデザインは彼専用のものとなり、他の誰も使わなかった。まあ、一種の不文律というやつでね。他のジョーイはそれを真似しようとしなかった。また、ピエロはサーカスをつなぎとめる釘であると、以前バーナムが語ったことはあんたたちもご存じだろう。まあ、昔の人間もそう間違ってはいなかったわけだ」

コンクリートの階段の下に屈んで左足の靴紐を真剣に結び直すロビンソン大佐の姿を、わたしは何年経ったあとも思い出すことになるのだが、サッチャー・コルトはわたしよりもずっと早く、その光景を記憶に蘇らせていたのだ。

ロビンソン大佐に続いて階段をのぼったとき、時刻は七時十五分になっていた。わたしのような外部の人間から見ると、この「バックヤード」エリアは驚くべき混乱のるつぼだった。団長は謎めいた笑みを浮かべながら我々を小さな楽屋へと導き、扉をノックした。そしてドアがひらくのを待つあいだ、フランドリンは三十分前にニューヨークへ着いたばかりだと言った——開演ぎりぎりのタイミングである。冬はずっとベルリンでサーカスに出演しており、帰りの船が春の霧のせいで遅れたということだ。

「それどころか」と、再びノックしながら説明する。「着いたのがあまりに遅くて、女房に挨拶する暇さえなかった」

「ということは、一緒ではなかったのですか」コルトが疑問を口にする。

「ああ。ラトゥールは冬のあいだ西海岸にいて、ヴォードヴィルに出演していたのでね」ロビンソン大佐がさらに力を込めて扉をノックしたところ、ようやく返事があった。

それは鋭い調子の声だった。ロビンソン大佐がドアをひらき、我々の先に立ってなかに入る。緑色のタイツを履いた男が鏡を覗き込むようにして、メイク用の緑の鉛筆を片耳から喉元へ、喉元からもう一方の耳へと大きく走らせていた。脅迫状を受け取ったスターの一人と、ようやく顔を合わせたわけだ。

扉のほうを振り向いたその顔は、ピエロのメイクで不気味に歪んでいた。巨大な赤い唇、玉ねぎのような鼻、そして緑色の頬と顎。その表情は、筋肉質の見事な肉体や美しいシルクのコスチュームとまったく対照的である。このピエロ姿でパフォーマンスを繰り広げるあいだ、毛皮のコートとだぶだぶのズボンを脱ぎ捨ててタイツ姿になり、最後はブランコに乗りながらメイクまで落とすのだ。

「すまない、フランドリン」ロビンソン大佐が呼びかける。「こちらは警察本部長のサッチャー・コルトさんだ」

フランドリンは驚きながらも気品を保っていたが、そこには警戒の色と一種の陰険さが浮かんでいた。振り返って一礼するときの機敏さと注意深さは、階下の檻のなかにいる大型の猫類を連想させた。わたしはロビーに貼られていたフランドリンのポスターを思い出した――しなやかな身体つきに金色の頭髪、そして青い瞳が特徴的な、はっきりした顔立ちの軽業師。いともたやすくハリウッドでスターになれるほどの男前だ。ピエロのメイクをしていてもなお、この軽業師にはどこか傲慢なところがあり、我々に一礼したときの身のこなしから特にそれが感じられた。

ロビンソン大佐は一同の緊張を解こうと場違いな努力をしながら、話を切り出した。

「フランドリンはこのサーカスにおけるエースの一人でね、もとはミュンヘンの大学院で化学を専攻していたんだが、やがてショービジネスの世界で身を立てようと決意した。女房に言わせれば、化学の知識について彼に並ぶドイツ人はいないらしい。アクロバットは単なる趣味——恋に落ちていなければ、いまも実験に没頭していただろう」

フランドリンは巨大な赤い唇を小さく歪め、曖昧な笑みを浮かべてから、ロビンソンの顔に目をやった。一方、コルトはなんの関心もないというように、室内の端から端に視線を走らせていたが、やがて芯が太い濃いめの青鉛筆をテーブルから拾い上げ、しばらく確かめたあと、元の場所に戻した。

大佐が続ける。

「やがて、フランドリンは世界でもっとも素晴らしい女性の一人と結婚した——そう、ジョシー・ラトゥールだ——」

「サーカス史上最高額のギャラを支払われた人物か」と、ドアティが茶化すように言った。

「わたしはラトゥールに、リングリングがライツェルに払ったギャラの二倍を支払ったんだよ」ロビンソンが自慢げに答える。「そして、気の毒なライツェルが挑戦すらしたことのない演目でも、ラトゥールは軽々とこなしてしまう」

サッチャー・コルトがそれを遮って言った。

「大事な公演初日の夜にお邪魔して申し訳ないが、あなたが謎の脅迫状を受け取ったとロビンソン大佐からお聞きして――」

フランドリンは音を立てず身体を半分だけ振り向かせ、椅子に置かれたスーツケースから折りたたまれた紙片を取り出し、コルトに渡した。受け取った本部長が中身を読み上げる。

行動に気をつけろ。特に、ニューヨークではダブルツイストをしないように。これは親切心からの警告だ。ダブルツイストを試せば必ず死ぬ。そう、公演初日に――それも思いがけない有様で。

名前は記されていなかった。コルトは無言のまま、大きく息をしている地区検事長に脅迫状を手渡した。ドラッグストアで使われるような白い包装紙だ。脅迫状の文字はブロック体のアルファベットで、濃いめの青鉛筆で記されていた。全員の目が、ドアティの手に握られた脅迫状に集中する。このとき、わたしは続いて起きた出来事の目撃者に過ぎなかった。やがて、フランドリンのうしろに立っていたコルト本部長が、静かな口調で話しだした。

「今夜、ダブルツイストをなさるつもりですか」

フランドリンはすぐには答えなかったが、室内を包む沈黙のなか、コルトの手がテーブルに戻り、先ほどの青鉛筆を音もなく拾いあげたかと思うと、そのままポケットにしまった。

「フランドリンさん」コルトが答えを促す。「なぜお答えにならないんです」

「ダブルツイストをするかどうか、まだ決めかねているんですよ」その口調はいささか冷淡に聞こえた。外国訛りが特徴的な声だが、アメリカ人労働者特有のアクセントが入り混じり、それが奇妙だった。

「ダブルツイストとはいったいなんだ」ドアティがかすれ声で訊いた。

ロビンソン大佐がすぐさま説明する。

「パフォーマンスの一つで、二回宙返りと一回ひねりを組み合わせたものだ。世界中の野心溢れるパフォーマーが、一回はやってみたいと思っている演目でね。だが、成功した人間はいまだかつていない。器械体操の法則に真っ向から反しているからだ」

そのとき、緑のタイツを履いて奇妙なメイクをしている軽業師が、異議を唱えるかのように手を挙げた。

「ちょっと待った。ぼくは何度かダブルツイストに成功していますよ」と、穏やかながらユーモアのかけらもない口調で訂正する。「たぶん、ぼくが最初の人間でしょう。だからと言って、いつでもできるわけじゃない。とにかく危険ですからね――まあ、その危険をゼロにするつもりではいますが。ダブルツイストをマスターしようと思ったのは、ラトゥールの励ましがあったからです。それに、ぼくがダブルツイストを完璧にマスターするまで、妻はきっと励まし続けてくれるはずだ。その功績は、かの偉大なジョシー・ラトゥールのものになる。今夜やると決めてしまえば、たとえ殺されてもやめるわけにはいかない」

熱弁には違いないがどこか歌うような調子で、寝言のようにすら聞こえた。

「実に立派だ」と、穏やかな笑みを浮かべながらコルトが賞賛する。「演劇や映画の世界では、相手が妻でも嫉妬すると聞いているが、サーカス界は違うようだ」

フランドリンは再び、いかにもダンスの名人らしい一礼をした。

「いや――ぼくのような才能だけのアーティストと、ラトゥールのような天才とのあいだに嫉妬などあるはずがないんです」と、大言壮語にも聞こえかねない答えを返す。

「その特別なパフォーマンスをするかどうか、どうやって決めるおつもりですか」

「ダブルツイストのことですね。それは妻次第です。ここに着いてからまだ会っていませんが、あとでアドバイスを求めるつもりですよ」

コルトは目を細めた。一方のフランドリンは、度重なる質問に苛立ちを募らせている。

するとコルトの口調がいきなり鋭くなり、真っ正面からこう訊いた。

「この脅迫状はどこで見つけましたか」

「今日、郵便で届いたに違いありません――ぼくが見つけたときは、このテーブルに置かれていました。ロビンソン大佐が妻から受け取り、ここに置いたんですよ。ぼくが到着する前に、妻があけて中身を読んだんです。それで、他に質問は」

「筆跡に見覚えは」

「まさか！」

「疑わしい人物に心当たりは」

「とんでもないですよ、コルトさん。ぼくは人を疑うような人間じゃありません。どうせいたずらでしょう。あなたたちアメリカ人ならこう言うに違いない――ぼくは自分のことで精一杯だ」

「最後に一つだけ――ダブルツイストをするかどうか、いつ決めますか」

「いつ、ですって？」

「そう――ショーが始まる前か、リングにあがる前か、それとも――」

フランドリンは肩をすくめた。

「妻と話せるとしても、ほんの短い時間でしょう。ロビンソン大佐が記者とのインタビューをセッティングしてくれましてね。出番の合間に何度か。ダブルツイストをするかどうかはわからない――とにかくジョシーに相談しないと」

答えになっていない謎めいた返事を聞いた我々は、再び緑のメイク用鉛筆を走らせ始めたフランドリンをあとに残し、その場を立ち去った。楽屋の外に出たところでコルトがわたしを呼び止め、フランドリンへの脅迫状を手渡す。しかし鉛筆については何も言わなかった。その脅迫状はいまもニューヨーク警察学校の犯罪博物館にあり、額に入れて飾られているらしい。

ロビンソン大佐が時計に目をやった。

「これ以上ぐずぐずできん。出演者は全員、オープニングに登場することになっているんだ」

かくして我々は再び歩きだしたのだが、わたしの頭のなかでは疑問が渦を巻き始めていた。楽屋のテーブルに置かれていた鉛筆が脅迫状の書き手につながる手がかりであると、コルトは信じているのか。確かに、線の太さも色もよく似ている。しかし頭の切れる犯罪者が、これほど有力な証拠を現場に残すへまなどするものだろうか。それでもコルトはあの鉛筆をこっそりくすねた。フランドリンの態度や振る舞いのなかに、疑いを抱かせる怪しげなところがあったというのか。やがてサーカス団長は別の楽屋の前に我々を案内し、先ほどと同じくノックをした。すると低い声の返事が響き、それから間もなく、我々は巨大なメフィストフェレスと握手を交わした。胸を張って歩くその姿は、タイツ、マント、剣、尾、そして角まで赤づくめだった。

「チーフ、紹介しよう」と、ひしめく観客に向かって紹介するかの如く、ロビンソン大佐が声を張りあげる。「知らぬ者はないサーカスの王者——シニョール・セバスチャン！」

　大仰な紹介に続き、シニョール・セバスチャンが急に頭をのけぞらせ、長い舌を突き出したかと思うと、耳のなかで両方の親指をくるくると回した。

「これはなんというお言葉！」空中の王者はそう声をあげ、巨大な手のひらで腰を交互に叩きだした。「コルトさんですな——パパ・ロビンソンはいつだって、ここにいる哀れな貧乏アーティストを愉快にさせてくれる。あまりに長く嘘をついてきたので、自分でもうんざりしているほどだ。あるときは楽屋の入り口にやって来て、我々軽業師こそ実に偉大な存在だ、などとのたまう。いや、本当にそう言ったのさ。そして舌の根も乾かぬうちに、些細なルール違反で十ドルの罰金を科すんだ——みなさんも大丈夫ですかな」

　すでに四十を過ぎているセバスチャンだが、大多数の有名軽業師と同じく、並外れてハンサムな男だった。もじゃもじゃの赤毛、悪魔を思わせる乱雑な口髭、そして両目の下に描かれた、地獄のシンボルである青と黄色の輪。その姿からは、自信と邪悪さが発散されている。どう見ても地獄の支配者だ。セバスチャン演じる人物には、兄弟、いとこ、そして成人した二人の息子など、合計七人の仲間がいるのだが、みな他の楽屋に散らばっており、王者セバスチャンは一人で着替えをしていた。

「あなたも脅迫状を受け取られましたね」サッチャー・コルトが笑みを浮かべて切りだした。「拝見してもよろしいですか」

　メイクをしたメフィストフェレスがぎょっとした表情を浮かべた。

「あれを警察に届け出たのか」なじるような口調でロビンソン大佐に問いただす。愛想のよさは一瞬にして消えていた。「いずれ家族も耳にする——妻は恐怖で死ぬかもしれない」

「脅迫状を本部長にお渡しするんだ」と、ロビンソンがきっぱり命じた。空中の王者に反撥されたのが気に入らないのだ。セバスチャンはぶつぶつ文句を言いながらも、部屋の片隅に置かれた奥行きのあるクローゼットへ歩き、棚からブリーフケースを取り出すと、雑然とした中身をかき分けだした。

「セバスチャンは本物の芸人でね」ロビンソンが元の口調に戻って説明する。「芸人というのは素人を軽蔑する生き物なんだが――あいつは例外だ。テントで生まれ、舞台のうえで死ぬことを夢見ている――父も、祖父も、そして曾祖父も軽業師だった。ご存じかどうか、セバスチャン一家の名はヨーロッパで広く知れ渡っている」

ロビンソンいわく、空中の王者は裸馬を乗りこなすこともできれば、体操、手品、そして射撃となんでもござれ。そのうえアーチの屋根からおがくずを敷いた地面まで、鉄線のうえを滑り降りるという余技まであるのだそうだ。

そうするうちに、悪魔の衣装を着たシニョール・セバスチャンが堂々たる足取りで戻ってきて、死の脅迫状をサッチャー・コルトに手渡した。紙質と筆跡はフランドリンの脅迫状と似ているが、文面は違っていた。


空中の王者よ、我が身に気をつけろ。さもなくば王座を失うぞ。いまは技を見せつけるときではない。空中倒立をするな。試みるなら開演初日に命を落とす。命が惜しくば、警告にしたがうこと。


セバスチャンはあざ笑うかのように舌を突き出し、蔑むかの如く両目を回した。

「空中倒立はもう何年もやっている。ファンはみんな楽しみにしているんだ」

「じゃあ今夜、空中倒立をするつもりなんだな」ロビンソンの口調に熱がこもる。

「わたしがあんたの期待を裏切ったことがあるかね、この奴隷主め」

サッチャー・コルトは受け取った脅迫状をわたしに預けた――二通目の脅迫状も犯罪博物館に所蔵されているはずだ。

セバスチャンの申し立てによると、筆跡に見覚えはなく、謎の差出人にも心当たりがないという。疑わしい人物は誰一人おらず、この世界に敵がいるとも思えないとのことだ。

「手の込んだいたずらだな」セバスチャンはそう言いつつ、メイクにわずかな手直しを加えたあと、陰険な笑みを浮かべて続けた。「広報係の仕組んだでっちあげさ」

するとを大きくあけ、機関銃のようにくすくす笑ったかと思うと、いかにも悪魔といった風に大笑いした。それが収まるや、絵の具のついた指をロビンソン大佐のほうに向ける。そのとき浮かんだ瞳の光は、間違いなく相手を侮辱していた。

我々を促して楽屋を出ようとしながら、サーカス団長はさも不愉快げに罵りの言葉を吐いた。しかし、サッチャー・コルトは何かを考え込んでいるようで、わたしと目を合わせようともしない。

通路に出てドアを閉めるや否や、ロビンソン大佐は何かを言おうとしたが、突如駆け寄ってきた人物に妨げられた。その男はこちらに近づいたかと思うと、団長の肩を手のひらで叩いた。ほっそりとした顔の小柄な人物で、表情全体が横顔のようだ。左目が奇妙に歪んでおり、口をひらくとすべて金歯である。

「どうした、クランプス」ロビンソン大佐がぶっきらぼうに訊く。

「伝えておきたいことがあってね」いまにも泣きだしそうな鼻声だ。「スポンサーのマールブルク・

ラヴェルが今夜来るというんだよ。それでわたしが呼ばれたというわけさ。あんたも知ってるだろうが、ラヴェルは有名なハンターだから、わたしとおしゃべりしたいんだ。サーカス業界で一番の調教師だと褒めてくれたこともある。まあ、今夜もわたしをそばに置いておきたいんだろう。機嫌はよさそうだったぞ。シャム双生児の片割れと結婚したライオン調教師のジョークなんかを飛ばしていたからな。それでわたしに手紙をことづけて――」

調教師のボスはそこで言葉を切り、何かを考えるように目を閉じたあと、顔をあげて微笑んだ。

それを見たサーカス団長はきつい口調で悪態をついた。

「ジョシー・ラトゥールはすでに別の手紙を受け取って動転している――これ以上は必要ない。用はそれだけか、クランプス」

「もちろん。その手紙を手渡したとき、ラトゥールはわたしの頬を引っぱたいてそれで終わりさ。わたしが殴られるいわれはない、そうだろう、ボス。わたしだってこのショーに欠かせない人物だ。ギャラはわたしより高いかもしれない――理由は知らんがね。だが、スポンサーの役に立とうとしたからといって、わたしの顔をぶん殴る権利が彼女にあるんだろうか。言っておくが、ラヴェル氏いわく、代わり映えしない芸で金を奪い去っていく芸人どもにうんざりしているそうだよ」

するとロビンソンはクランプスを脇へ引き寄せ、なだめるようにこそこそ話していたが、相手が落ち着いたところでその場を立ち去らせた。クランプス氏は足音も高らかに、両腕をだらしなくぶらさげながら、それでも堂々と向こうへ歩いていった。

「あの男はいつからあなたのところにいるんです」コルトが尋ねる。

「もう十八年になるか。途中二年ほど、チフス熱の後遺症で精神療養所に入っていたがね。まあ、昔の話だ。ともかく先を急ごう」

しかし、すぐに進むことはできなかった。セバスチャンが再び姿を見せたのである。楽屋のドアがものすごい勢いでひらいたかと思うと、メフィストフェレスが激怒した様子で出てきたのだ。そして我々のそばにつかつかと近づいてきて、太く長い人差し指をロビンソンの鼻先で振りながら、感情も露わに言った。

「話はクランプスから聞いたぞ。ラヴェルに近づくなと、あいつには前から注意していたんだ。あの古狸と一緒にいたところで、芸人にとっていいことなど一つもない。邸宅や細々とした家財道具を見せられたことがあるけれど、どれも女の匂いがした。わたしはあいつを近づけるつもりはないし、言っておくが、マールブルク・ラヴェルがこれからもジョシー・ラトゥールにちょっかいを出すようなら、奴の背骨を折ってやる。そう、背骨を折ってやるんだ！　本気だぞ、ロビンソン——クランプスもわたしが本気だと知っている」

「頼むから落ち着いてくれ！　ショーが始まるまであと二十分しかないんだ！」サーカス団長は金切り声になっていた。「お前さんや他の芸人が出しゃばることはない。旦那のフランドリンがついているんだから……さあみなさん、こっちだ」

セバスチャンに背を向けて歩きだそうとしたとき、愛憎渦巻くという言葉の意味がわかったような気がした。サーカス界の裏側では、嫉妬や野心が激しく渦巻いているのだ。ロビンソンはしばらく我々の先頭に立って歩いていたが、通路の交差するところで立ち止まり、建物の反対側へと進んでいった。そして顔を赤面させ、大きく息をしながら、我々に謝った。

「マールブルク・ラヴェルの資金援助がなければ、わたしはもう何度も沈んでいたはずだ」と、真剣な口調で説明する。「しかし――公平に言って――一部の女性芸人と度を越して仲良くなろうとしているのが問題なんだよ。他の芸人は当然それが気にくわない。まあ、これからお呼びする人物にそのことが伝わらなければいいがね――さあ、ミス・ラトゥールの登場です！」

我々はドアの前に立っていたが、そこには暗黒星が描かれていた。コルトの顔を見ても、その表情からは何もうかがい知れない。疑わしい人物とすでに遭遇したのだろうか。あるいはこれから会うことになるのか。だが本部長の表情には何も浮かんでおらず、何を考えているのか推し量ることもできない。ロビンソンがごく遠慮がちにノックする。一同が返事を待つあいだ、わたしはうしろを振り返った。すると、どういうわけか背中の皮膚を悪寒が走った。傷を十字に走らせ、目をぎらぎらさせている、あの黒い顔を再び見たのだ。それは先ほどと同じく、柱の陰からこちらをうかがっていた。間違いない――我々はあとをつけられている。しかし、コルトにそのことを話しかけようとした瞬間、暗黒星の描かれた扉がひらいた。シャクナゲの花が生けられたアリババの花瓶がちらりと見える。やがて、女性の顔がこちらを向いた。太り気味の怒りっぽい老婆を思わせるしわだらけの顔が、唇を固く結んだままロビンソン大佐を鋭く睨んでいた。

「イザベル、警察本部長がおいでなんだ」と、ロビンソン大佐が説明する。「脅迫状の件でミス・ラトゥールから話を聞きたいとおっしゃっている」

老婆はサーカス団長を無表情でしばらく見つめていたが、断固としながらも抑揚のある口調でこう答えた。

「それは無理よ、大佐。誰もお入れすることはできないわ。たとえ警察本部長であっても。会いたければショーが終わってからにしてちょうだい。ミス・ジョシーが開演前どれだけ神経質になっているか、あなたもご存知でしょう」

しかし、イザベルがドアを閉めるより早く、サッチャー・コルトがドアと壁の隙間に片足を押し込み、シルクハットを手にしながら、おつきのメイドに精一杯の笑みを浮かべた。

「今日届けられた匿名の脅迫状についてお尋ねしたいことがあると、ミス・ラトゥールにお伝え願えませんか」

すると丸々肥えた老婆の横から、日本の部屋着をまとった小柄な女性が姿を見せた。小さな顔一面にコールドクリームが塗られている。甘くハスキーな声で、彼女は言った。

「破って燃やしたわ」

「何かをするなと、警告してありましたか」サッチャー・コルトがさらに質問する。

「舞台にあがるなとだけ書いてあったわよ――いいこと、本部長さん。こんなことで時間を無駄にしていられないの。ほんといやになる！　あなたのボーイスカウトたちに仕事をさせたければ、あそこにいる年寄りを調べさせたらいいわ――犯人を捜しているのなら、あれが街一番の悪党よ！」

その一言とともにドアがばたんと閉じた。ラトゥールの悪態を聞いたコルトが反射的に振り返ると、長身の男が視界に入った。こちらに背を向け、横であれこれ説明しているロビンソン大佐とともに立ち去ってゆくところだった。

「あれがマールブルク・ラヴェルか」と、本部長がつぶやく。「ロビンソンはなんとかなだめようとしているんだな。かわいそうに――よくもまあ、これだけのことに対処できるものだ。今夜のショーが最後まで無事に終われば、それこそ奇跡だろう」

ラヴェルを説得して観客席に戻らせたあと、サーカス団長は額の汗をぬぐいながら我々のもとに戻ってきた。そして一同に謝罪の言葉をかけようとしたものの、コルトとドアティが機先を制した。

「我々も席に行ったほうがよさそうだ」と、地区検事長が満面に笑みを浮かべながら口にする。

観客席へと我々を案内する道すがら、ロビンソン大佐は饒舌だった。

「ここの人間は単なる軽業師じゃない。芸術家の気質と特性を兼ね備えた優秀な人間で、そのように扱う必要がある。このサーカスにとってジョシー・ラトゥールは、四百人を導くリーダーのようなものだ――我々の運命を支配する絶対権力者というわけさ。確かにジョシーは興奮しやすい性質だが、根は決して悪人じゃない。仲間のためにあれだけ尽くせる人間など他にいないし、大の子ども好きときている――この商売をしている限り、子どもをもうけるわけにはいかないがね。彼女とフランドリンはしばらく休養することを望んでいる――ただその金銭的余裕がない。どういうわけか、稼いだ金をすべて使ってしまうんだ」

「彼女は初婚ですか」と、サッチャー・コルトが尋ねる。

その質問にトッド・ロビンソンは首を振った。

「いや、違う。それはフランドリンも同じだ。ジョシーは以前、別の軽業師と結婚していたし、フランドリンの最初の女房は大学の女性だった。しかし、どちらも幸福をつかめなかった。ジョシーは最初の旦那としばらくヴォードヴィルに出演していて……」

ロビンソン大佐がそこまで語ったところで、我々はゲートの前に着いた。幻想に満ちた舞台裏と、より現実的ないつもの世界とを隔てる扉だ。その向こうからは、何千もの群衆の声が蜂の羽音のように聞こえてくる――今夜のマディソン・スクエア・ガーデンは満員だった。

「本部長、言っておきたいことがあります」わたしはコルトに話しかけた。「三十分前からずっと話そうと思っていたんですが。ここを出る前――あとをつけられていました」

「それはどこだ、トニー」

「誰があとをつけていたと言うんだ」ロビンソン大佐も疑わしげに口を挟む。

「顔面傷だらけの黒人が――」

「ここの関係者というんじゃなかろうね」コルトが答える。「それならわたしも気づいていたよ」

わたしが肩越しに振り返ると、長身で筋肉質の黒人がそこにいた。ぴかぴかのシルクハットを斜めにかぶり、人差し指を立てながら大股でこちらに近づいてくる。三十分にわたってあとをつけてきたこの人物は、いつの間にか我々を追い抜いていたのだ。

「ロビンソン大佐」と、黒人が話しかける。「あんたに言いたいことがある！」

そばで見ると、その印象はいっそう悪くなった。みみず腫れのような傷跡が顔一面に走り、歯は鋭く尖っている。あとで知ったのだが、勇気と権力を示す証しとしてやすりで磨いたのだそうだ。顔面を不規則に走るみみず腫れは、自分でつけたナイフの傷跡に塩を塗り込んで作ったものだという。身にまとっているのはブロードウェイ風に仕立てられた、ストライプ入りのグレーのスーツ。絹の編みひもから単眼鏡をぶら下げ、頭部が金でできた杖を手にしている――その姿は風刺画に描かれた有色人種の紳士という感じだ。興奮しているのか、両目がいまにも飛び出しそうである。

「どうした、ケブリア」ロビンソン大佐が不愉快そうに訊き返す。「それに、本番用の衣装を着ていないのはどういうわけなんだ」

「舞台にはちゃんと時間通りに立つさ」と、黒人が誇らしげに答えた。「あんたが立派で賢い人間を連れてきたと聞いたんでね――サッチャー・コルトさんに注意しておきたいことがあるんだ」

「この男はケブリア――ウバンギの呪術師だ」サーカス団長が説明する。

「おれだって馬鹿じゃない」警察本部長を見つめながら言うその口調は、真面目そのものだった。「おれの部族で揉め事が起きた場合、会議をひらいて解決する。コルトさん、今夜のショーを中止させてくれ。さもないと、悪い奴らが問題を引き起こす」

「どうしてそれがわかるんだ」サッチャー・コルトが尋ねる。

「夢でお告げがあったのさ」

「きみも脅迫状を受け取ったのか、不自然な死を迎えるという手紙を」

「自然な死などというものはない」呪術師はそう言い返すと両手をあげ、赤みがかった手のひらをコルトに向けた。「死は常に悪魔の仕業――もしくは敵の仕業だ。今夜はその両方がおれたちにつきまとっている」

「誰が死ぬというんだ、ケブリア」

しかし、呪術師は首を振って知らないとつぶやくだけだった。

「おれたちの部族は象に歌いかける」と、抑揚のない口調で続ける。「象の耳で作った太鼓を叩き、昔の音楽を歌うんだ。声はおれの女房たちが一番大きい。カナニンボウンゴとキマラグエティが一番大きな円盤を口にはめ、高らかに歌っているところだ。なぜだと思う、コルトさん。女房たちには死が近づいていることがわかるのさ――そして、死というものはいつだって不自然だ。だが、払いのける時間はまだ残っている」

一瞬、沈黙が訪れる。すると扉の向こうで、楽団の金属音が響き渡った。

「ケブリア、コスチュームに着替えるんだ！」ロビンソン大佐が命令する。「馬鹿みたいにつっ立っているんじゃない！　P・T・バーナムの幽霊が現われたって、今夜のショーを中止するつもりはないからな」

　呪術師の懇願する視線がサッチャー・コルトに突き刺さる。ケブリアはしばらく返事を待っていたが、やがて悲しげに顔をしかめ、身震い一つしてから振り向き、あたりを動き回る出演者のなかに姿を消した。

「ちゃんとした英語を話せるんだな」と、サッチャー・コルトが口にする。「立派な教育を受けたらしい。どういうわけであんなに動揺しているんだろうか」

「アルコールのせいだろうよ」ロビンソンが答える。「最近、ケブリアの振る舞いがおかしくなってね。器材置き場を歩き回ったり、今日の午前三時など、新しい照明箱の近くにいたんだよ。いつこいつらに襲われるか、わかったものじゃない。まあ、さっきはいいところを見せたかっただけだろう。ウバンギの連中は何かを知っていたとしても、よそ者には絶対に話さない」

　警察本部長もその意見に同意した。

「そのとおり！　それが悩みの種なんです。ケブリアは我々に警告した――しかし、何も話さなかった」

「何も知らないからさ」ロビンソンが反論する。「さあ、行こう！」

「疑わしい人物は見つかりましたか」わたしはサッチャー・コルトに訊いた。

だが、本部長は「疑わしい人物など探していないよ」と受け流すだけだった。

　我々はサーカス団長のあとに続いて一般客用の通路を歩いていった。コンクリートのトンネルを思わせるその通路は、マディソン・スクエア・ガーデンの外周を走っている。程なくして、円形劇場(アリーナ)

を囲む観客席のただなかに出る。サーカスという奇妙な別世界の旅は、終わりを迎えようとしていた。

しかし、それまでの数分間、刃(やいば)を研ぎ澄ませて攻撃のときを待っている殺人犯がごく近くにいたことを、わたしは知る由もなかった。

第四章　突然の恐怖

マディソン・スクエア・ガーデンはアリーナの端から端まで満員で、チケットはすべて売り切れだった。リングのあるフロアから二階にかけて果てしなく並ぶ観客席を、一万七千の人々が埋め尽くしている。灰色の巨大な直方体をなす鉄筋コンクリート造りのガーデンは、色とりどりの吹き流しや万国旗、そして色彩豊かな照明によって陽気な雰囲気を醸し出していた。

ロビンソン大佐は我々を八十番のボックス席に案内した。それは四十九番通りに面した側の中央にあり、出演者が出入りする幅広の通用口に隣り合っている。さらにリングの中央を向いていて、隅から隅まではっきり見通せた。ドアティの甥二人とベティーが前側の席に座り、サッチャー・コルトとドアティ、そしてわたしは二列目の席に腰を下ろした。ここまで我々を案内したロビンソン大佐があとでお目にかかると言ってその場を急いで離れたので、三列目の席は無人である。

時刻は午後八時ちょうど、オープニングの幕があがるところだ。サーカス団のメンバー全員、馬、象、そしてピエロたちが華麗な列をなして舞台にあがり、光と色彩、熱狂と驚異が渾然一体となって幻想を生み出し、行列を鮮やかに彩った。催眠術をかけられたかのようにそれを眺めていたところ、サッチャー・コルトがこちらに身を寄せわたしを現実に引き戻した。

「隣のボックス席を見てみろ――男が一人で座っているだろう――あれはマールブルク・ラヴェル

――百万長者五人分の富を持つ男にして、ロビンソンのスポンサーだ」

わたしはさりげなくそちらに視線を向けた。舞台裏から逃れてボックス席に座るマールブルク・ラヴェル氏は、がっしりした身体つきの長身を夜会服に包んでいる。衰えの見える肌は青白く、頭髪はまばらで、片目を漆黒の眼帯で覆っていた。

「心ここにあらずといった感じだ」と、サッチャー・コルトがささやく。「ラヴェルはラトゥールにラブレターを送り、花と一緒に宝石をプレゼントしたそうだ。相手のご婦人はそれを無視したと、ロビンソンは断言している」

「いいえ、喜んだに違いありませんよ」わたしは反論した。「花と宝石はどうしたんでしょう」

「ロビンソンに訊いたところ、宝石は送り返したが、花のほうは教会に持って行って、マリア像の前に捧げたらしい」

「手紙も送り返したんでしょうか」

「いや――夫がいまも持っているそうだ！」

「つまり、フランドリンに手ひどくやられたと」

「まさか。彼は船に乗っていたんだ。ところで、たまたま警察本部で耳にしたんだが、今日の未明、自宅に泥棒が入ったとラヴェルから通報があったそうだ。落ち着きがないのはそのせいだろう」

わたしは密かにその中年プレイボーイを観察した。サーカスの女王に花と宝石をプレゼントし、代わりにその好意を求める男。その企みと図々しさに、人は驚きを覚える。専属のマッサージ師がその技を尽くしても、組んだ腕の下にある太鼓腹からぜい肉を落とすことはできないらしい。ジョシー・ラトゥールの夫は若く魅力的であり、それをライバルというのは並外れたエゴイズムである。この銀行家は愛しのジョシーを自分のものにできると思っているのか。ウォール街の帝王がサーカスの女を口説くというのか。あるいは金貨の詰まった袋をじゃらじゃら鳴らし、自分の願望を叶えようというのか。

「こと復讐について、サーカスの世界には独特のしきたりがある」そう言って警察本部長はため息をついた。「今夜の状況はまるで、ダイナマイトを詰め込んだようなものだよ」

正面のリングに目をやると、スパンコールで飾りたてた大勢の出演者たちが、次から次へと驚くべきパフォーマンスをこなしている——調教された馬の一団が前脚をあげて飛び跳ねたり、横向きのギャロップで軽快なクルベットを披露したりしている。すると別の男が頭で階段を登り、それに続いてアシカや生ける彫像、そして死をも恐れぬ軽業師が登場した。

しかし、わたしが本当に身震いしたのは、セバスチャンが舞台の東側に姿を見せたときのことである。脅迫状を受け取った出演者が観客の前に現われたのは、それが初めてだった。プログラムで「出演番号十六番のスター」と紹介されているセバスチャンは、真鍮のトランペットを吹きながらの登場だった。大仰なコスチュームに身を包んだその姿は、色鮮やかな悪魔といった風である。それに続いて小悪魔の衣装を着た七人の手下が、小さなトランペットを吹きつつ舞台にあがった。巨大で陽気なメフィストフェレスは脅迫状を鼻で笑っただけでなく、マールブルク・ラヴェルを脅すような発言をした。ロビンソンの恐れる事態が始まろうとしているのか。赤いマントをまとい、目の下に青と黄色の不気味な円を描いた軽業師がロープを登ろうとしたところ、ロビンソン大佐が我々のボックス席に戻ってきて、一番うしろの席に座った。先ほどよりも落ち着いた様子なので、ショーは順調に進んでいるのだろう。

「セバスチャンは氷のように冷静だ。これぞ騎士道というものだな」ロビンソンは満足げだ。「オーストリア陸軍に所属していたときは槍騎兵だったんだ。ご覧なさい。あの姿はいつまでも記憶に残るだろう」

たしかに、いまも忘れていない！　マントを脱いで剣とトランペットを放り投げ、大胆極まりない妙技に備えるその姿が、いまもわたしの目に浮かぶ。シニョール・セバスチャンを忘れることはないだろう。四十歳という年齢にもかかわらず、かつての槍騎兵は若きサラブレッドのように立ち回った──神経質ながらしなやかで、誰の手にも負えないほど激しく、猛禽類のように力強い動き。空中を大きく振れる棒はセバスチャン王の不安定な玉座で、王者はそれに踵でぶら下がっている。それから、今夜は行なわないよう脅迫されていた空中倒立に移ると、観客は一斉に息を呑んだ。演じ終わって一礼するその姿は、マールブルク・ラヴェルに悪魔の帽子を振っているかのようだ。

「空中倒立をしたが、何も起こらなかったな」と、ドアティが笑みを浮かべた。「脅迫はいんちきだったんじゃないか」

「セバスチャンはまたあとで登場するよ。ショーの終わりごろに」トッド・ロビンソンが早口で答える。「彼の夜は終わっていない！」

そう言ってサーカス団長が腰を下ろすと、曲芸馬がリングのまわりを駆けだした。高等馬術の始まりだ。わたしの視線はときたま正面の舞台から離れ、マールブルク・ラヴェルのボックス席のほうに向けられた。眼前のパフォーマンスを無視するかのように、見えるほうの目を閉じている。あの百万長者は眠りに落ちたのか。

それに対するロビンソンの意見はこうだった。

「いや、しっかり起きているよ。ジョシー・ラトゥールが舞台にあがれば、きっとぱっちり目をあけるさ。だが、残念ながらチャンスはない！　何せ、ジョシーとフランドリンはおしどり夫婦だからね。サーカス界であれ以上に劇的なロマンスを探すのは難しい」

「ジョシーの旦那はいつ登場するんだろう」サッチャー・コルトが訊いた。

「これからさ！」トッド・ロビンソンはそう言って舞台の中央を指差した。

馬たちが舞台を下り、新たな空中軽業師の一団が梯子をのぼる。そのなかから、ジョシー・ラトゥールの夫はなかなか見分けられない。毛皮のコートを羽織り不気味なメイクをしたフランドリンは、高い梯子の足元で面白おかしく揺れ動いたり、よろめきながら歩いたりしている。

するとトッド・ロビンソンが口をひらいた。

「いつの日か、フランドリンは偉人中の偉人となるはずだ。他の誰も持ち合わせていない何かが、あいつにはある――つまり、自分が試みていることについての科学的な知識だ。その一方で、他の誰もが持っている何かが、あいつには欠けている。それが何かはわからない。観客を惹きつける力――あるいは矜恃とでも言おうか。ラトゥールもわたしと同じく、その欠けている何かを身につけるまでフランドリンがサーカス界の第一人者になることはないと信じている」

フランドリンに欠けているものがなんであれ、それは勇気ではない。フランドリンの柔軟な身体が繰り広げる動きはすべて、不屈の信念に支えられている――未知の敵がすぐそこにいて、いつ襲われることになろうとも、その身構えができているかのようだ。見えざる敵に屈することなく、今夜ダブルツイストを披露するつもりなのか。

セバスチャンがヘラクレスなら、ジョシー・ラトゥールの夫はアドニスだ。不格好なコスチュームに似合わぬ優雅な動きで縄梯子をのぼり、目もくらむような高みへと向かってゆく。奈落の底にはネットが張られていて、キャッチャーのフランドローが待機している。腕も肩も筋肉隆々の大男だ。その脇にはフランドラという名の女軽業師が立っており、次々と繰り広げられる空中技のなか、手から手へと放り渡されるのを待っている。

恐れを知らぬフランドリンはあたりを見回し、不気味に塗りたてた顔を歪めて耳障りな笑い声をあげた。そのとき気づいたのだが、フランドリンが立っている足場は、数時間前に舞台主任が転落死を遂げた場所ではないか。

しかし、フランドリンは心身ともに充実しているように見えた。風雅な身のこなしで空中ブランコの棒から身体を投げ出し、ワルツのリズムに合わせてダーツのように宙を舞うフランドラと交互に飛び交ってゆく。そのたびに彼女の身体を捕まえ、放り投げ、そして身体をひねらせ宙返りしながら、鋼鉄のごときフランドローの手中に飛び込む。だがそのあいだ一度も、かの恐るべきダブルツイストをしようとはしなかった。サッチャー・コルトの視線も、その大胆な技を待ちかねるかのようにフランドリンに釘づけとなっていたが、やがて視線を動かすことなく、ロビンソンに話しかけた。

「出演者用の出入口にマントをまとった若い女性が立っているでしょう。あれは何者なんですか」

ロビンソンが笑みを浮かべて説明する。

「あれこそラトゥール。サーカス史上最高額の――」

そこで本部長が口を挟んだ。

「いや、そんなはずはない。こんな迷信があるのを――」

「妻が夫の演技を、夫が妻の演技を見るのは許されない、と。確かに昔はそうだったが、ラトゥールがその迷信を打ち破った。ショーのたび、彼女はフランドリンの演技を見ているんだよ」

フランドリンの演技はクライマックスに近づきつつあった。緑のタイツを履いた軽業師はすでに重苦しいコスチュームを脱ぎ捨て、ピエロのメイクも魔法のように消えている。しばらくネットのうえを飛行していたが、やがてブランコのうしろにある足場に立ち、観客の視線を集めるかのように手をあげた。足場には上下に動かせる棒があって、そのうえに立ちながら跳躍のときを待つ。その棒が上段にあがると、ブランコはより遠くまで弧を描くことになり、危険がさらに大きくなる。我々が目を凝らすなか、この軽業師は足場の棒を一番高い段まであげた。

ダブルツイストをするつもりだ！

フランドリンは笑みを浮かべてあたりを見渡していたが、その視線はやがて出演者用の出入口に立つマントをまとった女性のうえで止まった。ラトゥールははっきり首を振った。かの得意技をしないよう夫に命じているのだ。離れたところにいるわたしの目にも、フランドリンの顔に浮かぶ失望の表情が見て取れた。彼は両手を大きく振ることで従順の意を表わし、自分の出番が終わったことを妻に伝えた。梯子をおりるときの拍手はまばらだったが、円形のリングを大股で歩き、旗のあいだに姿を消すなか、歓声は徐々に大きくなっていった。

しかし、フランドリンが出入口をくぐるずっと前に、マント姿のジョシー・ラトゥールは視界から消えていた。

「意気地なしめ」ドアティが吐き出すようにつぶやく。「あの得意技を見せてくれると思ったんだがな。何か気にさわることがあったに違いない。腹を立てながら舞台裏に戻っていったぞ」

「ジョシーはフランドリンを心から愛しているんだよ」と、コルトが言った。

ロビンソンが熱のこもった口調でそれを訂正する。

「二人は互いに愛し合っているんだ。それは間違いない——わたしもジョシーに心を動かされたが、向こうはフランドリンと出会うまで、誰の誘いにも乗らなかった。二人とも相手なしでは生きていけない。あと少しすれば、さっきと同じ場所で妻の演技を見るフランドリンの姿を目にできるはずだ。さて、わたしはもう戻って、二人が大丈夫か確かめてこよう」

　それから我々はジョシー・ラトゥールの出番を待った。彼女が出演するのはショーの最後あたりで、今夜一番の見せどころである。そのときが近づくと、アリーナにおける他の動きがすべて止まった。馬術監督が両腕をあげてアリーナ全体を沈黙させてから、大仰な口上を長々と述べたてる。それが終わりに近づいたころ、彼は頭をあげてこう叫んだ。

「会場のみなさん、史上もっとも偉大なサーカスクイーンをご紹介します——ミス・ジョシー・ラトゥール！」

　期待に胸膨らませた観客のざわめきがアリーナに広がる。すると照明が静かに落ちた。リングにも足場にも人影はない。一人きりで登場する唯一のパフォーマーに与えられる、最上級の栄誉。我々が彼女の登場を待つあいだ、闇に包まれたリングを動く人影は一つもない。張り巡らされた色とりどりの旗と、スターの姿を捜すスポットライトの光があるだけだ。舞台裏では長いドラムロールに続き、管楽器の甲高いファンファーレが鳴り響く。

　すると旗のあいだから空中のファーストレディーが姿を見せた。光り輝くスパンコールのマントに身を包み、舞台裏で待ちくたびれたとでもいうように、飛び跳ねながら中央へ進む。歓声を送る観客に一礼してキスを投げるなか、メイドのイザベルが舞台上へ急ぎ、床に落ちたスパンコールのマントを肉づき豊かな腕に抱えた。

マントを脱ぎ捨て、絹でできたバレー用の白いスカートと、色とりどりのリボンを身につけたその姿は子どものように愛らしかった。

「なんて魅力だ」わたしは思わずひとりごちた。「全身にオーラがみなぎっている！　白鳥のように優雅でいながら、女豹のような力強さだ」

「サーカス史上もっとも偉大な女軽業師さ」と、祈りを捧げるかのような口調でトッド・ロビンソンがささやいた。彼女の演技を見ようと、いつの間にか戻っていたのだ。「それにギャラも史上最高額だよ」

ラトゥールは三十歳を目前にしており、これほどエネルギッシュな女性はいないという評判だったが、その年齢には見えず、また運動神経が発達しているとも思えない。若々しく魅力的な胸部、細く繊細な首回り、そして色黒で誇らしげな小顔。それを乗せている両方の肩は鋼鉄のように力強いはずなのに、見た目はまったく女性的だ。そしていま、ラトゥールは目を閉じたまま下を向いていた。

「スポットライトのせいだよ」トッド・ロビンソンが説明した。「目によくないんだ。とは言え、ギャラを倍に値上げすると言われても、あのスポットライトを捨てるつもりはないだろうがね」

ラトゥールの姿はあまりに愛らしく、危険に晒されているとは思えなかった。

やがて天井のトラスからロープが下りてきた。メッキされた大きな鉄の輪が二つ、そこからぶら下がっている。舞台の反対側では、金の縁取りがされた青いユニフォーム姿の男が器具の準備をしている。すると男は低い声でラトゥールに合図を送った。

天井からキャンバス地の布に包まれた別のロープが垂れ下がっていて、ラトゥールは子どものように小さな手でそれを摑んだ。一瞬ためらったあと、観客をからかうかのごとく、蛇がのたくるようにロープの端を振り回す。すると不意に飛びあがり、頭上の鉄の輪めがけてロープをのぼりだした。それ自体が、彼女の力と大胆さを見せつける見事な演技だった――ロープを飛びあがるという表現がふさわしく、途中で手を離しては少しのぼって再び摑むといった具合だ。そうして身をよじらせながら無心にロープをのぼってゆくうち、程なく舞台から四十五フィートの高さにたどり着いた。ネットは一切張られていない。するとラトゥールは勢いをつけてロープから手を離し、鉄の輪を摑んだ。

光り輝く鉄の輪からぶら下がりながら、甘く甲高い笑い声をアリーナ全体に響かせる。音楽が時代がかったワルツへ移るなか、ラトゥールはそれぞれの手で鉄の輪を握り、頭を下に、足を天井に向けた姿勢でバランスをとった。それから揺れ動いたり身体を震わせたりしていたが、出し抜けに恐ろしい勢いで落下しだした。しかし小さな両手は鉄の輪をしっかり握っており、そこに両脚をゆっくり差し込みながら、再び笑い声をあげる。ワルツの響きもいまや聞こえず、一瞬の静寂のあと、長く不気味なドラムの連打がそれを打ち破った。ラトゥールは静かに身体を滑らせ、ペンダントのように鉄の輪からぶら下がっている。天井の高さは四十五フィート、彼女は片手だけで自分の身体を支えていた。その名を世界に轟かせた得意技、「ジャイアント・ハーフ・フランジ」を始めようとしているのだ。

するといきなり小さな身体が丸まった。肩を回してさらに飛びあがろうというのだ。一度だけでも大きな力を必要とするのに、彼女は何度も激しくその動きを繰り返した。危険を通り越して無謀である。女性の小さな身体が、自殺願望に取り憑かれた生き物のように跳躍と回転を繰り返す。規則正しいドラムのリズムに合わせて身体をひねり、回転させながら空中を飛躍していると、場内に歓声が響き渡った。ラトゥールの演技はいつまでも続くかのように思われた。

「二百回連続して回ったこともあるし、いまも記録を塗り替えているよ」トッド・ロビンソンが誇らしげに言った。「今夜は何もしないと脅迫されたところで、大丈夫、彼女は無事におりてくる」

そのとき、奇妙な出来事が起きた。八番街に面した側で犬が吠えだしたのだ。ロビンソン大佐は口のなかで悪態をついた。

「ピエロの犬がまた逃げ出したんだな。よりによってこんなときに。ラトゥールは怒るに違いない。これでもう三度目だ。捕まえてやる！」

しばらくして、サッチャー・コルトが身を寄せてきた。その表情は深刻で、何かに驚いているかのようだ。

「他にも奇妙な音が聞こえた。きみは耳にしたか」

「いいえ。どんな音です？」

「何かの爆発音か、あるいはドラムを叩く音だ。しかしそれなら、リズムが狂うに違いない」

わたしにはおかしな音など何も聞こえず、それはドアティも同じだった。ジョシー・ラトゥールは光り輝く鉄の輪のうえで、激しくも美しい回転技を続けている。しかし数秒も経たないうちに、トラブルに見舞われたことがわたしの目にもわかった。奇妙な事態が起こっている。突然、情熱的なアクロバットがぴたりと止まった――それどころか、鉄の輪を必死に掴もうとしているかのようだ。圧倒的な力を持つ残酷な敵に捕らわれたかのごとく、小さな身体が傍目にもわかるほど震える。次の瞬間、彼女は苦悶の悲鳴とともに落下した。

わたしはいまも悪夢に飛び起きることがある――ジョシー・ラトゥールの身体が床に叩きつけられたときの音、恐ろしく繰り返されるその音が、わたしを捕らえて離さないのだ。群衆が困惑したように息を呑む。リングの中央に仰向けで横たわるサーカスクイーンの身体は奇妙にねじれ、ぴくりとも動かない。緑のタイツを履いた人物が出演者用の出入り口から駆けだし、床に叩きつけられた身体のそばにかがみ込む。そしてフランドリンは妻の身体を腕に抱え、垂れ下がった旗のあいだを通ってすぐに姿を消した。

二階建ての観客席に混乱が広がり始めたとき、甲高い笛の音が響き渡った。そして静寂を突き破るかのように、金属的な声が轟く。その人物はあらん限りの声で、サーカスクイーンの怪我は深刻ではない――このような転落は過去何度も経験していると、叫ぶように告げた。何も問題はなく、ショーはこのまま続行する。観客から安堵のため息があがり、照明が再び点いた。本当に続行するのだ。闇のなかでは、他の出演者がブランコやロープや足場のうえで待機していた。そして舞台は一瞬のうちに、悲劇の場からサーカスの世界へ変わった。空中を飛び交う軽業師や喚声をあげる道化師たち、メフィストフェレスとピエロ、アンクルサムとミッキーマウスが所狭しとリングを駆け回る。その背後では、音楽バンドが陽気な音楽を轟かせていた。

わたしは振り向いて隣のボックス席を見た。マールブルク・ラヴェルはさっきと変わらずそこに座り、手すりに両手を置いたまま、美しきサーカスクイーンのいないリングを見つめていた。

「いや、なんとも恐ろしい事故だったな」ドアティ地区検事長がうめくようにつぶやく。

サッチャー・コルトは色白の顔を地区検事長に向けた。暗く陰気な両目は、忌まわしい光景を目撃した人間のそれだった。

「ドアティ」コルトが口をひらく。「一緒に楽屋へ戻ろう。我々が目にしたのは事故なんかじゃない。あれは殺人だ！」

第五章　なぜ警察が

殺人！

舞台裏に戻ろうと急いで準備するあいだ、その単語がわたしのなかで鳴り響いた。ドアティの甥たちはベティーに任せ、署の車で帰宅させることにした。コルト、ドアティ、そしてわたしの三人は一列目まで来ると、舞台裏に向かって弧を描くその下の薄暗い通路を急いだ。

殺人！　コルトの言うことが正しいとすれば、難解極まりないミステリーに遭遇したわけだ。現場には一万七千の観客がいるうえ、他に千六百人がサーカス団に雇われている――つまりマディソン・スクエア・ガーデンを埋め尽くす一万八千六百人が容疑者であり、同時に目撃者なのだ。そこからたった一人の犯人を見つけられる探偵など、この世にいるだろうか。

「サッチャー」ドアティがしわがれ声で呼びかける。「なぜ殺人だと言えるんだ」

「ジョシーは脅迫状を受け取った一人だ――他の人間は難を逃れたが、彼女は殺された。ここ数日のあいだにこのサーカス団で起きた一連の事故は、前もって計画されたものだよ。ドアティ、わたしは――犬が吠えだした直後から――ラトゥールに視線を集中させていたが、彼女は驚きの表情を浮かべた。信じられないという思い、そして恐怖――見えない誰か、あるいは何かに突然襲われたかのような表情だ」

「目まいを起こしたに違いない！」ドアティが息も絶えに声をあげる。

「そう――そしてそれは、舞台主任の死を引き起こした原因でもあった」と、嘲笑するかのようにうしろを振り向いて答える。「いや、違う。舞台主任の死は、今夜のリハーサルだったとわたしは見ている。それにドアティ、わたしはドラムの音をちゃんと聞いていた」

「ドラムだって？」

「そのとおり――別の音が入って一瞬リズムが狂ったのさ――賭けてもいいが、あれは銃声だった」

「しかし、撃たれてなんかいないぞ」ドアティが反論する。

「なぜそう言い切れる。検死はまだじゃないか」

「いや、射殺なら必ず見えたはずだ――発射したときの閃光とか――」

わたしはそれを遮って言った。

「誰かが近づいてきますよ」

果てしなく延びる陰鬱な通路の向こうから、出し抜けに巨大な黒人が現われた。燕尾服に身を包み、シルクハットに単眼鏡という姿で駆け寄ってくる。我々を見て男は立ち止まった――人影一つないトンネルのなか、呪術師ケブリアの巨体が我々の行く手を遮る。飲み込まれるような漆黒の瞳はガラス玉を思わせ、酒に酔ったかのごとくこちらを見据えている。巨大な口が震え、両方の手は固く握りしめられていた。ケブリアを見てサッチャー・コルトも立ち止まった。

「ずいぶん早く予言が現実になったな」と、警察本部長が先手を打つ。

ケブリアは身震いしながら返事をした。

「さっきも言ったが、自然死などというものはない。敵の仕業だ！　あるいは悪魔の仕業だ！　彼女はもうこの世にいない！　真実を見つけられるのはケブリアだけだ」

「死が近づいてくるときみは言ったが――そのとおりになった。そしていま、きみは犯人を見つけられると断言した」

「そう、すぐに見つけられる」

「その自信はどういうわけだ」

「真実の一部をすでに突き止めたからさ」

「何を突き止めたんだ」

「ウバンギは何も言わない。自分自身が裁判官であり、陪審員なんだ！」

そのとき遠くで音楽が鳴り響き、大きな拍手が起きた。スパンコールに身を包んだ女性が、息も絶え絶えに我々のそばを通り過ぎる。階下にある動物の檻では、落ち着きのないライオンの咆哮が轟いていた。

「ケブリア」サッチャー・コルトが口をひらく。「ここはジャングルじゃなくてニューヨーク市だ。警察に協力してもらわなきゃならん。わたしと一緒に来てほしい。きみと話をしたいんだ」

ケブリアは素直にうなずいた。

「ウバンギは法にしたがう――だが、わたしの口をひらかせることはできない」

ケブリアを伴って主役たちの楽屋に戻ってきたのは、十時十五分のことだった。コルトはまず、救護テントではためいているような、緑と白の旗が掲げられた扉の前で立ち止まった。この部屋は無人だったが、それが不気味に感じられる。すると本部長は、そこを通りがかった警察官を呼び止め、ケブリアを見張るよう命じた。

「この男から目を離すんじゃないぞ。わたしが呼び出すまでここにいるんだ」

そしてコルトは暗黒星の張られたドアの前に直行した。八番街側と四十九番通り側のなかほどにある、ラトゥールの楽屋だ。

嘆き悲しむ人々とか、好奇心にかられた出演者や関係者とかは、その場にいなかった。すべては順調だと錯覚するほど、サーカス団の自制心は保たれていたわけだ。やがて駆けつけてきた三人の警察官に対し、コルトはその場に待機するよう命じた。ドアの前の空間には、歩哨のように立つ男を除いて何もなかった――ワイシャツ姿の筋骨隆々たる男で、首から聴診器をだらしなくぶらさげている。

「ランサム先生ですね」警察本部長がそう呼びかけると、相手はうなずいた。先ほどコルトから教えられたのだが、ランサム医師はいわばサーカス関係者の侍医だった。それに加えて観客の治療も担当し、ヒステリー状態に陥った女性や嘔吐した子どもたちの診察もするという。フンサムは世界最大の開業医だそうである。

コルトは自己紹介した。

すると医師は低く陰鬱な声で言った。

「我々にできることは何もない。わたしがここにいるのは、家族以外の人間をなかに入れないようにするためだ。あんたもとうに承知だろうが、まったく手の打ちようがなかった――何しろ即死だったからな――」

「転落の原因はなんだとお考えですか」サッチャー・コルトが尋ねる。

するとランサム医師は驚いたように相手を見た。

「首の骨折――頭蓋骨の陥没――当然ながら――」

「死因じゃありません、先生。転落の原因はなんだったのでしょう」と、コルトがなおも問いかける。

ランサム医師が答えを組み立てる前にドアがひらき、楽屋から別の人物が現われた。静かにドアを閉め、振り向いて全員の顔をじろじろ見渡す。顎髭を生やした小柄な男で、大きな顔は日に焼けていた。

「シャラヴェイ医師をご紹介しよう」と、憂鬱な声でランサム医師が言った。「彼もこのショーの医療を担当している」

わたしはシャラヴェイ医師のことも聞いていた。熱帯病を専門とするフランス人で、ウバンギ族を見つけてアメリカツアーの手はずを整えたのもこの医師だそうだ。微生物学者としてのキャリアを絶ち、原住民を見世物にするビジネスに乗り出したわけだ。そのフランス人がひどく困惑しているのは一目瞭然で、医師特有の穏やかな神秘性が完全に消えていた。

「まったく恐ろしい！」と、口調にも熱がこもっている。「気の毒なことになったものだ。サーカス団の全員が彼女を愛していた。とても愛らしい善人で、みんなに親切だったからな。それなのに、あんな忌まわしい事故に巻き込まれるなんて！」

「転落したのはなぜだと思いますか」と、嘆き悲しむシャラヴェイ医師にコルトが尋ねる。だが、このフランス人は肩をすくめ、目玉を回しながらこう答えた。

「それが重要なことなのか」

コルトは返事をせず、拳でドアを軽く叩いた。

「やめてくれ！」と、シャラヴェイが止めに入る。「それはだめだ！　家族は――」

そのとき、トッド・ロビンソン大佐が背後から現われ、我々の前に立ちはだかった。

「お話はよくわかった。だがチーフ、これ以上のトラブルは勘弁してほしい。あれは単なる事故だった――それ以上の何物でもない。それにはっきり言わせていただくが、このミステリーを解決してくれと警察に通報があったわけじゃないだろう」

「検死をしなければならない。それはあなたもご存知のはずだ」と、コルトが挑発するように答える。

「申し訳ないが、いますぐこの部屋に入らせてもらいますよ」

するとシャラヴェイ医師が割って入った。

「それなら、ランサム医師とわたしの二人が、事故死だという証明書を差し上げましょう。当たり前だが、不愉快な細々としたことで時間を無駄にするべきではない」

しかし、コルトはそれを手で追い払った。シャラヴェイ医師の怒りに満ちた視線がロビンソン大佐に向けられる。コルトがドアをノックしたところ、扉がひらいてメイドのイザベルが顔を出した。コルトは無慈悲にドアを押しあけ、なかに足を踏み入れる。わたしはドアティとともに入口のところに立った。

最初、わたしはコニーアイランドにある蠟人形館のなかでも特に不気味な一角を目にしているような気がした。室内には生きた人間が大勢いて、ある者は立ち、ある者は座り、またある者はひざまずいているが、みな命を失ったかのようにその姿勢で固まっている。イザベルは断固つま先立ちの姿勢を保ちながら、我々を拒むかのようににらみつけた。無言のまま身動き一つしないメイドのそばには青白い顔の舞台係がいて、金の縁取りがついた青いベルベットの制服に身を包んだまま、哀れそのものの表情を浮かべている。ブランコ乗りのキャッチャー、フランドローもコスチューム姿だったが、室内の中央に立ち尽くす肩幅の広い身体はまるで山のようだった。その力強い腕で、妻フランドラの腰を抱きかかえている。ソファのそばにひざまずいているのは緑のタイツを履いたフランドリンで、涙も枯れ果てたというその姿は彫像のようだった。ほんの少し前まで生気と力に満ちていた手を固く握っている――その手は死してなお暖かいように思われた。

彼女はソファに横たわっていた。遺体から無造作に取り除かれた花が夫のひざの周囲に積み重なり、豊かな芳香を放っている。ラトゥールの顔と、明るい色合いのバレードレスには血痕が残っており、靴も脱げ落ちていた。ソファの向こうには、舞台に登場したときまとっていたスパンコールのマントが置かれている。弾けるような生気はいまや永遠に失われた。大統領、国王、そして皇帝さえも、リングに向かって落ちてゆく彼女の身体に視線を向けていたはずだ。しかしその本人はいまやソファに横たわり、その目が再びひらくことは決してない。

誰一人口をひらこうとせず、沈黙が耐え難くなりつつあった。わたしはふと視線をそらし、天井、壁、そして家具に目を向けた――絶望に打ちひしがれている室内の人々が視界に入りさえしなければ、なんでもよかったのだ。

この空間は、ロビンソン大佐がラトゥールに抱く畏敬の念を体現していた。室内は奇妙な形をしており、隅に向かって急に狭くなっている。女性の閨房が納骨堂に姿を変えたかのようだ。狭くなっている場所にはカーテンがかかり、奥にあるバスタブとシャワー、着替え用の台と鏡を隠している。残りの部分は客を迎える応接間で、壁はラトゥールが好んだ翡翠色に塗られていた。壁際には安楽椅子がいくつか置かれていて、テーブルのうえにある陶器の置き時計にはオランダの少年が描かれ、ちょうどいま十時三十分の口笛を吹いた。

「お邪魔して申し訳ありません、本当に」コルトが口火を切る。「みなさんにご協力いただければ、すぐにいなくなります」

　フランドリンが飛びあがり、本部長の前によろめき立った。その格好は、舞台上のコメディーを不気味に思い起こさせた。

「消えろ！」と、夢遊病者の声で命じる。「彼女をそっとしておいてくれ！　ぼくの妻なんだ。触るな。さっさと行ってくれ！」

「フランドリン！」本部長は無慈悲に声をあげた。「わたしは警察の人間だ！」

だが、相手の両目はその表情をいささかも変えなかった。

「なぜ警察が」その声は相変わらず催眠術にかかったかのようだ。

するとと部屋の中央から、筋骨隆々のキャッチャー、フランドローの声が響いた。

「アメリカはドイツのようになっちまったのか。警察の邪魔が入らなければ、女性は死ぬこともできないのか」

　そのとき別の声があがらなければ、フランドローの悪態はさらに続いていただろう。

「しっかりしろ、フランドリン！　単なる手続きに過ぎないんだ。好きなようにやらせればいい――そうすればすぐに姿を消す。それから今後のことを考えよう」

　声の主は二回目の出番から戻ったセバスチャンだった。悪魔の格好をし、剣とトランペットを持つ姿が、奇妙なまでに場違いである。

「わかった。では、コルトさん」と、フランドリンが一礼する。「どうか手短に済ませてください」

　あたかもフリーメイソン同士の暗黙の了解があるかのように、室内の全員がフランドリンの決意を聞いてあとずさった。ソファの前に一人で立つサッチャー・コルトはラトゥールを見下ろしていたが、やがて音を立てず、動かない小さな身体のそばにひざまずいた。そして遺体に触れることなく、外傷や打撲の痕を素早く調べる。それからぴくりともしない唇に鼻を寄せ、においを嗅いだ。毒殺が疑われる場合にまず警察官が行なう方法である。しかし、コルトは毒殺を疑っているのか。

するとと本部長はすぐさま立ちあがり、今度は遺体の右腕を持ちあげた。前腕と二頭筋のあいだ、皮膚に残る深くねじれた傷痕に目を凝らす。それからこちらをちらりと見たので、わたしはランサム医師を部屋に呼び戻した。傷痕を見た医師は即座にこう言った。

「医学的に言えば、これは第三度の熱傷だ。だが大した意味はない。わたしはラトゥールの身体の不調をすべて診てきた。東海岸で発症した喉の腫れや鼻かぜ、夏の中西部で起きた胃腸の不具合、湾岸部でひいたかぜ、そして移動中に起きた体調不良はどれも知っている。腕の火傷はずっと昔のものだ」

「それはわたしにもわかります」コルトは辛抱強く答えた。「なぜその火傷を負ったのかを知りたいのです。何か不都合でも?」

「わたしが教えてやるわ!」声をあげたのはイザベルだった。涙と憎悪の入り混じった表情でコルトのほうに近づく。「はっきり説明してやるわよ」

コルトは興味深げにこのメイドを見つめた。学校を出たてのような上品なアクセントと、いまにも爆発しそうな感情は、どう考えても不釣り合いだった。

「火傷を負ったのは三年前」と、イザベルが説明を始める。「ロープをのぼっていたラトゥールは、何かの拍子で落ちそうになった。そこで身を守るために腕をロープに巻きつけたのよ――自分では『鉄の腕』と呼んでいたわ。傷痕はそのときのもの。地面に落ちそうになるあいだ、腕がブレーキの役割を果たしたの。だけど摩擦のせいで皮膚が焼けてしまい、ロープがどんどん腕に食い込んでいった。わたしはそのとき現場にいたけれど、煙があがるのを見たし、においも嗅いだわ。これで満足かしら、コルトさん」

　礼儀も無視して忌々しげに話すメイドの姿は、室内にいるサーカス関係者全員の思いを代弁しているかのようだった。これら軽業師たちと我々とのあいだには、心理的な溝があった。みな我々を侵略者と見ている。たとえ犯罪が起きたにせよ、警察が介入してきたことに腹を立てているのだ。

「イザベル・チャントが話したことは、真実の一部に過ぎない」と、ランサム医師が穏やかな口調で話を引き取る。「ラトゥールの鉄の腕には傷が一面にある。さらにうえのほう、袖のしたにも――自分の目で確かめなさい。同じような事故は過去何度も起きている。パフォーマンス中に彼女の腕を守る盾のようなものは、誰にも作れなかった。去年、彼女は感染症にかかった。出演を続ければ命に関わるとわたしは忠告したが、それでも出演すると言い張るので、ならば左腕を使いなさいとアドバイスしたものだ」

　するとロビンソンが話に割り込んだ。

「わたしも、感染症にかかった状態で出演を続ければ命を危険に晒すか、あるいは少なくとも、腕を切断せねばならなくなると警告したんだが、それでも彼女は聞き入れなかった。左腕は傷一つないきれいなままだったので、その状態を保ちたかったに違いない。結局、ラトゥールは天才だっただけじゃなく――一人の女性だったんだ」

　そのとき、シャラヴェイ医師が勢いよく部屋に飛び込んできた。

「お巡り（ジャンダルム）さん、傷痕のことはおわかりになっただろう。他に解決したいミステリーは？」

「なぜそんなにわたしを追い払おうとするのですか」コルトが尋ねる。「あなたたちの誰も、隠し事など一つもないはずだ。ならばなぜ反対するのです」

するとトッド・ロビンソンが一歩前に進み出た。

「じゃあ、なぜ疑うんだ。公平に言えば、わたしにとって難しいことなど何一つないように思える。つまり、ジョシー・ラトゥールは『結晶化』の犠牲になったのさ。ローマの舞台を調べればいい――それではっきりするに違いない」

コルトの陰気な瞳が一瞬わたしに向けられる――わたしは部屋の入り口へと急ぎ、その場に来たばかりの私服警官に命じて用具主任のところへ急行させた。またサーカス団のユニフォームを着た男も、ロビンソン大佐に命じられてそれに同行した。

「結晶化！」

フランドローとセバスチャンがこだまのようにその単語を繰り返す。

「結晶化とはいったいどういうことなんだ」と、ドアティ地区検事長が声をあげた。

「特定の状況のもと、様々な金属で発生する化学変化のことさ」ロビンソン大佐が説明する。「それによって金属がガラスのようにもろくなる。どのタイミングで起きるかは誰にもわからない――強固な鉄の輪、棒、あるいは支えなんかが、一夜のうちに信頼性の高い良質な鉄から、くず鉄へと変化してしまう。個人的には、フック――二つの鉄の輪をつなぐ重要な安全装置だ――が折れ、それで彼女は転落したんだと思う」

コルトは熱心に耳を傾けていた。背筋を伸ばして身じろぎひとつしないその姿勢は、よくわからない奇妙な感情を映し出している。コルトの疑いは間違っていたのか。しかし、コルトは思慮深げな視線を一人一人に向けるだけだった。

「マルセル一家も結晶化のせいで事故に遭った」並外れた筋肉の持ち主、フランドローが思い出したように口にする。「フックが一つ折れたために、鉄棒の網が丸ごとずれてしまったんだ。それが原因で、リリアン・ライツェルはコペンハーゲンで命を落とした」

「それが結晶化のせいだとなぜわかる」ドアティが疑問の声をあげた。

そのとき、外の通路で金属がじゃらじゃら鳴り響き、金の縁飾りがされた青いベルベット姿の青白い男が戻ってきた。そばには巡査が付き添っている。ごつごつした舞台係の手には、キャンバス地の布に覆われたロープと、光沢を放つニッケルめっきの鉄の輪が握られていた。

「こちらはエディー・スティーヴンス」とロビンソン大佐が紹介する。「ラトゥール専属のメカニックで、すべての器具を担当している。鉄の輪を上げ下げするのもこいつの仕事です。あれを持ってきてくれ、エディー」

エディー・スティーヴンスは身長およそ五フィートほどで、灰色の髪にネズミのような肌色をしている。しかし筋肉質のたくましい体つきで、若いころはバンタム級のボクサーだったのかもしれない。ベルベットのユニフォーム、金の縁飾り、そしてひさしつきの帽子といういでたちのエディーは、ジヨシー・ラトゥールが転落死を遂げたときにリングで待機していたアシスタントだと、容易にわかった。その彼がロープと鉄の輪をロビンソンに差し出そうとしたところ、コルトの声が息苦しい沈黙を破った。

「今夜事故が起きたとき、この男は舞台に背を向けていた」

灰色がかった皮膚にピンクの斑点が浮かびあがる。エディー・スティーヴンスは慈悲を請うようにコルトを見た。

「わざとそうしたわけじゃない！」まるで泣き言だ。「見張りを欠かさないようにするのがぼくの仕事で――彼女が転落したときにそれを受け止めるのも――」

「なぜ、今夜はそうしなかったんだ」ドアティが脅すように問いつめる。

「何かの拍子に振り向いて――何かの音が聞こえたんです――犬が吠えたんだと思う――そして振り返ってみると――ああ、神さま……」

「用具を見せてもらいたい」コルトが遮るように言った。

陰鬱な鋭い視線が、乱雑に積み重ねられたロープと鉄の輪に注がれる。そして輪のほうを前後左右に回したりひねったりしたあと、それらをつなぐ回転式の金具を親指と人差し指でくるくる回した。そしてようやく、ロビンソンをまっすぐ見あげた。

「鉄の輪にはなんの問題もない。ラトゥールの死は、結晶化が原因ではない」

「それなら目まいの発作に襲われたんだ！」ロビンソン大佐は興奮のあまり声を荒げた。「いいかね、チーフ――どうか落ち着いて考えてもらいたい。誰もスキャンダルなんか望んでいないんだ。ここにいるラトゥールの旦那、フランドリンに訊いてみてくれ。何かトラブルを望んでいるのかと。そんなはずがないことは、あんたにもわかるだろう。正直言って、サーカス団もトラブルはごめんだ。いま、新聞記者が十五人もここに来ている。あんたの言葉が奴らに嗅ぎつけられたら――」

しかし、サッチャー・コルトは顎をそらせて視線を向けただけで、相手を黙らせてしまった。

「時間がもったいない。捜査を続けさせてもらいますよ」

そう言ってソファに向き直り、ジョシー・ラトゥールの遺体のそばにひざまずく。しかしその目は、古い火傷の跡が残る右腕にも、美しく女性的な左腕にも向けられなかった。警察本部長の視線は遺体の顔面近くをさまよい、毛穴の一つ一つまで調べているかのようである。やがて人差し指をゆっくりあげ、はっきりした輪郭の頬骨を指した。

「メイクにしみがついている」と、口にする。メモするようわたしに合図しているのだ。「それどころか、顔の両側にしみがある」

そして、その姿勢のまま振り向いて尋ねた。

「ロビンソン大佐、ケブリアを呼んでもらえますか。彼がいる部屋の外に警官が待機しています」

サーカス団長はぶつぶつ呟きながらも部屋を出て、呪術師を呼びに行った。目の前の仕事に熱中しているコルトは、すぐに遺体のほうを向いた。今度はコスチューム。スパンコールの首飾りを、細心の注意を払いながら両手で探り回す。その張りつめた緊張感から、重要な何かを見つけたのだとわかった。顔をちらりと見てみると、サッチャー・コルトは突如、何かに強く関心を引かれたようだった。

スパンコールの首飾りを指にぶら下げたまま立ちあがり、静かに問いかける。

「メイドのイザベルはどこですか」

すると、ジョシー・ラトゥールの侍女が一歩前に出た。コルトと向かい合ったその肥えた身体は、先ほどにも増してこわばっている。

「あなたのお名前は」

「イザベル・チャントよ」

「ミス・ラトゥールについてどれくらいになりますか」

「四年くらいかしら」

「彼女は衣装にこだわりがあったでしょうか」

「細部にまで気を配っていたわ。最上のものを着る資格があり、実際に着ていた」と、即座に答える。

「でもどうして――」

コルトは床に落ちたスパンコールのマントを指差した。

「例えば、このマントは素晴らしい状態を保っているように見えます。まるで仕立て屋から届いたばかりのようだ」

「サーカス界の女性は誰も、ラトゥールのような衣装を着たことがありません」と、イザベル・チャントが閉じた口のあいだから自慢する。「それに、彼女はいつも衣装を完璧な状態にしていました。彼女にかかれば、すべてが女王のように見えるのです。またそう見えることを望み、実際そうなっていました」

「衣装を完璧な状態に保つのは、あなたの仕事でしたか」

「そのためにわたしは雇われていたんですよ。そう、それがわたしの仕事です。でもいったい――」

「今夜もあなたが衣装の準備をなさったのですか」

「ええ」

「彼女が衣装をまとう前、あなたはそれを調べましたか」

「もちろんです。それに彼女も自分の目で調べましたよ。それがどうしたと言うんです」

コルトは何も持っていないほうの手で同じくスパンコールのついた衣装の襟を指差した。

「これらの飾りを見てください。新品じゃなかったのですか」

「いえ、新品よ！　でも――」

「では、近くでご覧なさい」

コルトの声は低くささやくようだった。イザベル・チャントが顔を前に突き出したため、遺体の顔に影が落ちる。彼女は三日月のように目を細めてスパンコールを見た。瞬き、眉をひそめ、無言のまま目をそらし、馬が小走りするように室内を横切る。そして、テーブルから巨大な金縁の眼鏡を取りあげると、それを斜めにかけ、遺体のそばに戻って見おろした。決心がつきかねるのか、時間だけが経過する。しかし、右手を伸ばそうとしたところでコルトに手首を摑まれた。

「触らないで。ところでどうでしょう――このスパンコールですが、ジョシー・ラトゥールがこの部屋を出たときといまと、見た目に違いはありますか」

「ええ――あるわ！」

「どこが違うんです」

「スパンコールが一枚曲がってる――もう折れそうなくらいに」

「確かに、鈍器の直撃を受けたかのようです。彼女はスパンコールが折れそうになるほどの力を受けたが、身体に刺さることはなかった」

「ええ、そうね」

「スパンコールがなぜこんなになってしまったか、心当たりは」

「まったくないわ。背中から落ちたんだから、こうなるはずなんてない！」

「他に変わったところは」

「どういうことか存じませんけど、スパンコールがこんな状態のまま舞台にあがるなど、わたしが許しません。いつも明るく光り輝いていたんですが、いまは曇ってるわね。光沢がみんな消えているわ。

何かの膜が張ったのよ――それで命を失ったみたいに、光沢が消え失せたのね。もともとは黄金のようだったのに、いまでは単なる鉛だわ。でも、それが大事なことなんでしょうか、コルトさん」

コルトは物憂げに目を素早く拭った。ニューヨーク市警本部長はいま、これまで見たことがないほど動揺していた。すると、彼はフランドリンのほうを向いた。

「お気の毒だが、奥さんは故意に殺害されたと言わねばならない。しかし、犯人を裁きの場に立たせるには、警察が全力を尽くす必要がある」

ドアティ地区検事長が絶望したように、赤らんだ両手をあげた。

「サッチャー、状況がどうあれそんなことを言うからには、ちゃんとした理由があるんだろうな。わたしはそれで十分だし、きみに協力するつもりだ。わたしに何をしてほしい？」

コルトはイザベル・チャントに視線を向け、遺体を布で覆うよう手短に告げた。

「みなさんは近くの楽屋でお待ちください。のちほどお呼びします。トニー、テーブルの電話で殺人課に連絡してくれ。ドアティ、きみにはアリーナ中央のリングを警備するよう警官たちに指示してもらいたい――ショーが終わっていようといまいと、リングのうえに誰も立ち入らせないように。そして、ロビンソン大佐がアフリカの呪術師を連れて戻ってきたら、すぐに話をしたい。それまでは――この部屋を我々だけにしてほしい」

だが、警官のところへ行ったドアティを除いて誰も動かなかった。反抗心が室内を支配している。用件を終えた地区検事長がコルトの横に立ったため、我々三人はサーカスの関係者と向かい合う形になった。そのせいで、目に見える物理的な溝が両者のあいだにできた。その様子はまるで、サーカスという絢爛かつ別世界の生物が死者と一体になり、正反対の世界と敵対しているかのようだ。それはまた、のちにコルトが指摘したように、極めて自然なことだった。努力の結果、サーカス界が最近になって大衆の信頼を得たのは確かである。その水準は飛躍的に向上し、アメリカの娯楽界に確固たる地位を築いた。しかし、そうした新たな地位の裏側には、一世紀以上にもわたる別の感情が渦巻いている。サーカスが大衆を食い物にする詐欺師に支配され、「さあご覧ください」という掛け声があがった途端、観客の前で演者が首を折ったり、地面に激突したりするのが当たり前だったころの、古い時代の考え方。そしていま、それらを隔てる年月が急に消え去った。我々は法の側に立っているが、彼らの意識の奥深くでは、その法が共通の敵なのである。彼らは寄せ集まり、偉大なる者の遺体のそばで方陣を組んでいるのだ。

わたしが長々と述べたのは、それこそがサッチャー・コルトによる事件の解決を遅らせた要因の一つだったからである。サーカス界の人間は我々に協力しようとしなかった。最後に決定的な証拠を突きつけられたときも、それを信じようとしなかったのだ。

「検死官たちが向かっているそうです」わたしは受話器を置きながら報告した。その言葉にフランドリンが激しく反応し、飛びあがってコルトの前に立ちはだかった。

「検死官だと！」と、言葉に詰まったかのように叫びだす。「つまり、司法解剖するんだな。それはだめだ、コルトさん。どうかやめてくれ！　そんなことは妻も望んでいない！　あいつが自分の左腕をどう思っていたか、あなたも聞いただろう。あの美しい左腕を！　誰かが妻を殺したとしても、それが切断されるなんて耐えられないはずだ。馬鹿げたことだとわかってはいるが――妻が殺されたのなら、あとはぼくに任せてもらいたい。あなたが知っていること、あるいは容疑者の名前を教えてくれれば、あとはぼくがやる。誓って言うが、警察に迷惑はかけない。しかし、妻の身体にメスを入れるのだけはごめんだ！　裁判所に行ってでもそれをやめさせる――いや、そんな回りくどいことはしない！　とにかく、妻を切り刻むなど許さないからな！」

いまにも飛びかかろうとするかのごとく、フランドリンは反抗的な目でサッチャー・コルト本部長を睨みつけた。他の関係者もその周りに集まりだす。室内の空気が緊張で震えているかのようだ。

全員の視線が、サッチャー・コルトに張りついた。

第六章　尋問

親族が司法解剖に反対するたび、警察は首をひねる。これ以上に自然な反応はないだろうが、まさにそのために、検死を望まぬ犯罪者にとって完璧な言い訳となるのだ。

「落ち着くんだ、フランドリン」コルトの口調は厳格そのものだった。「大人になりなさい。これはわたしの仕事であって、きみが決めることじゃない。わたしはなんとしても真相を突き止める！」

コルトがそう宣言しているあいだに、制服姿の警官が二人、部屋の入口に立っていた。他の者たちもその背後にいる――通路は青い制服の警官でひしめき合っていた。フランドリンはそれらの赤みを帯びたしかめ面を見渡したあと、コルトに視線を戻した。その目は罠にかかった動物のようで、見るだに痛ましかった。緑のタイツに包まれた頑健な肩を落としながら、部屋をあとにする。やがて一人また一人と、このきらびやかな世界での序列にしたがって、フランドリンに続いて部屋を出た。先頭を行くのはフランドラ、それからフランドローが続き、その後はセバスチャン、シャラヴェィ医師、ランサム医師、イザベル・チャント、そしてエディー・スティーヴンスという順番である。警官が外で見張りに着くなか、ドアが閉じられた。かくして警察本部長、地区検事長、そしてわたしの三人は、ジョシー・ラトゥールの亡骸とともに部屋に残された。

サッチャー・コルトを見たわたしは、人生最大のショックを受けた。警察本部長の目に何かが光っている！　しかし、コルトはそれに気づかないふりをしていた。とにかく時間を無駄にはできない。

室内をざっと調べたあと、本部長はラトゥールの舞台アシスタント、エディー・スティーヴンスを再び呼んだ。程なくして、明るい色のユニフォームとは対照的な、くすんだ色の小柄な男が入ってきた。ネズミのような肌にヘビを思わせる額、そして生気のない灰色の目をしたこの男は、不安げな表情を浮かべてソファのそばに立ちながら尋問のときを待った。ソファの反対側にはコルトがいて、二人のあいだに遺体が横たわっている。

「ジョシー・ラトゥールのもとで働き始めて何年になる」

「五年です」

「フランドリンと結婚する前からか」

「ええ、もちろん」

「ラトゥールに反感を抱く人間に心当たりは」

「そんなのは聞いたこともありません」

コルトは疑わしげな表情を地区検事長に向け、次いでわたしを見た。

「射撃はできるか」と、サッチャー・コルトが不意に尋ねる。コルトは銃声を耳にしたと言っていたが、その質問はやはりわたしを驚かせた。

舞台係はうなずき、息を呑んだ。

「サーカスの世界に入った人間は、すぐに射撃を教わります」

「きみの腕前は」

「まあまあといったところですね」

「ライフルはどうだ」

「リボルバーだって撃てますよ。なんでも大丈夫ですが――今夜は一度も撃っていません」

「殺人課の連中が来るまで、彼をここに留め置いてくれ」コルトが命じる。「それから刑事が一人付き添って、最寄りの警察署に連行するんだ。エディー、他にも何か知っていたら――いまのうちに言っておいたほうがいい。翌朝までには突き止められるからな」

わたしはエディー・スティーヴンスを巡査に引き渡したが、その身体は震えていた。コルトはそれからフランドラを尋問し、続いてブランコ乗りにおけるフランドリンのパートナー、フランドローから話を聞いた。この夫妻は自分たちについて完璧な供述を行ない、他のことは気にかけていない様子だった。

「ラトゥールが転落したとき、あなたはどこにいましたか」

コルトがそう尋ねると、二人はまったく同じ答えを返した。酒樽のジャグラー二人とブリッジに興じていたそうで、その供述はすぐに裏づけられた。二人のアリバイは完璧だった。

次いでコルトは、イザベル・チャントを呼んでくるようわたしに言った。入ってきたメイドに対し、コルトはまず射撃の腕前を訊いた。すると、相手は氷のような口調で、拳銃の腕は一流だと答えた。慇懃な態度とヒキガエルのような目のせいで、わたしはどうしてもイザベルに好意を抱くことができず、その反感はコルトも同じようだった。しかし、彼女の供述は簡にして要を得ていた。オーストラリアの名家に生まれた――自分のことを「娘」と呼んだ――ものの、結婚相手が陸軍大尉という身分違いの男だったため、実家を勘当されたとのことだ。その後、夫が入浴中の転倒事故で命を落としてしまい、自分で生計を立てねばならなくなった。しばらくは家庭教師をしていたが、ジョシー・ラトゥールがロンドンを訪れた際に出した付き人募集の広告に応募し、いまの職を得たのである。

「わたしは彼女のためになんでもしました」イザベルはそう言い切った。「マッサージ師にして朗読者であり、フランドリンとお付き合いするようになってからは、付き添い役も務めたのです――親友といっていいでしょうね」

「ならば、仲はよかったのですね」

「姉妹のようでしたわ」

「ジョシー・ラトゥールを亡き者にしたい人間に心当たりは」

「とんでもない！」

「確かですか」

「ええ、確かです」

「脅迫されてはいなかったのですね」

「あの脅迫状だけですわ――いえ、ちょっと待ってください。コルトさん、ちょっと気になることがあるんです」

「お話しください」

「おとといのことでした。ミス・ジョシーとわたしは七十九番通りのフラットを借りているんですけど、フランドリンがヨーロッパから戻ってくる前に室内をきちんとしておきたいと言うものですから、二人して一日中お掃除に明け暮れていました。わたしはとても疲れたので、夕食をとってすぐベッドに入ったんですが、怒鳴り声で目が覚めました。どうやら喧嘩のようで――」

「男の声でしたか、それとも女性の声でしたか」

「男がミス・ジョシーと口論していたんです。命を捨ててでも計画は進めると、彼女は言っていました。すると男が、そんなことをすれば命はないと答えて、すぐにドアがバタンと閉じました」

「男は誰でしたか」

「わかりませんわ。わたしはベッドを出て、ミス・ジョシーのところへ急ぎました。けれど、彼女の部屋には鍵がかかっていたんです。それに、そのときの男が誰か、ミス・ジョシーは決して言おうとしませんでした。何度か訊いてみたんですけれど」

「声に聞き覚えは」

「あると言えばあるし、ないと言えばないですわね。ちょっと耳が悪くて、声を聞き分けるのが苦手なんです」

「今夜の悲劇について、他にご存知のことはありませんか」

「わたしはいまでも、あれは事故以外の何物でもないと考えております」

再び三人だけになってから、コルトが言った。

「あの婆さんのパスポートをあとで調べるよう、メモしておいてくれ。シロだとは思うが、予断は禁物だ。さて、フランドリンから話を聞く前に、セバスチャンとかいう不気味で怪しげな紳士と話をしておこう」

しかし、それは叶わなかった。友人であるフランドリンを慰めたあと、セバスチャンは妻とともに、いとこ、兄弟、そして息子たち合計七人を連れてここを発ったのである。このことを告げると、コルトは音楽監督のブラッドフィールド氏を呼んでくるようわたしに言った。

「楽団のリーダーだと?」ドアティが大声で反対する。「あの女が転落したとき、舞台の反対側にいたんだぞ。そいつが何を知っているというんだ。なんの役に立つ？」

　だが、コルトは笑みを浮かべて、確かめておきたいことが一つあると言うだけだった。わたしがベテラン音楽家のワーナー・ブラッドフィールドを探しに出かけたところ、彼は部屋のすぐ外で待っていた。

「ロビンソン大佐を探していたんですよ」と、ブラッドフィールドが説明する。

　わたしはこう返事をした。

「大佐ならケブリアを探しに行きましたよ。結局、二人とも姿を消したようですね。ところで、コルト氏があなたに話をお訊きしたいと言っています」

　室内に入ったブラッドフィールドに対し、コルトはこう口火を切った。

「ブラッドフィールドさん、ラトゥールが出演していたとき、ドラムはずっと叩き放しでしたね」

「ええ、そうです。大太鼓に小太鼓、そしてティンパニ、すべて叩き続けていました」

「ところが転落の直前、それまで完璧だったリズムが何かの物音のせいで狂ってしまった」

「そう、わたしもそれを聞いたんですよ！」ブラッドフィールドはコルトの言葉をあっさり裏づけた。

「そのときは気づいたんですが、いつの間にか忘れてしまったようです。あれは転落の直前でしたね。いったいなんだとお考えですか。拳銃の発射音でしょうか」

　コルトはすでにドアをあけていた。

「音楽と無関係な音が聞こえたことは、どうか忘れないでいただきたい。いずれ証言してもらうかもしれません」

　ブラッドフィールドが驚きもあらわにその場を立ち去るのと入れ替わりに、フリン警視が楽屋の入口に姿を見せた。そのうしろに殺人課の刑事たちを引き連れている。

ニューヨーク市警でナンバーツーの地位にあり、刑事たちの頂点に立つフリン警視は、昔ながらの警察官である——正直かつ有能で恐れを知らず、確固たる信念の持ち主。コルトが熱心に支持している現代的な捜査方法について、その価値に疑いを抱くことがあっても、彼の忠誠心は揺らぐことがなかった。

楽屋の入口に立つフリンのまわりには、馴染みの顔が集っていた。過去の悲劇的なミステリーでコルトと捜査にあたった連中だ。先頭に立つクレスター警部と数人の男たちは、六十八番通りウエスト一五〇番地を拠点とする刑事三課の所属である。殺人課から派遣された二人のスペシャリスト、統計・分析班のウィックス巡査部長と写真班所属のフレッド・マークルも、過去に幾度か我々と活動したことがある。さらにその後方には、かつてコルトの個人秘書を務め、現在は同じ立場でマルルーニ本部長に仕えているわたしのアシスタント、アーサー・チェンバレンが控えていた——そのチェンバレンもいまは警察の広報誌『スプリング三〇〇〇』の編集者である。そのとき、一番うしろにいたJ・L・マルトゥーラー次席検死官が、一同をかき分けるように進み出た。

「外の連中が警察に文句を言っているぞ——あれは単なる事故に過ぎないと」マルトゥーラー医師はあえぐようにそう言うと、フリン警視の横に立ってコートを脱ぎ始めた。次席検死官は赤ら顔の長身で、丸っこいピンクの鼻ときらきら光る小さな目が特徴的だ。コメディアンを思わせる顔つきと感傷的な心の持ち主であるマルトゥーラーはその鋭い感性と高い分析能力によって、東海岸の外科医のなかでもっとも優秀な犯罪エキスパートという評判を得ていた。

マルトゥーラー医師とフリン警視に向かって、コルトはこれまでの経過を説明した。

「できるだけすぐに検死をしたい。特に、遺体からドレスを脱がせてクリスリーク医師のところに送ってもらいたいんだ」

「クリスリークは風邪で休みだ」と、マルトゥーラー医師が反対する。

「無理は承知のうえだ」本部長は強い口調で言った。「ニューヨーク市警随一の化学者だからな――それに、この捜査には彼の力が必要なんだ。必要ならベッドから引っ張り出してもいい。とにかく出勤させるんだ。そしてこのドレスを――特にこれらのスパンコールを調べさせるように」

マルトゥーラー医師は視線を本部長からそらしてソファに横たわる遺体へと移したが、当惑しているのは明らかだった。それでも彼は無言を通し、三秒後には翡翠色の室内で奇妙な活動が始まった。ジョシー・ラトゥールは全裸にされ、脱がされた衣服は一つに束ねられて化学分析室へと送られる。素晴らしい形をした右足のつま先には、署内でUFナンバー九五と呼ばれている身元識別票がぶら下がっており、彼女の死に関する既知の事実が簡単に記されていた。そのおかげで、偉大なるラトゥールの遺体は、ベルヴュー遺体安置所に収容された他の百体の遺体と混同されることがないのである。識別票に内容を記してつま先に結びつけたウィックス巡査部長は、生気を失った指にインクをつけて指紋をとっている。そのかたわらではマークルがフラッシュライトの準備をしていた。

こうした活動が行なわれるなか、コルトはわたしに、ロビンソン大佐とケブリアはどうなったのかと、いささか苛立たしげに訊いた。

「誰も見ていないそうです」わたしは答えた。「巡査を二人、捜しにやりました」

一瞬、コルトは当惑し、次いで無益な疑念を振り払おうとするかのように見えた。そしてフリンに声をかけた。

「このサーカス団には有名なピエロ犬がいるだろう。その飼い主を連れてきてくれ。檻から逃げ出してリングにあがり、彼女が転落する数秒前にあたりかまわず吠えた理由を知りたいんだ。わたしは別の楽屋を取調室にしてフランドリンを尋問するから、そのあいだここはきみたちに任せる」

　フリン警視は岩のような顔をわずかに紅潮させた。

「フランドリンですか。被害者の夫ですよね」

「そのとおり。知っているのか」

「いいえ。ただ、ここに来る途中で気になることを聞いたもので。フランドリンの最初の妻――離婚したあと被害者を憎んでいた人物――が最前列に座っていたと、部下の一人が言うんですよ」

「その女も連れてきたほうがいい！」ドアティがそう口を挟んだところ、これから行方を突き止めるとフリンは答えた。

　するとサッチャー・コルトが言った。

「そのあいだに、手頃な楽屋を見つけてフランドリンを尋問しよう」

　それから二分後、我々はコンクリートの壁に囲まれた殺風景な部屋にいた。拳闘士が着替えのために使うような一室だ。ドアティ、コルト、そしてわたしの三人は、食卓の一方の端を囲むように座った。軽業師フランドリンは洒落た普段着に着替えており、テーブルの反対側で腕を組みながら、尋問が始まるのを待っている。呆然とした表情はいまや消え失せ、物腰も丁寧で落ち着き払っており、すべての質問に進んで答えようとする態度を見せていた。

　コルトは他の人間にしたのと同じ質問を、フランドリンにぶつけた。

「フランドリン、射撃の腕前は」

「拳銃についてはプロ級ですよ」

「ところで、いま何歳になる」

「二十六です――ああ、いや――実際には三十二歳ですよ。アーティストは自分を若く見せなければならないんです」

「ジョシー・ラトゥールと結婚して二年になるそうだね。そのあいだ、ラトゥールが誰かから脅されたことはあっただろうか」

フランドリンは物憂げに首を振った。

「いえ、まさか――妻はパフォーマンスのたびに命を賭けていました。でも、誰かが彼女に危害を加えるなど――」

「間違いないかね」

フランドリンは眉をひそめた。

「そうおっしゃられると、確かに自信がなくなってきました。今年の一月でしたか、カリフォルニアで危うく自動車事故に遭うところだったんです。ステアリングが故障していたんですが、誰かの仕業だと言われたんですよ」

「そう言ったのは誰かね」

「いや、たいした人物じゃありませんよ、コルトさん」

「それでも教えてほしい」

「ケブリアです――今年の一月、あのウバンギも冬のツアーに同行していたんですよ」

「正確にはなんと言ったんだ」

「悪魔、もしくは敵が我々のあとをつけている、だから身の回りに気をつけろと言っていましたね――そうそう、自然死などというものはないとも言っていましたよ」

「しかし、きみたちはその忠告を真剣に受け取らなかった」

「それはそうでしょう――まったく馬鹿げていますし、いまでもそう思っています」

これら証言の一言一句を、わたしは速記で書き留めていた。ずっと以前から、サッチャー・コルトと出かけるときには必ず、インディア紙のノートを二冊持参していた。もちろん、警察本部長の個人秘書であるわたしは、決してカリグラファーなどではないのだが、特に秘密を要する緊急事態のとき、記録を取ることがよくあった。その夜もノートと鉛筆を持参して食卓に座っており、ここに取り調べの正確な経緯を記せるのも、それらノートのおかげである。

続いてコルトは、自分の生い立ちを短く語るようフランドリンに求めた。

フランドリンという名前は、ルーツがフランスであることを連想させるが、それはサーカス界でおなじみの作り話に過ぎなかった。実際にはドイツ人で、本名はハイスだという。若いころに船で密かに出国し、そのまま世界を放浪した。かつてサーカス団の一員だった船員から、最初の芸を学んだのもこの航海である。フランドリンは白い帆がかかるマスト上部の横木のうえでそれを演じたそうだ。やがて、ハイス家はこの家出人を見つけてドイツに連れ戻し、ハイデルブルク大学を卒業させた。その後結婚し、二年にわたって大学院で研究を続けたのだが、ジョシー・ラトゥールと出会ったのがそのころである。ラトゥールは彼をサーカスに誘い、フランドリンというフランス風の名前をつけた。そして新たな恋人のために、ヨーロッパのアクロバット界に小さな居場所を見つけてやった。フランドリンはラトゥールの求めに応じて研鑽を重ね、サーカスのスター目指して練習に励んだ。恋の魔術にかかったフランドリンは、科学の道を完全に捨ててショーの世界を選んだのである。その若さと力だけでなく、研究を通じて培った科学的な精神までもが彼に味方した。その後すぐに自分のチームを組み、パートナーたちに同様の名前をつける。つまり、フランドローとフランドラは雇われ人に過ぎず、本名はオスターマンというらしい。離婚手続きを済ませたあと、フランドリンとラトゥールは夫婦になった。その瞬間から、彼の運がひらけ始めたのだ。

フランドリンは以上の経歴を簡単かつ謙虚に語ったが、尋問から早く逃げ出したいというように、視線を絶えずさまよわせていた。やがて軽業師は背後を振り返り、隣の部屋を見つめた。鉄筋コンクリートの壁をも射抜くような視線だ。隣室では、ワイシャツ姿の次席検死官が、転落死を遂げたスターの裸体を調べているに違いない。

「さて、フランドリン」コルトが話を続ける。「以前の結婚についてだが——最初の妻はどういう人だった?」

軽業師は嫌悪もあらわに唇を歪めた。

「ぼくと同じ化学の学生でした。最近——一年くらい前でしょうか——再婚したぼくとジョシーを追ってこの国に来たんです。名前は——フローラ・ベッカー」

「彼女の現在の住まいは」

「四十三番通りウエストにある下宿です。『リトル・フローレンス』という名前の」

「お子さんは」

「いません」

「きみとフローラは憎しみ合っているのか」

「まさか――もちろん、いちゃついたりはしませんよ。そのほうがいいんです。離婚したあとも友だちでいるという、いまの風潮は好きじゃありませんからね。当然ながら、フローラはジョシーに腹を立てています。ジョシーにぼくを盗まれたと思い込んでいるんですが、それは間違いです。実を言うと、ぼくのほうがジョシーを最初の旦那から盗んだんですよ――そのことについては、なんら後悔していません」

コルトは磁石で吸いつけられたかのごとくテーブルに両手をつき、真剣に身を乗り出していた。その目はフランドリンをじっと見つめている。

「二番目の奥さんが殺害されたものとして、最初の奥さんに実行できたと思うか」

フランドリンはうつむき、鉄のような顎のしたで、力強い指を神経質そうに動かした。

「無理でしょうね」と、ようやく答える。

「なぜそう思う」

「もちろん、フローラにはフローラの思いがあります。感情を表に出さないタイプで、長いこと怒りを抱え込んでいた。だがそれでも、彼女がジョシーを殺そうとするはずはない。そんなことをするにはあまりに信心深いですからね」

「最近彼女と会ったかね」

フランドリンは首を左右に振った。

「それほどは。冬に入ってからほぼずっと、外国に出かけていましたから。なので、会う機会はありませんでした」

「きみとジョシーが結婚したのはいつのことだ」

「二年前です。ボルドーで」

「ニューヨークではどこに滞在している」

「七十九番通りウエストにあるブラウンストーンのアパートメントを借りました」

「なるほど。さて、一つはっきりさせておきたいことがある――サーカス団がツアーに出るとき、出演者の食事を準備する調理テントがあると聞いたんだが――それは本当か」

「ええ」

「ここマディソン・スクエア・ガーデンでもそれは同じだろうか」

「いえいえ。裏方や雑務係、それに舞台係なんかが使う関係者用の建物を借りていましてね。場所は八番街と九番街のあいだ、五十番通りです。でも、出演者は好きなところで食べていますし、費用も自分持ちです」

「今夜、きみとジョシーはどこで食事した」

「一緒じゃなかったんです。船の接岸が遅れたもので。結局、ラトゥールとは一言しか言葉を交わせませんでしたよ」

「つまり彼女が夕食に何を食べたか、きみは知らないんだな」

「それってまさか――毒を盛られたとでも?」

「そうかもしれん。まだわからないが。しかし、目のまわりが腫れていたのは体内でなんらかの化学反応があった証拠だ。彼女が何を食べたか、きみは本当に知らないのか」

フランドリンは大きな手で乱れた髪をかき分けた。

「イザベルなら知っているかもしれません」と、あえぐように答える。

そのイザベルが述べた内容は、次のとおりである。

「エビのカクテル、マッシュルームスープ、ローストビーフの詰め物、トウモロコシの缶詰、ベイクドポテト、ビートとブロッコリ、チコリのサラダ、イチゴのショートケーキ、そしてコーヒーです。ミス・ジョシーお気に入りのメニューですわ」

コルトに合図されたわたしはメイドを部屋から連れ出して話を聞いたあと、フトゥールが口にした最後のメニューのメモ書きをマルトゥーラー医師に手渡した。そして即席の取調室に戻ると、コルトはフランドリンの口から、ジョシー・ラトゥールの過去を聞き出しているところだった。

「妻はブダペスト生まれです。ウェアリング一座と一緒に、そこで少女時代を過ごしました。母親が一座のメンバーだったんですよ。それに祖母も曾祖母もサーカスで身を立てていました。自分もいつか見事な演技で世界を驚かせたいと思っていた、妻はよくそう語っていたものです。実際そうなりましたけどね。アパートメントにトロフィーが並んでいますよ。妻の業績に並ぶ人間など、この世界に一人もいません。

ラトゥールはただただ完璧でした。パフォーマーとしてだけでなく、すべての点で完璧だったんです。六ヵ国語を話せるのもそうですし、今日舞台に登場するとき、走りながらダンスするのをご覧になったでしょう。あのように踊れる女性を、他のサーカスでご覧になったことがありますか。ラトゥールはサンクトペテルブルクでバレーを習っていたんです。それにピアノだって弾けます——ツアー中もグランドピアノを持参するほどです。楽屋のテントの色と調和させるために、スタインウェイに注文してピアノを翡翠色にしたんですよ。これがラトゥールなんです——何事も自分の気に入るようにしなきゃならない」

「奥さんの本名は」

「ご存知なかったですか。ゼグム――テレザ・ゼグムです。もちろん、子供のときからジョシー・ラトゥールの名でとおっていますけどね。エドワルドという兄がいて、マサチューセッツのミドル・ビレッジにある公立学校で数学を教えています。ぼくたちはニューイングランドに行くのをいつも楽しみにしていました……それももうかないませんが」

コルトは新しい煙草に手を伸ばした。

「前の旦那さんの名前は」と、出し抜けに尋ねる。

フランドリンは肩をすくめた。

「ラトゥールの最初の旦那」ぞんざいな口調だ。「大した人物じゃありませんよ。名前はラファエロ、イタリア人です。昔は優秀な軽業師でしたが、時代に乗り遅れてしまった。とにかく嫉妬深い奴でしてね。でももうこの世にいない――一年以上前に死んだんです。あいつはあいつなりに」そこで口調が判事のようになる。「ジョシーを愛していたんでしょうが、酒のせいで妻も仕事も失った――そして最後は自分の命も。高い足場から転落したんですよ――目まいの発作が起きて……」

一瞬、意味ありげな沈黙が流れる。するとサッチャー・コルトが身を乗り出し、フランドリンの瞳を見据えた。

「ところで、マールブルク・ラヴェルのことをどう思う」

その問いかけは絶大な効果を発揮した。打ちひしがれた軽業師の頭のなかで、導火線に火が点いたかのようだ。フランドリンはくぐもった叫びとともに飛び上がった。顔面は蒼白で、瞳は何かに取り憑かれている。

「マールブルク・ラヴェル！　それが——それがどうした——あいつがいったいなんだと言うんです！」

　今度はコルトが肩をすくめる番だった。

「彼が奥さんに花束を贈ったことは、きみも知っているはずだ。奥さんに好意を抱き、何度も手紙を送った。それについてはどうだ、フランドリン」

　フランドリンは左右に激しく首を振った。邪悪な思考を頭から振り払おうとするかのようだ。

「マールブルク・ラヴェルはぼくたちの人生になんの関係もありません」と、きっぱり断言する。

「あれこれ噂が立っている、それだけのことですよ。ラヴェルは確かにロビンソンのスポンサーだ——でもその正体は不潔な老人なんです！」

　そのときノックの音が聞こえたが、コルトは手振りでわたしを押しとどめた。

「ちょっと待ってくれ、トニー。フランドリン、マダム・ラトゥールがきみの演技を舞台袖から欠かさず見ていたというのは、本当のことか」

「ええ。ぼくも欠かさず彼女の演技を見ています」

「今夜も？」

「もちろん」

「常に奥さんから目を離さなかった」

「ほぼ——そうですね」

「どういう意味なんだ、『ほぼ』とは。目を離した瞬間があるというのか」

「はい——犬が吠えたときです」

「そうか。では、彼女が転落したとき、きみは出演者用の出入口からリングに飛び出し、彼女を腕に抱えて運んでいった——そして、最前列席の真下にある通路をとおって階段をのぼり、彼女の楽屋に駆け込んだ。それで間違いないな」

「ええ、そのとおりです。ただ——」

「奥さんはきみに抱えられているあいだ、一度でも意識を取り戻したか」

「まさか！」

「何も言わなかったのか」

「はい、何も」

「目をひらいたりは？」

「いいえ、まったく。地面に叩きつけられた瞬間、即死したとぼくは確信しています」

再びノックの音がする。今度はドアをひらくようわたしに合図を送った。マルトゥーラー医師が素早く室内に入り、こう告げる。

「少しばかり時間をとってくれれば、予備的所見を教えられるんだが」

コルトの陰鬱な視線に影がさした。

「こちらは被害者の夫だ。事実を知る権利がある。ここで言ってくれ、先生」

「コルトさん、あなたの言ったとおりだ。疑いの余地はない」

「それで？」

「予備検査の結果、化学反応の確かな痕跡が見つかった」

「それはなんだ」

「検死が済むまでわからんよ。しかし、その痕跡が悩みの種なんだ」

「まさか、青酸カリじゃなかろうな」ドアティが口を挟む。

　すると医師はフクロウのような目を大きく見ひらいた。

「とんでもない！」

「青酸カリは即座に反応を引き起こすんだったな」

「そのとおりだが、地上五十フィートの空中で宙返りしていたラトゥールに、どうやって青酸カリを飲ませるんだ。自殺というなら別だがね」

「妻が自殺するなんてあり得ない」フランドリンが抗議の声をあげる。「彼女は人生を愛していたんだ！」

　すると、マルトゥーラー医師が反論した。

「人生に飽きを感じていたのかもしれないよ。そういう人間は大勢いる。小瓶や包みのなかに――」

　だが、コルトは大きく首を振った。

「自殺など馬鹿げている！　いいかね先生、これはロビンソンから聞いたんだが、ジョシー・ラトゥールは楽屋を出る直前、使いの少年にサンドイッチを持ってくるよう命じたそうだ。死ぬなんて考えていなかったんだよ――食事をとるほどだからな。真剣に自殺を考えている女性が、マヨネーズ抜きのライ麦パンを求めるなんてあり得ない。フランドリンのために白いパンとマヨネーズを持ってくるよう命じたというなら話は別だが」

「そうかもしれんな」と、ドアティがため息まじりにつぶやく。「だがそのとおりだとして、どういう結論になるんだ。演技の途中で偶然毒薬を飲むなど考えられん」

コルトはフランドリンを向いた。

「我々だけにしてくれないか――いったん七十九番通りウエストのアパートメントに戻ってほしい。我々も一時間以内に向かうから」

それを聞いてフランドリンの青白い顔がさらに蒼白になった。

「妻の遺体も一緒にいいですか」と、かすれた声で尋ねる。

「いや、まだだめだ」

フランドリンは肩を落として立ち去った。そのすぐあと、コルトから指示を受けたわたしは部屋を抜け出してフリン警視を探した。一方、マディソン・スクエア・ガーデンをあとにしたフランドリンには、殺人課の刑事が尾行にあたった。

わたしが部屋に戻ると、コルトとマルトゥーラーが話し合っていた。

「遺体はベルヴューに送るつもりかね、先生」

「もう出発したよ――わたしもこれから追いかける。お求めのものを見つけられるよう、全力を尽くそう」

コルトは次席検死官と握手をした。二人の視線がぶつかり、了解が交わされる。検死解剖のベテランであるマルトゥーラーはオーバーコートのボタンをとめ、身の毛もよだつ仕事にあたるべく、ベルヴュー遺体安置所の解剖室へと向かっていった。

「さて、サッチャー」地区検事長が口をひらく。「あのフランドリンという男、まだ隠していることがありそうだな」

コルトはジャケットのポケットを叩いてパイプのありかを探ったが、アルジェリア製のパイプはそこになかった。自宅に忘れてしまったのだ。仕方なくため息をつき、銀のケースを取り出して煙草に火を点ける。

「ドアティ、たまには意見が一致するようだ。フランドリンの態度はいささか怪しい。なかでも気になったのは、妻の気性の荒さに触れなかったことだ。夫がその犠牲になっていたのは周知の事実なんだがな。ともあれ、これほど巧みな犯行は、サーカス界の表裏に通じた人物でなければ不可能だ。その雰囲気のなかで暮らしている人間、あるいはそれをつぶさに調べた人間でなければ無理なんだよ」

そのとき大きなノックの音が聞こえ、巡査が勢いよくドアをひらいた。そのうしろには、ねずみ色の顔をした舞台係のエディー・スティーヴンスと、イザベル・チャントが立っている。二人とも明らかに興奮していた。

「どうした」コルトが咎めるように尋ねる。

「ドアに何かがぶら下がっていたと言うんです！」と、巡査が声をあげる。「この人たちは――」

エディー・スティーヴンスがそれを遮って叫んだ。

「ぼくらが最初に見つけたんだ！」

すると、イザベル・チャントが金切り声をあげた。

「わたしが見つけて、あなたに見せたんじゃない！」

「黙れ！」ドアティが怒鳴りつけた。

巡査がエディー・スティーヴンスを指さし、嘲るように言った。

「手のなかに隠して、触らせようともしないんです」

そして、巡査は手で十字を切った。

「なんでもいいから、こっちに持ってこい」と、ドアティがだみ声で叱りつける。

エディー・スティーヴンスは背を丸めながら、すり足で室内に入った。手をゆるく握り、手のひらと指のあいだにりんごほどの大きさの物体を隠している。その背後には、顔を紫色に染めたイザベル・チャント。両目がいまにも飛び出しそうだ。二人は互いに相手の様子を探っていた。

「あなたが言いなさいよ」イザベルが口火を切る。

「いやだ」エディーが言い返した。「ぼくが見せるから――あんたの口から話してくれ」

メイドはサッチャー・コルトを向いた。

「黒い悪魔の仕業ですわ」その声は歯のすき間から出ていた。

それを聞いたコルトが目を細める。

「ウバンギか」

「気の毒なラトゥールにひどいことをしたのは、彼らに違いありません。それにフランドリンはいつも、あの人たちとつるんでいたんです――彼らの毒に興味があると言って。あの未開人たちはラトゥールを愛しているふりをしていました――ですが、実は憎んでいたと私は信じてます。コルトさん、わたしたちがみんなミス・ジョシーを愛していたのはご存知でしょうけど、あの人は何より偉大なアーチストなんです。マリー・ガーデンや、テトラジーニや、ジェリツァのように、感情の起伏が激しいんですわ」

「つまり」ドアティ地区検事長が口を挟む。「怒りっぽいということか」

「ラトゥールはウバンギを嫌っていました」イザベルが続ける。「突き出した唇を見るだけで、機嫌を損ねたものです。あの人たちを連れてきたロビンソン大佐は間違っている、そう考えていました。

あの人たちには別の時代のサーカスがふさわしい、大衆はそんなものに飽きている、と。最初のころはウバンギが近くに来るたび、耳をふさいで目も閉じていました。でも親切だったことは間違いありません――とくにケブリアに対しては。ぶかぶかの服を着ているのがおかしかったんでしょうね。ケブリアのほうもジョシーを女神のように崇めていました。でも今夜――」

「彼女は二人のウバンギを鞭打った。それは知っています。続けてください」

「けど、彼女は以前にもウバンギを鞭打ったことがあるんです！」イザベルの声は悲鳴に近かった。

「ケブリアもその一人ですわ。一言彼女に意見したせいで、猛烈に腹を立てたんです」

「そのときなんと言ったんだ」ドアティが訊いた。

「わかりませんよ。ともかく、ミス・ジョシーはそれを侮辱と受け取った。それで悲鳴をあげるまでケブリアを鞭打ったんです。もちろん、あとで和解はしましたよ。でも、それとは違う奇妙な話を聞いたことがあります――アフリカの魔術についての話です。あれらの原住民には奇妙な風習――白人には理解できない風習があるんです」

彼女はそこで話を切り、エディー・スティーヴンスを見た。すると舞台係は前に進み出たが、その足取りは夢遊病者のようだった。両手を前に突き出したまま、正体不明の何かを握りしめている。そして警察本部長の前まで来ると右手をあげ、左手のほうに近づけた。その手のひらには、奇妙な形をした何かが握られている。コルトは驚愕の表情でそれを見つめた。そしてこう言ったのを、わたしは耳にした。

「ジュジュだ！」

舞台係の手に握られていたのは、泥でできたごく小さな像――未開人の偶像――だった。粗い作りの不格好な像だが、それでもやはり、ジョシー・ラトゥールに似ていることはどうしても否めない。目の前にある小さな土像は、臀部も肩も同じプロポーションに作られ、優美な頭部もラトゥールと同じである。それに何より、彼女の生気、力強さ、そして優雅さをすべて反映しているのが、どう見ても不釣合いだった。像そのものも不気味だが、それに刺さっている、きらきら光る小さな物体のほうがなお気味悪かった――長く鋭い針が、心臓のあたりをまっすぐ貫いているではないか。

「どこでこれを見つけた」熱のこもった視線を向けながら、コルトが尋ねる。

「ジョシー・ラトゥールの楽屋のドアに釘が打ち込んであって、それに掛けられた紐からぶら下がっていたんです」

この恐るべき一言のあと、息詰まるような沈黙が訪れた。そしてようやく、サッチャー・コルトが手を伸ばし、いまは亡きサーカスクイーンの像を舞台係のごつごつした手のひらから取りあげた。

「実に奇妙な像だ」と、何かを考えるようにつぶやく。「今夜ウバンギの女たちがラトゥールの楽屋に隠れていたのはこのせいかもしれない。とは言え――」

「一目瞭然じゃないか」ドアティが口を挟んだ。像が息を吹き返すのではないかとでもいうように、飛び出しそうな目でコルトの指先にある物体を見つめている。「サッチャー、これは怪しいぞ。何せラトゥールはウバンギの呪術師を鞭打ったんだからな。実にまずいことをした」

サッチャー・コルトは真剣な面持ちでうなずいた。

「アフリカの冒険小説を読めば、すぐにわかることだ」

「皮肉はよしてくれ」ドアティが文句を言う。「わたしは真面目に言ったんだぞ。彼女は未開人の背中を鞭打ち、それ以前には部族の呪術師を鞭打ったこともある。それに、この部族は毒物の知識で悪名高い――そして、ジョシー・ラトゥールには毒殺の疑いがある」

コルトは水差しからクチナシを取りあげ――もうすぐここを離れるという合図だ――思案ありげにドアティを見た。

「確かに、筋道は通っている。それでも、解明すべきことはまだまだあるが」

「たとえば――」ドアティは挑むように訊いた。

だが、コルトはすぐに答えず、泥の像をハンカチでくるんだあと、ウィックス巡査部長を呼んで指紋の有無を調べるよう指示した。それから呆然としているエディーとイザベルを部屋から追い出すと、地区検事長の質問に答えた。

「たとえば、ロビンソン大佐はいまどこにいるのか。それにケブリアは。あの呪術師についてもっと知りたい。サーカスに興味があるおかげで少しは知っているが――十分ではない。部族の大物であるキング・ケブリアはナイフ使いの名手だ。二股のナイフを二百ヤード先の目標に命中させることができるし、マネージャーによると、これまでに三百頭のバッファローを仕留めたらしい。それがこの事件と直接関係している可能性もある。その一方で、我々は彼らの全体像を把握しているわけでなく、そこに我々の抱える困難がある。ここの未開人はフランス領赤道アフリカのデカイベ出身だ。フォール・アルシャンボーから五十マイルばかり離れたところにある町だが、そのアルシャンボーというのは、現地で殺害された退役軍人の名前なんだ。さらに、その死因は遠くから打ち込まれた毒物だという説もある。これも重要な事実かもしれない。ケブリアから話を聞きたいのはそのためなんだ。もしも――」

そのとき、ドアが激しい勢いでひらき、ロビンソン大佐がつかつかと室内に入ってきた。日焼けした顔を紅潮させ、豊かな銀髪も乱れている。

「コルトさん、ここをくまなく捜したが、キング・ケブリアは見つからなかった」

「立ち去ったのだろうか」

「いや、消えてしまったんだよ。しらみつぶしに捜したからね」

「しかし、警官を見張りにつけたはずだ！」

「さよう」そう言ってロビンソンは陰気にくすくす笑った。「だが、その警官も姿を消したんだ！」

コルトが返事をする前に、フリン警視が部屋に飛び込んできた。

「本部長！　外は大混乱です。コハラン巡査にアフリカ人を見張るよう命じましたね？　で、コハランは楽屋にそいつを閉じ込めていたんですが、急に目まいを感じて――前後不覚になり――そして気を失ったんです」

「警官が――気を失った？」ドアティがうめいた。

「そうです。ナポレオンだって失神したことがあるくらいですから。ともかく、コハランは気絶したんです。シャラヴェイ医師の診断では毒矢によるものだそうで――囚人は逃げ出したんです！」

第七章　扉の向こう側

サッチャー・コルトは驚きも失望も表に出すことなく、ロビンソン大佐のほうを向いてひび割れた声で尋ねた。

「この建物にいないとしたら、どこに行ったのでしょう」

ロビンソン大佐はお手上げというように両腕をあげた。

「わかるもんか」

「この街に知り合いはいるだろうか――あるいはこういうときに行きそうな特別な場所とか」

すると、トッド・ロビンソンはわずかに苦々しげな笑みを浮かべた。

「では、わたしの考えをお話ししよう」と、ゆっくりした口調で答える。「ケノリアはその白人警官から逃げたんだよ。自分のやり方で解決するためにね」

それを聞いたドアティが前に進み出て、怒鳴るように言った。

「本当はケブリアが犯人で、だから逃げたんじゃないのか」

だがロビンソン大佐は煙草の端を嚙みちぎりながら、何も答えず目をそらした。

「フリン」サッチャー・コルトが呼びかける。「いますぐ、行方不明の黒人を指名手配するんだ！無線警報システムに乗せて、ニューヨークじゅうのパトカーに知らせてくれ。男の特徴はロビンソンが教えてくれる。何がなんでも――ウバンギの呪術師をわたしのもとに連れてこい」

「おまかせください、チーフ！」

「ところで」ドアティがかすれ声で文句を言う。「我々はあんたのことも必死に探したんだ、ロビンソン大佐。いったいどこにいた！」

「きっとすれ違ったのさ。わたしはずっとガーデンにいた――ケブリアを捜していたんでね」

そのときコルトが立ちあがり、謎めいた笑みをロビンソンに向けた。

「あとでまたお呼びするかもしれません。これからあとはどこにいますか」

「ここに残るよ、わたしのオフィスにね。一晩じゅういるつもりだ」

それから数分間、本部長とドアティはフリンと話をした。容疑者全員の筆跡を手に入れること、というのがコルトの指示だった。それをセンター街の筆跡鑑定家へ送り、死の脅迫状と比較させようというのである。またフリンには、ラトゥールの楽屋を閉鎖せよとの命令が与えられた。ドアに鍵をかけ、さらなる指示があるまで警官にそこを見張らせ封鎖すること。それから今日に至るまで、マディソン・スクエア・ガーデンの従業員のなかにはラトゥールの楽屋を避ける者がいるという――観客が去って照明が落ち、廊下が不気味に薄暗くなってからはなおさらだそうだ。

「本部長、あともう一つ」フリンが続ける。「ピエロ犬の飼い主と話しましたが、成果はさほどありませんでした」

「その犬が誰の声について歩くか、飼い主に訊いてみたか」

「ええ。すると三十人ほどの名前をあげましたよ」

「犬が今夜リングにあがったことについては、なんと言っていた」

「犬小屋の鍵をかけ忘れたのだろう、と」

「それだけなのか。つまり、扉の掛け金を外すだけで、犬がリングにあがってしまうのか」

「そのとおりです。どうやらそういう犬らしいんですよ。それに、リングにあがるとすぐ吠えだすらしく、これまでに何度かそういうことがあったそうです」

「ということは、誰かが犬を自由にすれば、また同じことが起きると」

「飼い主はそう言っていました、本部長」

「ありがとう、フリン。あともう一つだけ——ここガーデンになるべく多くの要員を残しておくように。今夜の人の出入りを残らず記録してほしいんだ」

「わかりました」

「それから、刑事の見張りつきでエディー・スティーヴンスを署に連行してくれ——そこでなんとか話を引き出すように」

その一言とともにコルトはフリンをその場に残し、ドアティとわたしを伴って観客席に戻り、そしてリングにあがった。いまや人影はなく、光が消えて寒々としている。いくつかの青白い照明だけが灯り、そのしたでは翌日午後の公演に備え、舞台係が装置や器具の準備に勤しんでいる。そしてリングの中央には見張りの警官が三人、ぼんやりとした表情で立っていた。

コルトはリングの端にのぼり、ドアティの大きな肩に手を軽く乗せた。

「アリーナに落ちているおが屑やかんな屑は、ラトゥールが転落したときとほぼ同じ状態のままだ。わたしが命令を出したから、リングには誰も立ち入っていない。このおが屑とかんな屑、そしてごく小さな埃のなかに、手がかりがあるかもしれない。フリンに言ってこれらの屑を注意深く集めさせ、ルックナー教授の研究室に送らせよう」

「何を捜しているのか、自分でもわかっていないのか」ドアティは疑わしげな声で訊いた。

「ああ、そうだ。だが、事故の直前、ラトゥールは確かに両手を合わせた。ビニール袋のようなものを掴んでいたんじゃないかと思う。もしそうなら、それを見つけなくてはならない。何か別のものに紛れ込んだのだろうか」

それからサッチャー・コルトは無言のまま、関係者用出入口の一つへと歩いていった。そしてほどなく、我々は歩道に出た。外は再び雨が降りだしている。

歩道の縁には警察本部長の専用車が停まっていて、のっぺりした顔つきのニール・マクマホンがハンドルを握っていた――その車は業務用の高級車で、窓は防弾ガラスになっており、前後に機関銃が隠されている。しかし、数々の奇妙な冒険で我々の足となったその車に、コルトはすぐに乗らなかった。その代わり、ぼんやりした光を放つ街路灯、そして降りしきる雨と暗闇を見据えながら、入り口のあたりを歩き回っている。その視線の方向から、本部長専用車のうしろに停まる車を観察していることがわかった。派手なデザインの外国車で、ドアに「J・L」という飾り文字が描かれている――ジョシー・ラトゥールの車だ！

コルトは歩道を横切り、その車の運転席のドアをあけた。帽子をかぶりユニフォームに身を包んだ背の高い大柄な男が、ハンドルにもたれている。いかつい顔は蒼白だったが、サッチャー・コルトを見てにっこり笑い、ゆっくりとした口調で挨拶した。

「こんばんは、本部長！」

「きみはラトゥールの運転手かね」

「もちろん！　警察がわたしを捜しに来るんじゃないかと、ずっと待っていたんですよ」

「おかしいな、きみのことは誰も言っていなかった」コルトが返事をする。「なぜ警察が来ると思ったんだ。それに、フランドリンを自宅に送ったんじゃなかったのか」

「いや、ここ二時間で何があったか、大体のところは聞いています。それにみんな、警察は殺人を疑っていると言っていますよ。フランドリンの姿は見ていません」

「警察が殺人を疑っていると、誰から聞いた」

「エディー・スティーヴンスです」

「ジョシー・ラトゥール専属の舞台係だな」

「ええ」

コルトはそこで言葉を切り、煙草に火を点けた。そしてマッチの火を点けたまま、声をあげた。

「記録しろ！」

「誰の――おれの？」

コルトはうなずいた。

「違いますよ――おれじゃない。逮捕されたことはないし――駐車違反だって一度もありません」

「名前は」

「ジョン・スミス。嘘っぱちだと思うでしょうが、本当なんです。世界にはジョン・スミスという人間がちゃんと実在するんですよ――本物がいないのに、名前をでっち上げられるわけがない――おれの名前はジョン・スミスです」

コルトはうなずいて同意を示した。

「事故のことを聞いて舞台裏に駆けつけなかったのはなぜだ」

「駆けつけようとはしたんですよ。ただ係の人間にジョシー・ラトゥールの運転手だと言ったんですが、そんな嘘をつく人間はお前で十八人目だと言われましてね。そういうわけなんです——本当のことを言ったのに、誰も信じない」

「気の毒にな」当てこするようにコルトが言った。「何か話しておきたいことは」

「おれのほうからはありません。質問してくれればなんでも答えますよ」

「トニー、こいつの名前と住所、電話番号を控えてくれ」

それらを言い終えた運転手のジョン・スミスは、コートの胸ポケットからきらきら光る何かを取り出した。それは金の煙草入れで、いくつかの宝石があしらわれている。宝石が本物であることは、専門家でなくともわかった——ジョン・スミスが火を点けたところ、稲妻のように光を放ったからである。

「彼女がこれをくれたんです」誇らしげにそう言いながら、煙草入れをコルトに手渡す。

「どういうわけで?」

「まあ、おれに命を救われたからでしょうね」

それに対してサッチャー・コルトは返事をせず、直接攻撃に切り替えた。

「誰が彼女を殺したか、心当たりは」

「まさか！　おれの知る限り、あれは恐ろしい事故だった。それだけですよ。おれを巻き込まないでください。何しろずっとここに座っていたんですから——目撃者だって大勢いるし、証言だってきっと——」

運転手の声は生まれたときから耳障りだったに違いない。この世であげた最初の産声も、いまの金切り声を予感させるものだったはずだ。そして大人になったあとのわめき声は、リベットのごとく耳に突き刺さった。

するとドアティが我々を押しのけるように進み出て、濡れて赤くなった手をあげながら言った。

「お前がこの件に関係しているなんて、誰も言っていないじゃないか。コルト氏が知りたいのは、警察の役に立つ情報や仮説を、お前が持っているかどうかなんだ」

ジョン・スミスの鋭い視線が地区検事長の顔からサッチャー・コルトに移り、そこでためらった。

「仮説ならあると思いますよ」

「なんだ、遠慮しないで言ってみろ」ドアティが苛立たしげに声をあげる。

再び、ずる賢い視線が顔から顔へと移動する。

「殺そうと思うほど、腹を立てていた人間がいるんです。別に彼女を憎んでいたわけじゃない――それは誤解しないでくださいよ。そうじゃなくて、夢中になりすぎていたんです」

「マールブルク・ラヴェルか」ドアティが問いつめる。

「いやいや――まったく違います。金持ちどもときたら、夢中になっているものがなんであれ、そこまで執着しませんからね。それはあなたもご存じでしょう。ところが、自分がこんなに愛しているのに相手はそうじゃないといって、くよくよ思い悩む貧乏人が一人いるんです。それに、彼女を最初に見つけたのもそいつだ――フランドリンがまだ大学生だったころですよ。だけど、ミス・ジョシーがフランドリンと結婚したあとも、そいつはあきらめきれず、状況が変わることを祈り続けてきた。これは確かです――おれはそいつをこの車でここに運んできましたし、大声でわめくのも耳にしました。

もう怖くなるくらいでしたよ」

そのときドアティが一歩前に進み出た。

「おしゃべりはもう十分だ。そいつはいったい誰なんだ」

「いや、その――フランドローです」

「フランドロー?」ドアティはおうむ返しに言った。一方のわたしは、自尊心が疼くのを感じていた。あの筋骨隆々のキャッチャーが怪しいと、最初から疑っていたのだ。

「きみが言っているのは、フランドリンのパートナーのことか」サッチャーが口を挟む。

「ええ――そのとおり。フランドローはいまもジョシーを愛しているんです。サーカス団の連中はみんな知ってますよ。とは言え、誰も口を割らないでしょうけどね。あなたがたがどう扱おうとも、貝殻のように口が固いんです」

「しかし、フランドローは結婚しているじゃないか」

「そりゃそうです」

「で、なぜ我々に話してくれたんだ」コルトがさらにたたみかける。

「訊かれたからですよ」と、スミスがぶっきらぼうに答える。「おれを怪しいと睨んでいるんでしょう。でないなら、なぜここにいるんです? あんたがたは警察だ。当然、おれは怯えている。あんたがたはおれの考えを知りたいという――なので、おれは話した。それだけのことです」

コルトは煙草を投げ捨てた。

「フランドローが犯人で、動機は嫉妬だときみは考えている。殺人だと考えた理由はなんだ」

「さあね」

「単なる憶測じゃないのか。動機があるという理由だけで、人を殺人犯にしているんだぞ」

ジョン・スミスは肩をすくめた。

「そいつが本当に無実なら、おれがなんと言おうと別に害はない。でも、ただの憶測じゃないんですよ。それはわかってもらいたい。おれは見たんです」

「何をだ」

「ラトゥールが転落した数分後、フランドローが出演者用の出入口から出てきたんですよ。長い包みを抱えながら、通りを横切ったんです。戻ってきたときは、もう包みを抱えていませんでしたが」

コルトは目を細めて通りを見た。

「出演者用の出入口はかなり離れている。自分の見たのがフランドローだと、どうして断言できるんだ」

「オーバーコートですよ。幅広のストライプが入った、軽業師がよく着るコートをまとっていたんです。間違えるはずがありません」

「フランドローと何かトラブルは」コルトが静かな口調で尋ねる。

「いいえ、そんなには」そんなことはどうでもいいと言いたげな口調だ。「車で二人きりになったとき、フランドローがミス・ジョシーの身体を求めたんですよ。それも一度じゃない。おれが止めたこともあるんですが、それでも彼女は、フランドリンに言うのを許さなかった――どういうことかわかりますか」

「つまり、フランドリンは知らなかったんだな」

「少なくともおれの口からはね――それにジョシーから、いやミス・ラトゥールから聞いたとも思えない」

「なるほど」

「他にもあるんですよ」と、饒舌になって続ける。「フランドローは最近、エディー・スティーブンスといつも内緒話をしているんです」

エディー・スティーヴンス！　ラトゥールが転落したときリングにいた、小柄な舞台係。彼女に信頼されながら、別の方向を見ていた男……

コルトはジョン・スミスの右側に立った。その位置からは運転手の横顔がはっきり見える。打ちひしがれた表情。耳障りな声をあげるこの男にも、数年前までは野心があったと思わせるような、絶望と苦々しさの入り混じった顔つきだ。コルトは断固とした口調で言った。

「この話は誰にもするんじゃないぞ。何かを突き止めたら、またきみと話をさせてもらう」

「はいはい、わかりましたよ」と、相変わらずの金切り声だ。「おれなら大丈夫、何も言いません」

自分たちの車に戻る道すがら、ドアティがコルトの袖を引いた。

「包みのことだが、フランドローに話を訊くつもりか」

しかし、コルトは首を横に振った。

「フランドローには完璧なアリバイがある」

「だが――」

「だが、本当の問題はこれだ――簡単に見分けのつくオーバーコートを着て、フランドローを装ったのはいったい誰か」

「そう、それだ！　しかも――」

「しかも、その問題には答えが出ない。いくつかの事実を突き止めるまでは！」

ドアティは何か言おうとしたが、ため息をついてそれを呑み込んだ。

コルトの車に乗った我々三人は、七十九番通りへと急ぐことにした――しかし、コルトはその前にわたしをフリンのもとによこし、ラトゥールの運転手について過去の完全な履歴を入手するよう伝えさせた。

我々を乗せた車はほどなくコロンバス・サークルにさしかかり、三隻の船と提督の石像が立つらせん状の石柱を横に見ながら、セントラル・パーク・ウエストに入って北東へと向かった。それから一分後には、ラトゥールとフランドリンのアパートメントがある、七十九番通りの建物の前に停まった。

その住居は昔の面影を今に残すブラウンストーンの建物で、高い正面階段と装飾の施された石造りの手すりが特徴的だった。この界隈にはそうした建物がいくつも並び、セントラルパークの端から、六番街を走る高架鉄道の鉄柱まで軒を連ねている――そこには安アパート、下宿屋、そして下級の酒場二軒が入り混じっていた。

我々の車が停まった建物は家具つきの狭いアパートメントで、一週間ごとの賃貸になっているという。そこの二階が、サーカス・スターのために借りあげられていた。夫妻はそこに自分たちの大切な家具を持ち込み、あたかも自宅のようにしていたのである。そしてサーカスの狂乱のあと、二人きりになるのもこの場所なのだ。

車を降りたとき、わたしの腕時計は十一時十五分を指していた。雨のなか、歩道を駆け足で横切り、階段をのぼって薄暗い玄関ホールへと入る。

「照明が点いていないな。フランドリンがいればいいんだが」ドアティがつぶやく。「わたしもあいっと話がしたい」

ここでもベルを押したのはコルトだった。

「フランドリンを疑っているのか」

「サッチャー、わたしは事件について予断を持たないことにしている」と、ドアティが反論する。

「はっきりしない点がいくつかあるから、それを被害者の夫に説明してもらいたいだけだ」

やがてドアがひらき、ほおのこけた男が姿を見せた。耳も、口髭も、そして肩までもが、まるでしおれた花のようだ。洗濯したばかりであろう、派手なピンクのパジャマをまとった男は、歩き方までもがしなびた老人のようだった。

「管理人の方ですか」と、コルトが如才なく尋ねる。

「いや、わたしはビンスワンガー。この建物の所有者だ！」と、家主は眠たげなしわがれ声で答えた。

「で、用件は」

「警察の者です。入居者のフランドリンに会いにきました。これが身分証。さあ、合鍵を出しなさい！」

驚いたことに、セイウチのような髭を生やした小男は、素直にしたがった。目の覚めるような美しい寝間着をまとったビンスワンガー氏は我々の前をよろめくように歩き、緑の階段をのぼってゆく。手すりは重々しいオーク材。我々がいるのは今世紀初頭の優雅さを体現したかのような建物で、それが現在に蘇り、軽業師の住まいへと姿を変えたのだ。

ビンスワンガー氏は二階の廊下で立ち止まった。そのしなびた姿勢には、一種の疑いと、ゴシップに対する薄汚れた欲望が見え隠れしている。

「二人の部屋はここだ。さて、この建物の所有者として、また一納税者として知っておきたいんだが、いったい何があったんだ」

ドアティが一歩前に進み出る。

「人殺しがあったんだ！」わめくような口調だ。「第三級の殺人事件だ。あとで話を聞かせてもらう。さあ、風邪を引く前に戻ってくれ」

するとビンスワンガー氏はピンクのロケットのように、三段ずつ階段を駆け降り、下の階に姿を消した。

その間、サッチャー・コルトは周囲を観察していた。

やがて、この長い廊下からラトゥールのフラットに通じる四つの出入口のうち、一番大きな扉の上部を指差した。見ると、ドアのうえにある鴨居から一本の紐がぶら下がり、その先に一つの物体が結ばれている。それが何かは一目でわかった――泥でできた不恰好な像、稚拙な作りながらジョシー・ラトゥールを不気味に彷彿とさせる像だ。呪術！　魔術！　愛らしいジョシーが二度とくぐることのない扉のうえに、呪術の像がぶら下がっている！

廊下の照明は、反対側にある小さな電球一つだけだった。薄暗いなか、互いの顔を見合わせる。わたしの目に映った警察本部長と地区検事長の顔はいつにも増して青白く、不安と恐怖に満ちていた。二つ目の泥人形はいったい何を意味しているのか。

ドアの上部に手を伸ばし、泥の像を引き下ろしたのはコルトだった。左の手のひらにそれを乗せて一分ほどじっと観察したあと、ハンカチに包んでわたしに手渡した。現在、その現物は他の証拠品とともに、犯罪博物館に収蔵されている。

「どうやら」サッチャー・コルトが口をひらく。「このジャングルの魔術を解明するために、専門家の助けを借りるときが来たようだ」

コルトはそう言うと、像のことなど忘れたようにドアを素早くノックした。返事はなく、我々は静寂のなかで待った。しばらくして、コルトが再びノックする。そして鍵を差し込むものの、ドアはひらこうとしなかった。

内側から錠がおりている！

しかし、扉は他にもある。そう思ったのはみな同じだったらしい。ラトゥールのアパートメントに通じる扉は左右にあった。ドアティ地区検事長が左側のドアに向かう一方、コルトとわたしは右側にある二つの扉へ急いだ。だが、いずれのドアもボルトで留められていた。これら三つの扉の向こう側に誰かがいるのか。もしそうなら、ノックに返事をしないのはなぜか。

「なかにいるのは誰だ」サッチャー・コルトが呼びかける。「我々は警察だ。すぐにドアをあけろ。さもないと蹴破るぞ！」

それでも返事はなかった。

「肩を貸してくれ、ドアティ」と、コルトが声をあげる。

三人同時に重い扉に体当たりしたが、びくともしなかった。ついにコルトは、拳銃を貸してくれとわたしに言った――本部長に就任してからというもの自分の武器を持っていないのだ。そして銃口を扉の端、ドアノブから五インチほどのところに向ける。

「錠はこのあたりにあるはずだ」

つんざくような音が狭い廊下に響き渡り、火薬の臭いが鼻を刺す。上階で扉のひらく音がして、夫に呼びかける夫人の金切り声が聞こえた。しかし、そんなことに構ってなどいられない。サッチャー・コルトの見立ては正しかった。一撃でドアから錠を吹き飛ばしたのだ。ラトゥールのアパートメントに通じる扉は、いまやひらいていた。

室内は完全な闇と静寂に包まれていた。コルトがわたしに拳銃を返しながら、注意深く足を踏み入れる。わたしは安全装置をかけてから、そのあとに続いた。最後に入ったドアティは照明のスイッチを手探りで探している。そして程なく、それは見つかった。まず廊下の電球が点き、次いで我々は一つまた一つとドアをあけ、アパートメントにあるすべての照明を点けた。

そこには我々のほか、誰もいなかった。アパートメントはもぬけの殻だった！

第八章　アパートメントの探索

我々が直面した新しい問題はまるで、手品師が披露する奇術のようだった——これらの部屋に錠をおろした人間はいまどこにいるのか。室内にいるのでなければ、どうやって脱出したのか。

その人物は幻想の存在ではない。視界の至るところに、ここにいた具体的な痕跡が残っている。しかも、この部屋にいたのは一人ではない。室内の隅から隅まで、暴力的な激しい争いの跡が残っていたのだ。

そう、二人は争った——愛する存在を守るかのごとく、命がけで戦った二人の強い男。室内に残る戦いの跡は、恐るべき力が振るわれたことを如実に物語っていた。人間ではなくジャングルの野獣がここで争いを繰り広げたかのようだ。それまで整然としていたに違いないその部屋はいまや乱雑にひっくり返され、荒れ狂う怒りを不気味に象徴していた。我々は災害に襲われた廃墟を歩くかのように、室内を進んだ。サッチャー・コルトを先頭に、キッチンからダイニングへ、リビングから寝室へと歩きながら、ジョシー・ラトゥールの宝物の残骸をそこかしこで見つけた。

ピエロや馬術師、それに軽業師のサイン入り写真がいくつも床に落ちている——いずれもサーカスのスターだが、ジョシー・ラトゥールにプレゼントしたこれら人物の肖像はいまや床に散らばり、木の額縁は壊れ、ガラスの破片があたりに散乱している。かくも激しい暴力を振るったのは、いかなる恐るべき敵なのか。フランドリンはどこにいるのか。正体不明のもう一人の居所は。機械的にメモをとっていると、そのような疑問が挽歌のように頭のなかを流れた――廊下に散乱したメイク用の小箱――中央に装飾が施されたテーブルを覆いつくすガラスの破片――槍のような短く鋭い短剣と、それを壁に吊るしていた赤いベルベットの紐――寝室に散乱する豪華な装飾品、ひっくり返された鏡、壊れた文箱、そして割れたフロアスタンド。

ばらばらに破壊された電話台の前で我々は立ち止まり、互いに顔を見合わせた。恐るべき謎に三人とも戸惑いを隠せないでいた。

「あり得ないな」と、サッチャー・コルトがようやく口をひらく。「魔術というのは存在しない――ウバンギの魔術や呪術師など、そんなものは空想の産物に過ぎない。ここにあるのは密室の謎だ！室内に出入りする方法はただ一つ――あれらの扉だ。だが、さっき見たとおり、そこから誰かが逃げたはずはない。そのからくりを見破らねば」

コルトは一同の先頭に立ち、素早い足取りでキッチンへ戻った――マッキンリー大統領の時代に建てられたこの時代遅れのアパートに似つかわしくない、電化された現代的なキッチンだ。解決すべき謎を知ったわたしは、周囲を注意深く見渡した。我々はいま二階にいて、キッチンにある二つの窓は、中央に木が立つ裏庭に面している。最初はそれらの窓こそが、自然な脱出路のように思えた。しかし、近くで観察するコルトの顔に当惑の表情が浮かんでいる。裏庭はしっかり舗装されていて、高さも優に三十フィートはあった。

「ここから地面までの高さは、ジョシー・ラトゥールが転落した高さとほぼ同じだ」コルトが指摘する。「それに、ロープを使った痕跡も見られない――そのうえ、足がかりとなるようなものも、この壁には一切ない」

「奴が逃げ出したのは、建物のこっち側じゃないはずだ」ドアティの声は低く轟くようだった。「そうでないと――」

そこでサッチャー・コルトが口を挟む。

「別の視点から考えれば、そうとも言い切れないぞ。腕力の強い男――猫のような身のこなしができて、それに勇気があれば――」

「どうすればそんなことが！」ドアティは首を振りながら、雨がそぼ降る外の夜闇をじっと見つめた。

「木だよ」サッチャー・コルトはそう答えると、照射距離三百フィートの懐中電灯を点け、雨雫が滴る木の枝に光を向けた。

「真ん中のあたりから伸びる枝を見てくれ。経験豊富なアスリート――サーカスのパフォーマーもそうだ――なら、ここから飛び出して木の枝を摑むことも無理じゃないだろう。軽業師がブランコの棒を摑んで――安全に着地するのと同じさ」

「そうだ、コルト。そうに違いない！」ドアティが声をあげた。

「しかも」コルトが続ける。「それほどの敏捷さがあれば、木の枝から勢いをつけてこの部屋に飛び込むこともできる」

「そうか、そのとおりだ！」ドアティは興奮を隠しきれない。

コルトはいっそう自信に満ちた口調で続けた。

「ジャングルに棲む猿のように、木から木へと飛び移ったなら、侵入の痕跡が残っているはずなんだ。さあ、それを捜そう！」

そう言って窓から身を乗り出し、ペンキが塗られた木の窓枠を、懐中電灯の光を頼りに調べ始めた。

「思ったとおり、痕跡が残っている――二人の人間が、別々のタイミングで残したんだ」

「そんなものは見えないぞ」ドアティは威厳を保ちつつも、嘆くように言った。「それに、わたしは数秘術や占星術なんか――」

だが、その先はコルトに遮られた。

「これだ！　ここにもある！　この窓枠はまさに情報の宝庫だ。ドアティ、たとえば埃のなかに残っているこの円形の痕跡だが――」

「牛乳瓶だろうよ！」

「まさか――この痕跡は人間の膝のものだ。スーツの折り目が埃にしっかり残っている。その横にあって、すこし重なり合っている痕跡――これは人間の足跡だろうか」

「どこだ」

地区検事長はあえぐようにそう言いながら、わずかに身をかがめ、コルトが見つけた痕跡を調べた。

「これは靴なんかじゃないぞ」咎めるような口調だ。「それに裸足でもない。いったいなんなんだ、サッチャー」

「靴下を履いた人間の足跡だよ。まあ、人類学的な見地から言えば、膝の跡と足跡は同一人物のものと断言していいだろう。少なくとも大きさは一致している。しかし、膝頭と、そのうしろに続いている脛らしき痕跡は、この人物が室内に入ったことをはっきり示しているが、靴下の足跡は外に向かっている――つまり訪問客の一人は、入ったのと同じ方法で出て行ったんだ」

ドアティは感心したように笑みを浮かべた。

「もちろん、お前さんの言うとおりだろう。しかしさっきは、二人の人物が――」

「それは別の痕跡のことさ――もっとも不可解な痕跡だ」

「この親指の跡か」

「全体像を捉えるのは簡単だよ、ドアティ。人間の形をした鳥――あるいは猿と言っておこうか――そいつは膝頭の跡と、のちに足跡を残したが――採取可能な指紋は残さなかった。何があったか想像してみよう。そいつはまず、この建物と裏庭に精通していた。また、誰にも見られることなく室内に入ることを望んだ。そのため、まず横道を通り抜けてフェンスを乗り越え、この裏庭に入り込む。そこで靴を脱ぐ。音もなく侵入したに違いない。そしてジャングルの猿と同じく、いとも易々と木を登る。それから高い枝に摑まって前後に勢いをつけ――手を離す。ひらいた窓は空中ブランコの棒、あるいは同僚の両手だ――そいつはそれを捉え、しっかり握る。そして自分の身体を持ち上げ――窓枠に膝をつき――室内に潜り込む。しかし、キッチンに入ったところで、別の誰かが自分より先に侵入していたことを知った」

「そんなことがどうしてわかる?」ドアティは半分あざ笑っていた。

「頭を使ったんだよ。この猿人間は窓枠を摑んだとき、内枠の埃に指の跡を残してしまった。ほら、これだ――絹の布地が浮かびあがっているだろう。手袋をしていたのさ。こいつを侵入者その一と呼ぶことにしよう。だがここでもう一度、埃についた親指の指紋を見てほしい――絹に覆われていない、皮膚の渦巻き模様がある指の跡だ。こちらの人物――もしかしたら女性かもしれない――は、侵入者その二とでもしておこうか。こいつも木の枝を使って侵入した。ということは、もう一人が使ったトリックを知っていたに違いない。こいつも木の枝から窓枠に飛び移り、室内に潜り込んで照明のスイッチを入れたのは確かだ。ここにもう一つ指紋がある。つまり、二人の人物が侵入したのは間違いないが、出て行った痕跡は一人分しかない」

「で、どういうことなんです」わたしは思わず訊いた。

「いまもまだ、ここにいるかもしれないということさ」ドアティがしわがれ声で口を出す。「この場所を隅々まで調べなきゃならんな」

するとと、コルトがたしなめるように言った。

「もちろん、これらはすべて、ジョシー・ラトゥールの死にまったく関係ないかもしれない。彼女のアパートメントで謎の出来事が起きたのは、単なる偶然ということもあり得る」

「そんなことはないだろう、サッチャー」

「わたしもそう思うがね。きみとトニーは捜索を続けてほしい。わたしはそのあいだに電話をかけてくる」

ドアティは意外な様子で目をしばたたいた。

「誰にだ——それも秘密なのか」

しかし、コルトは笑みを浮かべただけで、台所にある電話の受話器をとった。

「まずは刑事を呼び出して石膏を持ってこさせる。窓枠に残る跡を採取するためだ。その次は——ルックナー教授だ！」

するとドアティは、アラーに祈りを捧げるかのように天を仰ぎ、低い声でうめいた。

「ルックナーだと！　あのおいぼれか！」

ルックナー教授への評価以上に、サッチャー・コルトとマール・K・ドアティとのあいだで意見の相違がはなはだしいものはなかった。これまで、数多くの貴重な手掛かりが教授の実験室で発見されており、いくつかの悪名高い犯罪を解決に導いたこともある。ルックナーは退官後、サッチャー・コルトに協力していたが、さりとてニューヨーク市警察と公式な関係を有しているわけではない。一方のドアティは、実験分析といった現代的なやり方を、不快な目で見ていた。地区検事長は事実を得るにあたって、むしろ密告や厳しい尋問のほうを好んでいたのである。

「このような事件で、おいぼれのルックナーがなんの役に立つというんだ」

「たぶん、さほど役には立たないだろうな」コルトはあっさり認めた。「もしもし――ルックナー教授ですか。サッチャー・コルトです。ええ。人手が必要でしてね。いま警察の力になれる、ニューヨークで唯一の人物が必要なんですよ」

「いつものことだが、ニューヨーク市警はまったくどうしようもないな！」と、電話口で教授がからかう。耳障りで早口なその声はキッチンじゅうに響いた。「で、どんな人間が必要なんだ」

「ウバンギ族の言語を話せる人間です」

ルックナー教授は満足げに笑いながら言った。

「ウバンギ族だと？　たまには簡単な頼み事を持ち込んでくれんかね、本部長殿（ヘル・コミッショナー）。いや（ナイン）、それは高望みというものか。まあいい。で、ウバンギ族の言語を話せる人間が必要なんだな。いやはや、まったく（ゴット・イン・ヒンメル）！　きみも知ってるだろうが、ウバンギ族が話す言葉は、二、三のアラビア系言語を組み合わせたものだ――それを理解できるアメリカ人はいないといってよかろう。デュケイン大学の学長が、いくつかのアラビア系言語を話せるのは事実だ。しかしな、コルトくん、そうしたアラビア系言語は四十四もあるんだぞ。ウバンギ族が話す言語を知っている人間となると、それはただ一人――」

「そいつは誰なんです――いまどこにいるんです」コルトはようやく口を挟んだ。

するど、人を喰ったような老ドイツ人学者の嘲笑が再び聞こえた。

「名前はグミンダー。G・M・I・N・D・E・Rだ。そう、そう、そう――それが名前だよ。居場所だが――アフリカのどこかだな」

コルトは静かに悪態をついた。

それを聞いた教授は、もったいぶるように続けた。

「あるいは、ハーレムでパーティーを楽しんでいるかもしれん。グミンダーは黒人市民のパーティーが大好きなんだ」

「部下を派遣します」サッチャー・コルトはそう言いかけたが、ルックナー教授に遮られた。

「それには及ばんよ、ヘル・コミッショナー。グミンダーがニューヨークにいるなら、わたしが探して連絡してやろう。きみはいまどこにいる」

コルトはアパートメントの住所と電話番号を伝え、エキセントリックなヘル・ルックナーに心からの感謝を伝えたあと、受話器を置いた。

「サッチャー」と、ドアティがうんざりしたような口ぶりで言う。「あの黒人どもにいったいなんの用があるんだ」

コルトは再び窓のほうに目をやった。

「人体測定学の見地から言えば、この親指の指紋は巨大な黒人によってつけられたものだからだ」

「あの呪術師か」大きな目を不安げに動かしながら、ドアティがつぶやく。

「さあ、この場所をくまなく調べようじゃないか」サッチャー・コルトが提案した。

本部長は我々の先頭に立ち、まずリビングルームへと向かった。アパートメントの他の場所と同じように、この部屋も混乱を絵に描いたようであり、姿を消した人物による激しい闘いの跡が至るところに残されている。とは言え、ひっくり返された椅子やテーブル、破壊されたグランドピアノ、そしてサーカス人生を象徴する小物やトロフィーの破片のなかにも、ジョシー・ラトゥールがどのように部屋を装飾していたかは想像できた——光り輝く華々しい生活が、彼女の精神によって部屋に添えられていたのだ。

コルトは部屋の隅にある書き物机へ向かい、静かにふたを引いた。鍵はかかっていなかった。書類の山が崩れるものの、コルトの視線は机の端にある吸い取り紙を向いていた。それを取りあげて字を読んでから、ドアティとわたしに手渡す。

「ラトゥールの筆跡だろうな。新聞に寄稿するはずだった文章に違いない」

ドアティがメガネを忘れていたので、代わってわたしが文章を読みあげた。

「わたしは死を笑い飛ばす。『いつの日か』と言って、肩をすくめるのだ。軽業師であろうとなかろうと、わたしはそれをこなす。空中へのぼるたび、わたしは手のグリップに命をかける。ときにはパフォーマンスに疲れ、手を離して落ちてしまうに違いないと思うときもある。それでも出演者用の出入口を見ると、わたしの夫がこちらを見ながら立っている。彼のためにも、わたしは握り続けなければならない」

わたしがこの文章を読み終えると、コルトは書類の山に目を戻した。手紙、請求書、そして様々なメモを一枚一枚ゆっくりと慎重に調べ、脇に積んでいく。やがて、それらを一つに束ね、専門家の検査に回すべく警察本部へ送るよう、わたしに命じた。

これらの書類から、ジョシーとフランドリンがプロとして収入を得ていたことは明らかだったが、サーカス団から支払われていた報酬の低さに、わたしは驚いた。夫妻は不動産や株、あるいは債券に投資していたものの、その道の専門家のような規則性や慎重さが見られない。ごく簡単な錠がついただけの書き物机には、紙幣、自由債券、そして土地の権利書が入っていた。

コルトはこれらの書類を手早く、かつ慎重に調べた。預金通帳にさっと目を通し、黄色がかった目で抵当証書を確認する。そして出し抜けに、真剣な眼差しを向けているドアティを見上げ、はっきりと言った。

「ラトゥールは苦しかったらしい――夫妻の経済状況はかなり悪いな。証券市場のせいだよ。税金の支払いと、スウェーデンに住むおじ三人への借金返済のために、金庫は空だった」

「しかし、いまとなっては」ドアティの口調には皮肉がこもっていた。「負債はすべて保険金で清算できるじゃないか」

「これはジョシーにかけられた、十万ドルの生命保険だ」コルトは続けた。「日常生活の危険があまりに大きいから、当然ながら保険料もかなりのものだ。もっとも、保険金もそのぶん二倍になるので、フランドリンは二十万ドルを手にすることになる！　だがそれよりも、重要なのはこちらだ」

そう言って本部長は椅子を押しのけ、机に散乱する書類の山を見つめた。

「金持ちというのはまったく嫌なことをする。いいか、これほど重要な書類が、ここへ乱雑に突っ込まれていたんだ。これらの書類はもともと別のところにあって、あわててこの机に紛れ込ませたと考えざるを得ない。そのなかにあったのがこれだ！」

コルトはそう言って日記を取り出した。赤いベルベットで装丁され、真鍮の錠がついている。コルトは透明の鍵を使ったかのごとく、一瞬の早業でその錠をあけた。そうして、ラトゥールが自らの人生を綴った記録の、最後の書き込みに目を通す。しかし、本部長はページをめくりながら、失望したかのように沈黙した。

「ざっと読んでみたが、意味がありそうなのはここだけだ」コルトがそう言って中身を読み上げたので、わたしはそれを書き留めた。

「あの悪魔が再びわたしのあとを追っている。いまはわたしのことが怖いのだ——それが違うところ。でも心配してはいけない——フランドリンがもうすぐ帰ってくる」

そして、コルトは音を立てて日記を閉じた。

「トニー、これが最後の書き込みなんだが、もう一つのものとのつながりで読むと、かなりの重要性を帯びてくる」

そう言って、書類の山のてっぺんから一枚の封筒を取りあげる。そこにはブロック体の文字で次のように記されていた。

「親愛なるフランへ。この手紙は今日、あなたが上陸する前に届きました。筆跡は彼女のものだったので、当然ながらひらいて中身を読みました。あなたもその目でごらんください。わたしが説明します。二人のあいだに信頼がある限り、何物もわたしたちの愛を邪魔することはできません！」

そこでコルトは折り畳まれた紙を取り出し、手のうえで広げてから中身を読みあげた。

「わたしの愛する夫へ——わたしにとってあなたはいつまでも夫です。たとえあなたが、いまは偉大なるフランドリンで、わたしと離婚して別の女と結婚したのだとしても――それでも、人間や悪魔、あるいは神様がなんと言おうと、あなたはわたしの夫なのです。これから記すことを読めば、わたしに対する冷たい気持ちが変わるかもしれません。ジョシーは自分を愛していると、あなたはお思いでしょう。でも実は、あなたのことを馬鹿にしているのです。

今日の午後、ジョシーは密かにマールブルク・ラヴェルと会っていました。それは間違いありませんし、あの人の前ではっきり言ってやりたいくらいです。わたしたちのあいだに何があろうとも、わたしはいつもあなたに忠実ですし、それはあなたもご存知のはずです。でもジョシーは、あなたを子ども扱いしています。あなたは大人でしょう？　いつまで我慢しているのですか？　いつあなたが彼女と別れても、わたしは常に腕を広げて待っています。わたしはあなたの最初の妻、そしてただ一人の妻なのですから。あなたのもとに戻れるなら、地獄の苦しさもいといません。

愛しいあなたへ

フローラ」

一瞬、わたしの腕時計以外の物音が途絶えた。沈黙を破ったのはドアティだった。

「そうか！　考え込んでいたのはこの手紙のせいだったんだな！」

「最初の妻は、フランドリンの心にジョシーへの悪意を吹き込もうとした」そう語るコルトの顔には、思わしげな表情が浮かんでいた。「これと一緒に写真も見つけたよ」

そう言って、時代がかったキャビネ判の写真を取りあげる。被写体はこんもりした頭髪と細長い唇が特徴的な、近眼の女性だった。その下側には「フローラ」とだけ記されている。一度破られたらしく、中央のあたりで二つに裂けていた。

「フランドリンの最初の妻に違いない」コルトが続ける。「撮影されたのはミュンヘン。何があったかは想像できるだろう。フランドリンが旅に出ているあいだ、嫉妬心の強いジョシーが手紙と写真を受け取った。怒りに駆られた彼女は写真を引き裂く。だが、夫が戻ってきたときに見せてやろうと、それをとっておくことにした——裏に書いてある文章を見てくれ！」

ドアティとわたしはサッチャー・コルトのそばに寄った。写真の裏には同じブロック体の文字で、こう記されていた。

「もっとも危険で、もっとも必死なわたしの敵。それなのに、フランとわたしは彼女に金を払わなくてはならない。さもないとフランは刑務所行き。ああ、なんて国なの！」

ドアティは葉巻に手を伸ばした。頭のなかで危機が訪れている証拠だ。

「手紙に住所は書かれているか」

「ああ——四十三番通りウエスト七五八番地とだけ。下宿のようだ。言うまでもないが、ロビンソン大佐によると彼女は一つの場所に長く住むことがなかった。つまり、彼女は麻薬中毒だと言っているも同然さ。ジョシーが自分からフランドリンを奪い去ったと、みんなに言いふらしているらしいが——とんでもない。フランドリンが彼女と別れたのは、麻薬のせいだ」

突然訪れた沈黙のなか、階下のほうから軋る音が聞こえた。肥満体の地区検事長もそれを聞いたらしく、すばやく振り向き飛び出しそうな目をドアに向けた。一方のコルトは落ち着いた様子で煙草を選んでいる。すると廊下に影が落ちた。その暗い人影に続いて、男の身体が室内に入った。

行方知れずだったフランドリンが、自宅に戻ってきた。

第九章　行方不明者の発見

自分の書斎の入り口に立つフランドリンは、すべてを諦観して真実を語ろうとしているかのようだった。

「遅くなってすみません」謝罪の言葉を口にしながら、おもねるような視線をコルトに向ける。「もっと早くに戻って、みなさんをお通しするつもりだったんですが」

「車を使わなかったな」ドアティが衝動的に口を出す。「なぜだ」

フランドリンは地区検事長の赤ら顔と飛び出しそうな青い瞳をにらみつけてから、身体を激しく震わせ、サッチャー・コルトを高慢そのものの視線で見返した。

「コルトさん、ぼくは我を失っていました。自分が何をしているのかわからないほど。通りを歩いたのは間違いないんですが――どの通りなのかすら憶えていないんですよ。それでようやく、自宅へと戻ったわけです。おわかりいただけますか」

少なくとも一瞬、コルトは理解したという態度を見せた。我々の仲間の刑事が、フフンドリンを密かに尾行していたのだ。この軽業師がどこにいて何をしていたか、すぐに詳細な報告が届くだろう。するとコルトは部屋を取り囲むように腕を大きく広げた。

「この有様が見えるかね」

そう言われて初めて、フランドリンは乱雑に散らかった家具など、争いの跡をはっきり意識したかに見えた。

「いったい何が?」呆然とした口調だ。

「おいおい」ドアティ地区検事長がフランドリンに背を向けて室内の反対側へ歩いた。地区検事長がフランドリンの驚きを演技と見ているのは間違いない。しかし、サッチャー・コルトは冷静な態度を保ちつつ、目の前の軽業師に話を合わせた。

「二人の人物がきみの部屋に不法侵入し、ここで争った。うち一人が逃げ出した証拠を、我々はすでに見つけている。もう一人がどうなったかはまだ摑んでいない」

フランドリンは驚きもあらわにまばたきした。

「でも、誰が——そいつらはいったい誰なんです」

「最初の女房とトラブルを抱えているそうだな」ドアティが問いつめる。

フランドリンはまたも目をしばたたいた。

「ぼくが? フローラと? いや、違いますよ! 彼女はもうぼくたちとなんの関わりもありません——今月の初めを除いてですが」

「会っていないんだな」

「ええ。でも、どうして?」

コルトはそこで言葉を切り、煙草に火を点けた。沈黙のなか、それが嘘だと勘付かれたことを、フランドリンは感じ取っていた。

「もちろん、彼女とはときどき会っています」と、言い訳するように付け足す。「でも、こうした尋問は嫌ですね」

「離婚後の扶養費用がかさむんじゃないか？」ドアティがたたみかける。

「かさむなんてものじゃありませんよ！　あいつはアメリカの法廷で訴訟を起こし、あなたたちの奇妙な法律で守られているんです」

「で、いま借金があるのか」

「ええ、そうですとも！」

「いまもフローラを愛しているということはないのか」

「とんでもない！」

ドアティはフランドリンに洗いざらい吐かせようとしたが、たしなめるようなコルトの視線を見て思いとどまった。フランドリンという大魚を釣りあげるには、巧みな技と深い理解が必要なのだ。

「あと少しでフリン警視とその部下がやって来て、ここの部屋をすべて調べさせてもらう。フランドリン、我々の捜査に役立つ書類があるかどうか、きみに心当たりは？」

フランドリンは震える声で答えた。

「何を探しているんです？」

「我々はあらゆるものに目を通すつもりだ」ドアティが話に割り込み、両手の指で数えあげる仕草をした。

「文書、日記、手紙――」

「ちょっと待ってくださいよ！」思わず声をあげる。「どうしてそんなものを」

「殺害を計画して実行に移すほど、きみの奥さんを恨んでいる人物の手がかりを見つけるためだよ。

そうした人物からの手紙があるかどうか確かめたい。あるいは、一度も会ったことがないにもかかわらず、相思相愛にあると妄想を抱く人物がいたかもしれない」

フランドリンはそれまで背筋を伸ばして椅子に座っていたが、ここに来て興奮した様子で立ちあがり、室内をうろうろ歩きだした。

「くだらない手紙ならたくさんあるけど、どれもなんの意味もない」

「どんな種類の手紙なんだ」

「いや」――そう言いながら両手をあげる――「出演者につまらない手紙を送ってくる人間が多いんですよ。妻もぼくも、そういう手紙をいつも受け取っています」

「とってあるのか」

「ええ――そういうのをスクラップ帳に貼りつけるのが好きなので」

コルトはわかったというようにうなずいた。

「わたしが探しているのはそういうものじゃない。アダムとイブの時代から、男も女も見た目の優れた人間にラブレターを送るものだからね。ところで、マールブルク・ラヴェルから奥さん宛てに送られた手紙はあるだろうか」

コルトはその名前を口にすることで、またしても得点をあげた。フランドリンは口の端から呪いの言葉を吐き出したかと思うと、戦士のように両腕をあげ、苦しげに顔をしかめた。しかし、それも一瞬のことで、はすぐに落ち着きを取り戻した。

「ええ。ラヴェルは妻に手紙を送りました。自分の獲物だと思っていたんですよ。どれほど軽蔑されているかも知らずに。確かに、ジョシーのことをあれこれ言う人間はいます。最初の妻も、ジョシーには愛人がいるとぼくにいつも吹き込もうとしていましたから。でも、彼女はぼくを愛していた――ぼくだけを愛していたんです！」

コルトはそれを聞きながら、銀のケースから再び煙草を取り出そうとした。

「しかし、彼女がきみを愛していなかったとしたら」と、つぶやくように問いかける。「待ってくれ、単なる仮定の話だ。つまり、ジョシー・ラトゥールが実は、きみを裏切っていたとしたら。きみはいったいどうしていた」

軽業師は敵意と決意に満ちた眼差しで警察本部長を見据えた。

「殺していたでしょう」そして、顔をさらに紅潮させて続けた。「でも、ぼくは素手で殺します――闇に紛れて襲うなんて、とんでもない！」

すると、コルトはなだめるような口調で訊いた。

「では、奥さんを殺したあと、きみは自首するだろうか」

「いいえ」フランドリンは即座に答えた。「なぜ自首しなくちゃならないんです？」

それを聞いたドアティは立ちあがり、コルトのうしろに立った。二人とも相手の反抗的な表情をまっすぐ見据えている。

「それでは」コルトがさらに問いつめる。「いま言ったことが本当なら、奥さんに愛人がいることをきみが知っていたと立証された場合、きみ自身が彼女の殺害犯であると我々が判断しても、差し支えはないことになるな」

フランドリンは腕を組み、一瞬笑みを浮かべた。

「そんなことはないでしょう。それなら、ぼくに殺害の機会があることと、ぼくの使った方法を立証しなくちゃならない。コルトさん、もしぼくが犯人なら、最後まで戦いますよ。ぼくのような単細胞の軽業師がニューヨーク市警察本部長という頭脳優秀な人間と知恵比べをするなんて、馬鹿げたことに違いありませんが、それでも最後の最後まで戦います」

男は驚くべき変化を遂げていた。コルトが放り投げた難題を、サーカス芸人が素早くキャッチした、という具合だ。その態度には自尊心と虚栄による反抗心が満ちていた。悲しみなど重荷とばかり捨て去り、解放感とともに知恵比べの場へ飛びあがったようである。人間の顔が憎悪の光を帯びるとすれば、いまのフランドリンがまさにそうだった。

「それに」フランドリンが続ける。「ぼくは突然の悲劇で妻を失いましたが、それでもあなたがたに会おうとしたんです。これ以上何を望むんですか。なんでも言われたとおりにしますけど——さっさと終わらせましょうよ！」

「フランドリン」コルトは辛抱強くこらえ、ため息をつきながら答えた。「わたしはここに何時間でもいるつもりだ。書類を調べ、さらに質問する。協力する気がないなら、きみを拘束せざるを得ない」

そして、警察本部長は返事など期待していないというように、犯罪現場の捜索を再開した。銅版画や雑誌をあさり、家具もカーテンも調べる。それから小さな本棚の前でひざまずき、箱の形をした皮のケースを手に取った。

「これはなんだ」

フランドリンは目をすがめた。

「家庭用のムービーカメラですよ。誕生日にプレゼントしたんです」

「映写機もあるのか」

「ええ。それに最新の専用スクリーンもね」フランドリンが早口で答える。ちらりと本部長を見た視線には、痛ましいまでの自尊心が浮かんでいた。

「これで映画を撮っていたのかね」

「まだそんなに多くはありませんが――時間がなかったんです」

「撮影したフィルムもここにあるのか」

フランドリンはサッチャー・コルトをじっと見つめた。なんらかの葛藤と戦っているようだ。わたしの心にもまた、疑問が浮かんでいた――まさか、その映画をいまここで上演しろというつもりではあるまい。そんなことは無情かつ残酷であり、どうしても必要だとは思えない。ジョシーがローマ風のリングに転落する五秒間を撮影したフィルムなら話は別だが、他の映画がなんの役に立つというのか。

にもかかわらず、それらのフィルムを上映するのがコルトの質問の目的だったのだ。

「いま見たいんだが、構わないかね」

フランドリンは不機嫌そうに肩をすくめながらも、素直にうなずいた。

スタンド式のスクリーンは細長い箱のなかに巻かれていたが、片手を一度動かすだけで直立させることができた。それをリビングの隅、小さなテーブルのうえに置く。次に壁際からもう一つのテーブルを引っ張ってきて、映写機のコードを床のコンセントにつなぐ。そして、セルロイドのフィルムが巻かれた小さなリールを所定の場所にはめ込んだ。やがて照明が落とされ、暗いリビングのなかでリールが回りだす。それはなんとも奇妙な瞬間だった――我々の眼前で命を失ったラトゥールが、スクリーンのうえで元気よく生き生きと動いているのだから。

映写機はいま、サーカス団の様子を映し出していた。去年のツアー中、大規模公演の際に撮影されたものだそうだ。小さな町へと驀進する長い列車が見える。それからテントや箱、馬、それに動物の檻を貨車から降ろす舞台係と雑役係の姿。続いて映し出されたのは巨大な天幕と座席、そして混乱と混沌のなかからテントの街を作りあげる作業員たち。次に現われたのはより馴染みのある顔、ラトゥールの一番の友人の姿だ。サーカスの男性スターであるセバスチャンは練習着に身を包んでおり、カメラに一礼したあと、にやりと笑みを浮かべた。

「セバスチャンは奥さんの名声に嫉妬していただろうか」と、コルトが問いかける。

フランドリンは喉の奥から嘲るような声を出した。

「セバスチャンは違いますね。ラトゥールよりも自分のほうがはるかに優秀だと考えていましたから。嫉妬だなんて自尊心が許しませんよ。もちろん、それは馬鹿げた考えです。妻はセバスチャンなんか問題にならないほど優れたスターです。とは言え、向こうはそれを認めませんでしたけど――自分がサーカスの王であって、妻は女王に過ぎないというわけです」

そのあいだに、セバスチャンに代わってフランドリンが映し出されていた。スクリーンのうえで踊るように飛び跳ね、様々な力と技の演技を見せつけている。わたしは再び、署に古くから伝わる一つの格言を思い出した。犯罪を理解するにはその背景を知らなければならない。だから、舞台裏のあれこれについてコルトが質問するのを聞いても驚かなかった。

「ならば、セバスチャンは誰のことを嫉妬していたんだ」と、なおも食い下がる。

フランドリンは何やら不満をつぶやいた。ヨーロッパの人間がなんらかのニュアンスを伝えるときに使うあの奇妙な喉音で、それは偶然にも、アメリカ原住民の感情表現を彷彿とさせた。

「彼が誰かに嫉妬していたとは思えませんね」フランドリンは答えた。「その理由がない——いまはまだ」

「いまはまだ、とは」コルトが問いつめる。

「ああ、いえ、セバスチャンも歳をとっているんですよ。でも、ぼくはまだ若い。ラトゥールとぼくには夢がありましたが、それが叶えられることはない。それに、ラトゥールには自分自身の夢があったんです——いつの日か、ぼくがダブルツイストをできるようになって、自分は女王の座にとどまりつつ、ぼくが王になるというものです」

コルトは納得したかのような表情を浮かべたが、やがて考え込むような顔つきになり、しみだらけのスクリーンに映る躍動的な映像を、身を乗り出してじっと見つめた。スクリーンのうえでは、フランドリンがダブルツイスト・アンド・フォールに挑戦している。それから舞台係のエディー・スティーヴンスが銀幕に現われた。セバスチャンがそちらをちらりと見てから、いくつか言葉を交わした。するとコルトがその内容を再現したので、フランドリンは驚いた。読唇術はこの警察本部長が身につけた、もっとも貴重な技能の一つである。

「セバスチャンはエディー・スティーヴンスを叱責している——もっと注意して器具を管理するようにと言っているようだ」

「あれはエディーのミスでした」フランドリンも認めた。「でも、ラトゥールに対しては犬のように忠実だったんですよ。カンザスで竜巻に襲われたときに命を助けられたことがあって、それからは彼女のためなら命も捨てるという気になったようです」そして、虚ろな声でこう付け加えた。「確かに、今夜エディーがきちんと仕事をしていれば、彼女の命を救えたかもしれません。だけど、わざとリングに背を向けていたとは思えない。エディー・スティーヴンスが嘘をつくなんて考えられません」舞台係の弁護をするうちに、フランドリンの口調が熱を帯びる。「ぼくが知る限り、エディーはもっとも信頼できる人間の一人です。捜査対象から外していいのは間違いないですよ」

それに対し、コルトはなんの返事もしなかった。スクリーンに新たな人物が登場したものの、それが誰かは一目でわかった——イザベル・チャント。ラトゥール専属のメイドはリングへと歩きながら、へりくだるような笑みをカメラに向けた。

「この女性と知り合って何年になる」サッチャー・コルトが訊いた。

「ぼくらが結婚する前から、妻と一緒でした」

「彼女の経歴について何か知っていることは」

「ぼくらが?」と、腹立たしげに訊き返す。「過去に何度も聞かされたんで、二人ともうんざりしていたんですよ。ご存知のとおり、イザベルは昔、上流階級に属していた。本人がそう言っているだけかもしれませんが。だから、いまの生活を不本意だと感じているんです。彼女は気難しくて——底意地の悪い女ですよ」

その言葉は、続いてスクリーンに映し出された一幕の喜劇によって裏づけられた。ジョシー・ラトゥールが出し抜けにテントから姿を見せ、練習用のリングに近づく。その横にはイザベル・チャントとエディー・スティーヴンスが立っている。だが生きているラトゥールの姿を見た衝撃は、サーカス・スターの奇矯な振る舞いによって我々の意識から吹き飛んだ。ラトゥールは我を忘れるほど激しく怒っており、二人の使用人のほうを向いたかと思うと、鞭を振るうかのように片手をあげたではないか。

「これは気になさらないでください」フランドリンが口ごもる。「ラトゥールには芸術家特有の気性の荒さがあったんです。オペラのスターと同じですよ。ときどき――とは言え、長続きはしませんけれど――彼女はこんな風に堪忍袋の緒が切れることがあったんです。この映像を撮影したときも、ぼくが近くにいることを彼女は知りませんでした」

フランドリンは「堪忍袋の緒が切れる」と言ったが、身を食い尽くすようなこれほどの激しい怒りを、わたしはそれまで見たことがなかった。怒りの原因は器具の状態にあったらしい。その身振り手振りから、緩んだボルトにイザベルとエディーの目を向けさせようとしているのがわかる。するとラトゥールは前に進み出て、まずイザベルの顔を平手打ちした。それからエディーの肩を掴み、細い指を相手の貧相な首に食い込ませる。それはあたかも、カメラの前で同僚を絞め殺そうとするかのようだった。やがて彼女の顔がこちらを向く。自分が撮影されていたことに気づき、口汚く悪態をつく――そして映像が突然途切れた。フランドリンは妻の怒りをこれ以上撮影できなかったのだ。

「ラトゥールはこれを見ていつも笑っていました」いまは亡きサーカスクイーンの夫が説明する。「自分を映す鏡だったんでしょうね。だから、このフィルムを捨てるのを許しませんでした。もちろん、彼女はあとでひどく後悔し、それはイザベルとエディーもちゃんと理解しています」

わたしは不思議に感じた。わたしの印象に残ったのは、イザベル・チャントの顔に浮かんだ表情だったからだ――コルトも同じだったにちがいない。女主人は激怒していたが、お付きの女性はなおさらだった。かつて上流階級に属していたこの女性は、サーカス芸人の癇癪に面目を潰されたのだから。

一方、スクリーンの光景はすっかり変わっていた。映っているのは大勢の人々――調理担当の下働きや設営担当の雑役係に始まり、主役を演じるパフォーマーたちまで、サーカス団の全員が顔を揃えている。それから地上でタンブリングの練習をするフランドローが映し出され、それをジョシーが拍手しながら見守っている。その顔は感心しているかのように明るく輝いていた。フランドローは特に難しいタンブリングを終えて立ち上がると、ただ一人の観客の声援に応える振りをした。すると、ジョシーがより大きな歓声を送る。それから二人して一緒に立ち、フランドローがジョシーの腰に腕を回したかと思うと、カメラに向かってキスを投げた。

一見なんの悪意も感じられない、和気藹々とした映像だが、次に映し出された光景は、わたしの記憶に消すことのできない跡を残した。二人がそこに立っていると、奇妙な生物が視界に忍び込んできた。単眼鏡をかけた長身かつ頑健な黒人男性で、杖を手に歩いている。笑みを浮かべていないときでも、光り輝くような白い歯を見せていた。

「ケブリアだ！」ドアティが即座に反応した。

カメラの前でポーズをとる男女に対し、この呪術師は子どものような興味を示した。どうやらラトゥールと話がしたいらしい。フランドローが手を振って追い払おうとすると、それがケブリアの機嫌を損ねた。それに続く口論を、カメラは残らず記録していた。ようやくラトゥールが話を聞く気になり、ケブリアは何やら熱心に話しだした。コルトはそれを読唇術で解読し、声に出して読みあげた。

「未知の危険が迫っている。注意を怠ってはいけない。自然死などというものはない。空を見ろ！敵は空高くにいる」

そこで映像は途切れた。フィルムが終わったのだ。照明が灯って光に目が慣れると、サッチャー・コルトの陰鬱な表情が視界に入った。その視線は深く考え込んでいるかのようだ。

「さて、ここから何かを得たのは間違いない」ドアティはそう言ってため息をつくと、おもむろに立ちあがった。「時間を無駄にすることはない。このテープは押収する」

地区検事長がそう口にした途端、フランドリンの引き締まった顔に危険な光がさした。

「なんのために？　つまらない映像かもしれませんが、ぼくにとっては宝物です。手放すわけがないでしょう。なんの目的で押収するんですか。どう役に立つというんです」

ドアティは相手を責めるように、分厚い手を振った。

「なぜ反対する？　用が済んだら返すんだから」

しかし、フランドリンはあくまで譲らなかった。

「これらのフィルムが警察の役に立つとは思えません。それに、ぼくにとって神聖なものです。そんな目的で使うなど、絶対に許しませんからね」

ドアティの瞳が危険な光を帯びる。地区検事長は怒りを募らせつつあり、大きな顎が憤怒で紅潮していた。

「いいか、フランドリン。お前の態度は疑わしいと、わたしは考えている」

軽業師は即座に目を閉じたかと思うと、地区検事長の顔に拳を叩きつけた。

「もうごめんだ！」軽業師は金切り声になっている。「貴様らみんな、通りに放り出してやる！」

そしてフランドリンは突然凶暴になり、今度はヒョウのごとくサッチャー・コルトに襲いかかった。

一瞬の激しい争い。苦しめる者を一撃で打ち負かそうとするかのように、フランドリンの腕が突き出る――人の命を奪いかねない、激しい一突き。だが、コルトは左手で難なくそれを払いのけたかと思うと、腕と足を稲妻のように動かし、フランドリンに足払いを食らわせたうえ、三フィートほどうしろへ突き飛ばした。そして、床に倒れたフランドリンの身体に飛びかかる。それを見てドアティとわたしも駆け寄ったが、コルトは手を振って押しとどめた。コルトの運動能力はいまも警察学校で語り継がれているほどなのだ。

「その必要はないよ」と、静かな声で我々に告げる。「フランドリンは力が強いうえ、すぐに興奮するタイプだ。しかし我々がセンター街で教わり練習した護身術を、この男は身につけていない。立つんだ、フランドリン。みっともない真似はよせ！　自分が無実だと証明したいなら、こういうやり方じゃだめだ」

その言葉にフランドリンは素早く立ちあがった。

「どうも、我を失ったようです。こんなことはしないと、固く誓っていたんですが。でも、誰がぼくを非難できるでしょう——あなたがたは何かを言うたび、妻を殺したのはお前だろうと責めているじゃないか！」

その声は再び金切り声になっていた。

「ぼくは彼女を傷つけたりしない！　彼女を愛していたし、彼女と一緒にいられればそれでいいんです！」

「一緒に、か」地区検事長がつぶやく。「サッチャー、この男と一緒にさせてくれないか。わたしが質問すれば、必ず真実を話してくれると思う」

この奇妙な申し出はコルトをはっとさせた。フランドリンの神経が限界に近づいていることは、我々にも明らかだった。

「それならキッチンを使ったらどうだ。そのあいだ、トニーとわたしで残りの部屋を調べるとしよう」

　するとドアティはコルトを脇へ引き寄せ、低い小声で何やら伝えた。地区検事長が何かを言うたび、サッチャー・コルトはうなずき、無言のうちに同意する。やがてドアティは優雅で壮健なフランドリンとキッチンに入り、ドアを閉めた。

　わたしはいささか驚きながらコルトを見た。なぜ自分で尋問しないのか。しかし、コルトは瞳をかすかに光らせながら、こう言うだけだった。

「トニー、我々にはあいつから話を引き出すよりも大切なことがある。何があろうと、本当のことは口に出すまい。フランドリンは決して間抜けじゃないし、それは地区検事長もすぐにわかるはずだ。そのあいだにきみとわたしで――」

　本部長はそこまで言っていたずらっぽくウインクし、机に戻った。そして再び、ジョシー・ラトゥールの書類とその他の持ち物を熱心に調べだした。

「これはまったくの思いつきなんだが」と、次から次へと小さなキャビネットの引き出しをあけ、中身を素早く調べながら続ける。「妻への愛情を語ったとき、フランドリンの声が真剣そのものだったことに気づいたか？　そして彼は怒り狂ったが、だからこそ耳を傾ける価値があるんだ。ベンヴェヌート・チェッリーニだったかな、怒れる人間が口にする預言こそ、本当の神の声だと言ったのは。ノートの準備をしてくれ、トニー」

　わたしは新しいノートを取り出しながら、コルトに続いて寝室に入った。そこでコルトは、数学的な正確さで捜索を行なった。つまり頭のなかで直方体の部屋をいくつかに分け、ドレッサー、クローゼット、そしていかにも女性のものらしい優美な箱や備品など、ジョシーの寝室にあるすべてのものを、一インチ単位で入念に調べたのである。さらに、室内の様々なものを、素早く、それでいながら観察が可能なほどの時間をかけて触りながら、意識の底から出ているのではないかと思われるほどの低い小声で、この事件について思うところを語った。それはまさに、サッチャー・コルトの際立った特技の一つだった。目と指、そして鼻を駆使して手がかりを求めながら、心の別の場所ではこれまでの経緯を振り返り、索引をつけ、集計して結論を引き出そうとしているのだ。それでいて、目の前にある証拠への注意は怠らないのである。

　室内にはまるで二人のサッチャー・コルトがいるかのようだった——一人はあらゆる証拠を探し求め、もう一人はすでに得られた証拠と証言を検討している。いまは亡きサーカスクイーンが所有していたドレッサーには引き出しがいくつもあり、右側の上段には色とりどりのリボンの切れ端や縫い糸がしまわれていたが、コルトはそれを両目と両手でくまなく調べた。

「この女性のすべてを把握しない限り、それに彼女の経歴と恋愛遍歴を残らず認識しない限り、問題の根を見つけることはできない。いまのところはどうも、計り知れない憎悪による犯行という気がするんだ」

　そう言うと引き出しを閉め、マントルピースへ移った。そこには布の切れ端、広告のパンフレット、動かなくなった旅行用時計、そして変色した銀貨が何枚か散らばっていた。

「これは認めねばならないが、フランドリンは最初から不利な立場にいた。妻を殺す多くの動機がある——多すぎると言っていいくらいだ。しかし、サーカスという未知の大陸（テラ・インコグニータ）には、奇妙な動機も存在するようだ。そのうちいくつかはすでに明らかになっている。たとえば、フランドリンは妻に嫉妬していた——彼女の名を口にしたときの声でわかる。人には言えない理由があるのは確かだ——そして、サーカスの排他性というまさにそのせいで、別の人間からそのことを聞き出すのは難しい。フランドリンは気の短い人間だ。ジョシーに裏切られたこと自体が動機になる。しかし、そこで終わってはいけない――さらに検討を加えると、第一の動機と矛盾する第二の動機が現われる――これら二つの動機は決して互いに相容れないんだ。フランドリンがまだ最初の妻を愛しているなら、ジョシーを殺害した動機は嫉妬ではなく、フローラを取り戻すことにある。一人の人間が両方の動機を有していると は思えない。それについては、ドアティが何かを引き出すのを期待しよう。一方、パフォーマーとして、そしてショービジネスの人気者として、フランドリンは自分よりも優れているジョシーを妬んでいたかもしれない。一定の成功を収めたのは間違いないが、あのダブルツイストをマスターすべくどれだけ練習に打ち込んでいたか、きみは気づいていただろうか。それはなぜか。妻のうえに立ちたいからか。ならば、ラトゥールの癇癪を起こしやすい気性が嫌になっていた可能性もある。捜査をさらに進めることで、もう一つの動機が明らかになった――そう、生命保険さ。それが主たる動機ではなかろうが、寄与したということはあり得る。フランドリンは経済的な苦境に陥っていた。そこに突破口が現われた、というわけだ。とは言え、現時点で答えられない問題もある。フランドリン自身が別の誰か――我々の知らない他の美女を愛していたとしたら。こうした事件では、その可能性が常につきまとうんだ。

　ゆえに、フランドリンには動機がある。では、犯行の機会は？　それもあったと、我々は知っている。被害者の女性はなんらかの薬物を投与された。その薬品が何か、マルトゥーラー医師が突き止めるまでかなり時間がかかるだろう。しかし、それがわかれば少しは解決が早まる。さらに、フランドリンは化学を専攻していた。ということは毒物にも詳しい。機会はあったとドアティが言うのももっともだな」

　そこでわたしは疑問を発した。

「ですが、彼女が転落すると、どうしてフランドリンにわかるでしょうか」

　コルトはマントルピースからこちらに視線を向けた。その瞳は光を帯びている。

「転落したのは今夜が初めてじゃない」

　確かにそうだ。

「何度も落ちたことがあると言っていただろう。フランドリンはいつも出演者用の出入口に立ち、妻の演技を見ていた。いや、二人とも互いの演技を見ていたんだ。そのとき、フランドリンはどういう気持ちだったか。つまり、毎夜のように妻が転落するのをじっと待ち——またなんらかの方法で毒物を準備しつつ、転落した際にはいつでも救急車を呼べるよう、じっと待機しているときの気持ちだ。転落したのが新年度最初の夜だったのは、単なる偶然だろう。たとえそれが十三日の金曜日であってもだ」

　そこでコルトはマントルピースに背を向けた。

「わたしはこれらの可能性を信じていないが、それでも考慮に入れなければならない。リングにいるラトゥールの顔を見て、死はそこで引き起こされたに違いないと、わたしはいまも信じている。ロープを登る直前、手にこすりつけた樹脂のなかに毒物が混入されたという仮説を立てたこともある。その樹脂に毒物が混ざっていたなら、この事件全体でもっとも複雑な部分が解明できるはずだ」

　続いてコルトはツインベッドに移った。金色の可愛らしいベッドカバーがかけられ、端は飾りふさで縁取りされている。ゆっくりと、かつ注意深くベッドカバーをめくり、マットレスとスプリングを外して床に下ろす。するとベッドの骨組みがむき出しになった。本部長は特に何かを探しているわけではなく、信仰の域に達するほど深く信を置いているやり方、つまり忍耐と根気、そして粘り強さでもって、すべてを明らかにする重要な手がかりを見つけ出そうとしているだけなのだ。

ばらばらになったベッドの部品を調べながらも、声が途切れることはなかった。

「だが、容疑者は他にもいる。まずは二人の医師を考えてみよう。どちらかは彼女に毒物を投与できる機会があり、いずれも致死性の毒薬に詳しい——サーカス団専属の医師はさほどでもないが、ウバンギ族を連れてきたシャラヴェイ医師のほうはどうだろうか。シャラヴェイはあれら気の毒な黒人たちを騙し、奴隷のようにここへ連れてくることを考えつく以前から、熱帯病の専門家であり、薬品と毒薬にも詳しかった。もちろん、ジョシーにとりわけ効果を発揮する毒薬を選ぶこともできただろう。あるいは、他の誰かに手を貸したということもあり得る。しかし、そうする理由は何か」

ベッドを調べ終えたコルトは注意深く元どおりに組み立て、シーツとブランケット、そして絹のベッドカバーをかけ直した。その几帳面さと手際のよさは経験豊富な家政婦のそれだった。それが終わると今度はベッドの下にある木箱にとりかかる。ベッドの外に転がして蓋をあり、なかの衣服を腕に抱えて取り出した。

「ここでまた」と、再び話を続ける。「フランドローに戻ってみよう。フランドローがジョシーに恋慕していたのは明らかだ——事実、誰よりも早く彼女に好意を抱いたが、フランドリンにとられてしまった。またフランドローは、見知らぬ人間の前では常に脇役を演じている。自分よりも才能豊かでハンサムなフランドリンこそ、彼のボスなんだ。フランドリンが妻の名声に嫉妬していたのと同じく、フランドローも恋愛と仕事の両面でフランドリンを妬んでいたのかもしれない。それこそが、この事件において我々が理解しなければならない、現実離れした難しい背景なんだ。そうした嫉妬がこのサーカス団に渦巻いているなど、ロビンソンは決して外部の人間に認めないだろうが、それは確かに存在する。しかし、フランドローがフランドリンを妬んでいたとしても、それが相手の妻を殺す理由にはならないはずだ。自分はジョシーを愛しているのに、向こうがそれを受け入れなかったからなのか。フランドローの攻撃目標がフランドリンだったなら、最愛の人間を死に追いやることが最大の打撃ではないか。口にするのもおぞましい残酷極まりない仮説だが、それでもこの可能性から目を背けることはできない」

わたしはコルトの言葉を一言一句書き留めた。そして目をあげると、コルトは落胆したように、それでいて几帳面に、すべての衣類を木箱に戻していた。またも成果はなく、失望の色が顔に浮かびつつあった。

「道しるべとなる何かがここにあるはずなんだ」そう言いながら、憂鬱げな様子で周囲の壁に視線を走らせる。「今度は男物の服が入ったこの箱を調べてみよう」

次から次へと引き出しをあけ、フランドリンのハンカチ、ネクタイ、カラー、下着、そしてシャツを調べる。それぞれの段を入念に探り、クリーニング屋のマークさえ無視することはなかった。

「一方」コルトは先を続けた。「イザベル・チャントは奇妙な性格の持ち主だ。いままで見聞きしたすべてのことから判断して、彼女が犬のような生活を送ってきたのは間違いない。厳格な女主人に長年仕えるあいだ、段々と憎しみを募らせ、それが動機になったとも考えられなくはない。何しろ、一日に四度も解雇宣告されていたらしいからな。ぼろぼろになるまでいびられ、いじめられていた。母と娘のように愛し合っていたというのが大衆のイメージで、互いを愛し理解し合っている人間だけが、ときとして争うこともある、というわけさ。しかし、わたしが判断するに、イザベル・チャントは疑いもなく、心の奥底でジョシー・ラトゥールを忌み嫌っていた。もともとはずっと身分の高い人間だったからな。彼女は自分のことを貴婦人と考えていたが、実際には使用人として見下されていた。もしかすると被害妄想に取り憑かれていたのかもしれない。とにかくわたしは、物理的にリングの近くにいた人間がこの殺人を引き起こしたと考えている」

いささか苛立たしげに、小さな音を立ててキャビネットの引き出しを閉める。次いでクローゼットの扉をあけ、中身を調べだした。わたしの耳に届いたコルトの声は、クローゼットの奥からとあってくぐもって聞こえた。

「もちろん、他にも容疑者はいる。たとえば、あの得体の知れないシニョール・セバスチャン。彼の動機がどういうものかはわからない──仕事上のライバルを抹殺する、というのを除けばだが。殺害の機会があったかどうかも不明なままだ。それでいて、こちらの気分が悪くなるほど愛想がよすぎる。奴が犯人ならいいのにと思うほど、嫌悪感を抱いてしまったよ。とは言え、なぜ彼女を殺害する必要があるのか。それに、どうやって。彼女が転落したとき、セバスチャンは空中の止まり木にいたし、優に百フィートは離れていた」

クローゼットから不機嫌そうな声があがる。コルトはトランクを見つけ、苦労して外に引っ張り出した。それはサーカス専用トランクと呼ばれる代物で、いまはいささか時代遅れになっている。縦六十インチ、横三十インチ、高さ四十インチの箱で、三枚張りのベニヤ板の表面は、漆で黒と明るい赤色に塗られたキャンバス地で覆われている。また底面には亜鉛めっきの施された鉄板が張られていた。ふたをあけるとトレイがあって、書類、古い手紙、本、そしてリボンの結ばれた小箱といった、個人の思い出の品が山と積まれていた。コルトは椅子を引っ張ってきてトランクの前に置き、興味深げな表情でそれぞれの品を一点一点慎重に調べだした。

「ともかく、シニョール・セバスチャンのことは頭にとどめておこう。わずかながらも可能性はある。次にエディー・スティーヴンス。わたしは最初から、彼の行動が怪しいと感じていた。だが、この犯行は天賦の才と巧みな知恵、そして意志の力による賜物だが、あの小男はこれらの要素をすべて欠いている。一方、針で貫かれた最初の像を見つけたのはエディー・スティーヴンスだ。これほどおかしなことはない。エディーが見つけるまで、他の誰もそれを目にしていないなんて。ウバンギの呪術師に疑いが向くようにしたのだと、誰だって考えるだろう。しかし、エディー・スティーヴンスはどこで謎の薬品を手に入れたのか。どうやって、そしてなぜ、彼はそれを使ったのか。それに答えを見つけられない限り、エディーを法廷に立たせるのは難しいだろう」

そこでコルトは手紙の山を両手で持ちあげ、嫌悪も露わに言った。

「マールブルク・ラヴェルからジョシー・ラトゥールへのラブレターだ！　このような女性――本当に夫を愛していればの話だが――が、とかく噂のある富豪からのラブレターをとっておくなんて、いったいどういうことなんだ」

わたしはそれを聞いてさっと視線をあげた。

「チーフ、こんなことを言うのは気が進みませんが、もしかしたら彼女は脅迫を――」

「いや、虚栄心のなせるわざだろう――あのスクラップ帳と同じさ」と、コルトは笑みを浮かべた。

「しかし、ラヴェルが彼女からそう離れていなかったことは、考慮に入れておく必要がある。それに、ラトゥールがラヴェルを脅迫していたのなら、怒りに任せて彼女を殺したのはラヴェルかもしれない

――それも、自分の犯行だと知られないよう、十分巧みなやり方で」そこで間を置き、こう続けた。「それに、フランドリンの前妻も容疑者から除外されたわけじゃないんだぞ！」

コルトはため息とともにトランクからトレイを取り出し、中を調べた。

そして悲鳴を抑えるかのように、息を呑んだ。

トランクに押し込められていたのは、不気味な姿勢に折り曲げられた人間の身体だった。醜く歪んだ色黒の身体は、明らかに命を失っていた。眠たげな目でこちらを見上げ、歯がむき出しになった口は微笑んでいるかのようである。

それはウバンギの呪術師、ケブリアだった――そしてその喉は耳から耳まで切り裂かれていた。

第十章　呪術師の秘密

　ケブリアの遺体は折り曲げられた姿勢でトランクに詰め込まれていたが、それは原始人の埋葬を連想させた。頭部を無理やり押し下げられているため、どう猛な顎先が肋骨と接している。単眼鏡が片方にだらりとぶら下がり、その姿勢はまるで、色黒で巨大な、無力な胎児のようだった。そして斜めに傾いだ真っ黒の顔面が、それをさらに不気味なものにしている。ガラス玉のような眼球はうえを向き、死してなお陰険にからかうようにこちらを見つめていた。

　我々は驚きのあまり口もひらけないまま、しばらくその場に立ち尽くした。その間、死のトランクから立ちのぼる甘い香りがわたしの鼻をついた——おしゃれ好きな呪術師の一風変わった頭髪が放つ、床屋のポマードの匂いだ。

　コルトの指が、あるはずのないパイプを取り出そうと再びポケットのなかをまさぐった。代わりに煙草を見つけて火を点け、刺激の強い煙を三度、ありがたそうに肺一杯に吸い込む。それでようやく、話せるだけの落ち着きを取り戻した。

「確かなことが一つある。この頑健な黒人男性の巨体をトランクに押し込んだ殺害犯は、自分自身も頑健な巨体の持ち主だ——その力は信じられないほどと言っていい」

　そして何度か煙を吸い込み、こう続けた。

「喉が切り裂かれているが――トランクに血痕はほとんど残っていない。また縫い目からもまったく漏れ出ていない。ということは、別の場所で殺され、そのときに出血したんだ。それに頭頂部にもぎざぎざの傷跡がある。凶器はどこだろう。当然、ここの各部屋を滅茶苦茶にした争いの結果として、こうなったに違いない。これで侵入者の一人が明らかになったわけだ。もう一人の正体も摑めれば、それが殺害犯ということになる！」

「本部長は、ラトゥールを殺害したのと同じ人物が――」

しかし、コルトは遮るように手をあげた。

「そう決めつけるのはまだ早い。だが、この呪術師を殺害した犯人は、ともかくも事件全体の根底にいることは確かだ。だからドアティを呼んでくる前に、我々の手で探せるものを探しておこう」

そう言ってからの行動は素早く、それでいて独特だった。

まずはひざまずき、黒い遺体を興味深く観察する。生命を失った身体、あるいはトランクの側面や底にさえ触れないようにしながら、首を突き出して身体をさらに屈め、力強い肩や折れ曲がった膝のした、それにその周囲を調べる。身につけていたのは、生きている姿を最後に見たときと同じ燕尾服。そして遺体の右側には、その体重に押しつぶされたシルクハットが光沢を放ちつつ、惨めな姿を晒していた。

「奇妙なことが一つある」サッチャー・コルトはそう言いながら煙草を放り投げ、別の煙草に火を点けた。「いま見たように、トレイには様々なものが山と積まれていたにもかかわらず、トランクの底にはこの死体とシルクハットしかなかった。トランクのトレイにいろんなものが詰まっていながら、肝心のトランクのなかが空ということは考えにくい。つまり、トランクには何かが入っていたのだが、それはいまどこにあるのか。そうだ、机で見つけた書類に違いない！」

コルトは立ちあがり、心ここにあらずといった様子で膝の埃を払った。何かを考え込むかのように、眉間のしわを深く寄せている。そして、射抜くような輝く瞳で室内を見据えながら、夢遊病者のようにあたりを歩き回った。彼を知らない人物の目には、生きているかどうかもわからないに違いない――だが、こうした発作的な無我夢中の状態を抜け出したとき、サッチャー・コルトはその能力をもっとも発揮するのだ。このような集中状態は単なる知的活動に過ぎないという本部長の意見に対し、わたしはトランス状態にも似たこの恍惚を、極めて激しい精神的衝動と考えている。偉大なる巨匠が交響曲や絵画や大聖堂を着想するとき、あるいは偉大なる探偵が犯罪を解決するとき、その内側では人格が完全に切り離されているのだ。

ともあれ、コルトは忘我の状態で寝室を歩き回った。その目はわたしを貫き、壁を貫き、この世界をも貫き、無限の世界を見ているかのようだ。やがて、考え込むようなゆっくりとした足取りで歩きながら、低い声で話し始めた。

「ラトゥールの楽屋に通じるドアの横木で、エディー・スティーヴンスは呪術師の泥人形を見つけた。ジュジュの像だ。それからわたしがこの呪術師を呼びにやったとき、すでにいなくなっていた。五分前に見たばかりのケブリアは、そのときどこにいたのか。間違いなく、ここに来たはずだ。いったいなぜ？」

暗い光沢を放つ瞳が、何かを思い起こすように、トランクのなかの恐ろしい物体をじっと見つめている。それは不気味な光景だった。

「彼はここに来た。理由は？　おそらく、自分と犯行を結びつけるなんらかの証拠を処分するためだろう。ならば、なぜ彼は殺されたのか。ケブリアがジョシー・ラトゥールを殺害したのなら、ケブリアを殺そうとする人物はいったい誰だ。トニー、問題の根は深いぞ。それに――」

そこで再びひざまずき、トランクのなかの黒い顔を見おろす。白い歯がきらきら光り、目も大きく見ひらかれている。

「このパズルには、ぴたりとはまらないピースがいくつもある」不満げな口調だ。「この呪術師が犯人で、怒りに燃えるジョシーの友人に殺されたのなら、なぜこうした謎が生まれるのか。それに、この謎はいったいどういうものなのか。きみはどう思う、トニー」

「運動神経が発達した人間の仕業に違いありませんよ」

しかし、本部長はわたしの言葉を聞いておらず、遺体とトランク内部の観察に没頭しているようだ。そこに何かがあると、本能が大声で告げている――鋭く光るコルトの黒い瞳が見逃した、決定的な証拠がそこにあるはずだと。

そのとき突然、コルトは息を呑むような驚きの声をあげた。大きく身を乗り出し、即席の棺となったサーカス用トランクのなかに手を伸ばす。再び立ちあがったコルトの手には何かが握られていて、そのせいで顔が紅潮し、黒い瞳も輝いている。話しだしたその声は低く深く、感情の高まりのために震えていた。

「これで事件はまったく違う様相を見せた」そう言いながら、発見物をわたしに見せようと手を差し出す。コルトが見つけたのは銃弾の形をした金属の物体で、バナナほどの大きさがあった。黄銅製の薬莢だが、普通のライフルから発射するには大きすぎる。直径は一ないし一・五インチはあるに違いない。だが、鉛の弾がはめ込まれている普通のライフル弾とは違い、その先端にはアルミのキャップがついていた。

　これはどういうミサイルなのか。どのような武器からこうした物体が発射されるのか。その効果は。なぜこれがラトゥールのトランクのなか、殺害された黒人の遺体のしたにあったのか。

　こうした疑問がわたしの頭に渦巻くなか、コルトのほうを見ると、その目には驚きと興奮が浮かんでいた。

「ここにあると以前からわかっていたかのようですね」

　コルトは首を振った。

「いや――まだまだ調べ足りないと感じたまでさ。これを見つけて謎がなお深まったよ。まあ、大きなヒントが与えられたのは事実だが」

　そのとき、ドアノブがカチャカチャと音を立てた。コルトは即座に奇妙な薬莢を胸ポケットにしまい、トランクの蓋をおろした。そして何事もなかったかのように錠を回したところ、ドアがゆっくりひらき、入り口に立つドアティの巨体が見えた。

「フランドリンからは何も聞き出せなかった」地区検事長は素直に認めた。「サッチャー、今度はあんたがやってみてくれ。とにかく、途中で中断せざるを得なかったんだよ。あんたの友だち――グミンダー教授がいらっしゃったのでな！」

　コルトの目が明るく輝いた。

「その人物に会ったことはないんだが――まあいい、ここに通してくれ。彼の助けがいますぐ必要なんだ！　それはそうと、フランドリンはいまどこに？」

「キッチンにいるよ」ドアティはそう答えると、振り向いて呼びかけた。「グミンダー先生、こっちだ」

　すると、玄関から禿頭の小男が忍び込むように入ってきた。両耳のうえにオレンジ色の頭髪が円形に残っていて、法衣を脱ぎ捨てたトンスラ頭の聖職者を思わせる。二重レンズのメガネの奥からコルトに向かって目をしばたたき、そばかすだらけの毛深い手を尊大に差し出した。

「ご足労いただき感謝します、グミンダー教授」コルトはそう挨拶すると、マディソン・スクエア・ガーデンでの一件をざっと説明した。「それで、あなたがウバンギの言語をご存知だとルックナー博士から聞いたのですよ」

「ああ、知っているとも！」自尊心に満ちた握手とともに、グミンダーは答えた。「その言語を話せるアメリカ人はこのわたしだけだ。それだけでなく、彼らの歴史や習慣も残らず知っている。助けになれれば幸いだが」

「どうも」と、コルトは笑みを浮かべた。「教授、まずはジュジュのことですが――」

「なんだと――魔術のことかね。ジュジュのことでわざわざわたしを呼び出したのか――警察本部長ともあろう人間が」

「失礼はお詫び申し上げます、教授――ただ、そのとおりです」

「まったく理解に苦しむが――いったいジュジュの何を知りたいんだ。もちろん、まともな人間はあんなくだらないものなど信じておらん――まあ、わたしは長いことアフリカにいたが、そこの人間が言うことには、どれだけ長くアフリカにいたか、またそこで何を見たかによって、ジュジュを信じる人間もいれば、そうでない人間もいるそうだ」

「先生はお詳しいのですか、その、泥でできたこの小さな像のことを」

「ああ」

「そうですか——では、それを針で突き刺すこともあるのでしょうか。なるほど、そのとおり、と。で、これは敵に死をもたらす呪いなのでしょうか。いったいなんです。違うのですか」

グミンダー教授はヴァーモントの学校教師のごとく、もったいぶって首を左右に振った。

「言っておくが、そのような類のものではない」と、権威を笠に着たかのような口調で答える。

「呪いではないと」

「言っただろう、違うと——そういうものじゃないんだ」

コルトはひどく取り憑かれたように身を乗り出した。

「では、これらの泥の像はいったい何が目的なのか、教えてくださいませんか」

もったいぶるように咳払いをしてから、グミンダー教授は答えた。

「敵に死をもたらすというよりも、悪魔の呪いを打ち払い、モデルとなった人物を守るためにぶらさげることのほうが多い」

「トニー、最後に見つけた像をお見せしてくれ」と、コルトがわたしに命じる。「どうぞごらんください——心臓に針が刺さっているでしょう」

しかしグミンダー教授は、わたしが差し出した像を嫌悪も露わに一瞥するだけだった。

「そう、それだ——もう何千と見てきたよ。ウバンギの呪術師に尋ねれば、非常に論理的な説明を聞けるはずだ。ジョシー・ラトゥールを標的とするなんらかの邪悪な計画が進行中だと、精霊が自分に警告した、彼はそう説明するに違いない。そこで彼女を守ろうと思い——この像を作って心臓を針で刺し貫いた。このようにして、女軽業師の楽屋のドアにこれがぶら下げてあった理由は説明できる。

呪術師はきっとこう考えたのさ。つまり、サーカスの女スターを襲いに来た悪霊どもは、まずこのダミー人形を見て本物のジョシー・ラトゥールと思い込み、針が心臓を貫いているのですでに死んだと勘違いし、満足してその場を去るというわけだ。言い換えれば、これらの泥人形は悪魔学における避雷針なんだよ」

「現在でも、この風習は未開の部族のあいだで一般的なんだろうか」と、部屋の入り口からドアティが尋ねる。

「同じルーツを持つミナハサ（インドネシア・スラウェシ島北東部の半島）のアルフール、セレベス、そしてボルネオではいまも行なわれているそうだ。それに、コンピタリアという古代ローマの祭りで使う、イグサで作った操り人形や木の人形も同じ目的だと聞いたことがある——悪霊の注意を人間からそらすんだ。まあ、魔法の国の案山子というところだな」

「だとしても」ドアティが苛立たしげに口を挟む。「そんな知識が事件の解明にどう役立つというんだ」

コルトはなだめるように笑みを浮かべた。

「大いに役立つとも」と、真剣な口調で答える。「呪術師が精霊から警告を受けたのではなく、ほかのなんらかの方法で、ジョシー・ラトゥールの命が危険にさらされていることを知ったと仮定してみよう。そこで、ケブリアは彼女を守るために像を作った。また、どのように殺害されたかの証拠も摑んだ——それがわたしのポケットに入っている、奇妙な形をした正体不明の薬莢だ。まあ、それについてはあとで話そう。ケブリアはここに来て、フランドリンにその薬莢を見せて犯人の正体を話そうとしたが、知りすぎたために殺されてしまった」

「殺された、だと？」ドアティは口をあんぐりさせて同じ言葉を繰り返した。

「そう、殺された」コルトの口調は鋭かった。その視線は地区検事長の肩から、いつの間にか部屋の入り口に立っていたもう一人の人間の青白い顔面へと素早く移った――フランドリンだ！

コルトがトランクのふたを持ちあげると、ドアティは動物に似た驚きのうめき声をあげた。グミンダー教授は両手で目を覆い、一方のフランドリンは一歩前に進み出て、呆然としてトランクの中身を見つめた。

「ほんのすこし前に見つけた」と、静かな口調でコルトが説明する。「落ち着いて、教授――どうか警察にご協力願いたい。遺体を見て、気づいたことがあったら教えてください」

ドアティはコルトの脇に立ち、目を大きく見ひらいてフランドリンを非難するかのように睨みつけた。モーニングサイト・ハイツからやって来たグミンダー教授はハンカチで顔を拭い、大きく深呼吸をした。

「義務は果たさねばならん」そう口のなかでつぶやき、ウバンギ族の呪術師の遺体を見おろす。

教授は勇気を振り絞って、長いことそれをじっと見つめた――刈り揃えられた黄色い髪が道化役者を連想させ、この場になんとも不釣り合いだ。それでも威厳を示すかのように両手を背中の真ん中で握り締め、眼鏡越しに視線を向けている。そしてようやく咳払いをし、何事もなかったかのような口調で言った。

「期待を裏切るようだが、これは儀式などではない。ウバンギ族が人を殺すときは毒矢を用いるのが普通で、このように喉を掻き切ることはないんだ。血を恐れる部族だからな。だがコルトさん、呪術師と部族の人間とのあいだには、聖職者と信徒のような関係が存在する。その知識を基に言わせてもらえば、これを解明したいのならウバンギ族のもとへ出向いて、どう思うか意見を訊くことをお勧めする。奴らは未開の部族だが愚かではない。その知能の高さには感心するばかりだ」

そこでコルトがわたしのほうを見た。

「トニー、電話でトッド・ロビンソンを呼び出し、尋問するからウバンギの人間を集めておくよう言ってくれ」

わたしは電話機へと向かいながら、厄介なことになったと思わずにはいられなかった。口の硬いサーカス関係者から話を聞き出すだけでも大変なのに、コンゴのジュジュにまつわる未知の背景を掘り出さなければならないのだから。

コルトは引き続いてグミンダー教授から話を聞き、ときおりドアティが口を挟んだ。その間、フランドリンに注意を向けていた人物は誰一人いないように思われた。その彼は衣裳たんすに寄りかかり、人生がまったくの悪夢と化したかのように中空をぼんやり見つめている。一方のドアティは、すべての謎がもう解けたとでも言いたげに、自信に満ちた表情を浮かべていた。

ようやく、マディソン・スクエア・ガーデンのオフィスにいるロビンソンが電話口に出た。彼の説明によると、ウバンギ族の人間はコンクリート造りの円形アリーナの二部屋に分かれて待っているそうだ。

そのとき、コルトが指示を出した。

「大佐にこう伝えてくれ――朝食前にグミンダー教授とわたしがそちらに出向く――だからそれまで待っていてほしい――彼とウバンギの人間から話を聞きたいと」

ロビンソン大佐はガーデンで待っていると答えた。

わたしが受話器を置くと、コルトは話を続けた。

「さて、教授はキッチンでお待ちください。フランドリン、きみもだ。やらねばならないことが山ほどあるんでね。トニー、本部に電話をかけて、フリンに連絡をとって殺人課の連中をすぐに差し向けろと伝えてくれ」

わたしが電話で話していると、コルトが出し抜けにグミンダー教授の名を呼んだ。

「教授、あともう一つだけ。これを見てくれますか」

コルトはそう言ってトランクから遺体の片手を持ちあげた。

「手、だな」グミンダー教授はすっかりおののいている。「それがどう――」

「指先をごらんください」

「ああ――」

「指先の皮膚に膜状のものが付着しているのが見えますか――それに幅の広い平らな爪の下にも」

「どれどれ――確かに――緑色で粘り気がある」

「そうです。ウバンギ族の人間は、なんらかの目的でこのようなものを指先で使うことがあるのでしょうか」

「あり得ん！」グミンダー教授は声をあげた。「絶対に、あり得ん！」

そして教授はフランドリンとともにキッチンへ向かった。この奇妙な取り合わせの二人が互いに何を話すのか、天のみぞ知るといったところだ。その間、わたしは警察本部の夜勤責任者と話をし、第二の殺人という衝撃的なニュースを伝えた。程なく、殺人課の一団が現場に到着するはずだ。

「サッチャー！」ドアティが声をあげる。「いったいここで何があったというんだ」

「いまはまだ、なんとも言えないよ」警察本部長はそう答え、我々の先頭に立って浴室へ入った。そしてバスタブのなかに身を乗り出し、光沢を放つ陶器の表面を調べる――それはなんらかの兆候を探し出そうとする、配管工のような綿密さだった。滅多にないプライベートの時間を詩作に費やし、難解な十四行詩（ソネット）や十九行二韻詩（ヴィラネル）を詠む耽美主義者にして、フルートの独奏に没頭する芸術愛好家でもあるこの人物は、いま熟練工を思わせる手際のよさでバスタブや排水管を調べていた。

「犯人はダイニングルームであの呪術師を殺害した」と、コルトは推測する。「テーノルに置かれていたグラスの破片近くに縮れた黒髪があったこと、被害者の頭部に小さな切り傷があったことから、それは一目瞭然だ。それから遺体はここへ引きずられた。壁の二ヵ所に血痕が残っているだろう――頭部の傷口から流れ出たのさ。そして上半身をバスタブのなかに押し込み、喉を掻き切る。そうすれば、血液は排水口から流れていく。残忍だが、実に見事なやり口だ。出血が止まってすぐ、遺体はトランクに押し込まれ――」

そのとき、外の廊下から声が聞こえた。そして二分後には、ジョシー・ラトゥールのアパートメントが警官の姿で一杯になった。その顔ぶれは以下のとおり――なかには、つい先ほどマディソン・スクエア・ガーデンで一緒だった人物もいる。フリン警視、マンハッタンの六管区を統轄するクレスター警視、管轄署所属のウィルソン警部と、カメラマンのフレッド・マークルをはじめとする大勢の私服警官、犯罪分析課に所属する指紋採取スペシャリストのウィリアムス、そして窓枠の型をとるために呼ばれたビートソンという若手である。マルトゥーラー医師はベルヴューで仕事にかかりきりなので、代わりに同じ次席検死官のニッカーソン医師が呼ばれていた。

そうした面々とともに、クラウダーという名の優秀な若い刑事も姿を見せ、リッチャー・コルトに報告を行なった。

「ガーデンを出たフランドリンを尾行するよう、フリン警視から命じられていたのですが」

「なんだと？　フランドリンは何をしていたんだ」本部長が嚙みつくように問いつめる。

「申し訳ありません、見失ってしまいました」

コルトは驚き、次いで怒りを露わにした。

「どこで見失ったんだ」

「ここから三ブロック離れたところです。ガーデンを出たあと、大きく遠回りしながら中心部に向かったのですが、何度も通りを渡ってわたしの目の前を横切りました。ところが、ここより三ブロック離れたブロードウェイで、いきなり店に飛び込んだんです。わたしもあとを追って店内に入りましたが、そこにはもういませんでした。ですので、コルト本部長――」

「説明は結構。ペアを組んで尾行すべきだったな。ともかく、きみのせいじゃない。それで、フランドリンを見失ったあとはどうした」

「なんとか足取りを摑もうとしましたが、だめでした。そこで仕方なく報告に戻ったところ、ここへ行くよう指示されたというわけです」

コルトはわたしを見て言った。

「フランドリンには時間があった。厄介なことになったな！」

それから五分間、室内は混乱のるつぼと化した。マークルがカメラをセットし、マグネシウムのフラッシュライトでラトゥールの寝室を稲妻の如く照らし出す。次いで、トランクに詰め込まれた被害者の遺体をあらゆる角度から撮影した。一方、指紋係は黒インクをガラス板に塗りつけ、遺体の手の指を黒く染めた。その間、サッチャー・コルトはフリン警視とその部下に対し、わたしとともにこの血まみれの室内に入ってからの出来事を残らず説明した。

「室内の隅々まで指紋を採取してもらいたい。さらに、窓枠の型をとって指紋の有無を確かめるだけでなく、窓枠の埃も掃除機で残らず吸い取り、翌朝までに調べるように。それから、遺体の指に色のついた奇妙な膜が残っている。それも――特に爪の裏側に付着しているものを――採取したうえで、できれば朝までに分析を済ませてほしい」

険しい顔をしたフリン警視がうなずいて了解の意を示すと、コルトはポケットに手を入れ、先ほどトランクのなかで見つけた真鍮製の薬莢を取り出した。フリンは不思議そうな表情を浮かべ、正体不明の物体を真剣な目で見つめた。そして片目を素早く閉じ、発見した経緯に耳を傾ける。それから老練なこの刑事は薬莢を鼻先に近づけ、猟犬を思わせる慎重さで匂いを嗅ぐと、眉をひそめながらコートの内ポケットにそれをしまった。

「確かに、まったくわかりませんね」と、ようやく口をひらく。「いったいなんなんです、チーフ」

「弾道検査の連中に調べさせるのがいいだろう」

しかし実のところ、それはまったく必要なかった。コルトの話が終わらないうちに電話が鳴ったので、わたしが出た。相手は化学分析のエキスパート、クリスリーク博士。だが、その声は震えていた。

「本部長に、あなたの言うとおりだったと伝えてくれ――本部長が言ったとおりの方法で、ジョシー・ラトゥールは殺されたんだ」

それを聞いて頭のなかが真っ白になった。コルトに向かい意味不明の伝言をつぶやくと、本部長の黒い瞳が明るく輝き、すぐさまわたしの手から受話器を取りあげた。

「もしもし、クリスリークか。スパンコールは検査したのか。ドレスはどうだ。両方とも反応が現われた、と。で、土台となる化学物質は――ちょっと待ってくれ、メモするから。何、もう一度！　ありがとう、クリスリーク。実に見事だ――では、いつもの様式で報告書をまとめておいてくれ」

本部長が受話器を置くと、ドアティが彼の前にやって来た。

「サッチャー、ミステリーはもうやめにしてくれ」真剣な口調だ。「知らなかったぞ、化学班に連絡したなんて――」

一方のコルトも真剣な表情を浮かべている。

「トニーは気づいていたが」興奮を抑えきれないかのように、声がわずかに裏返っている。「ジョシー・ラトゥールの遺体から離れたとき、わたしの目に涙が浮かんだんだ」

「確かにそうでした、チーフ」わたしはいくらか感情を込めて答えた。「わかりますよ――」

「いや、残念ながらわかっちゃいない。それに、きみの同情も的外れだ。困るな、わたしが涙もろい警官だと思っていたら」

「ですが、チーフ――」

「スパンコールの光沢が失われたことに、わたしは気づいた。そしてドレスに触れたところ、その物質が指に付着した。そのとき目をこすってしまったのだが、それでわかったというわけさ」

「いったい何がわかったんだ、サッチャー」そう問いつめるドアティは、苛立ちで真っ赤になっていた。

「催涙ガスだよ！」

「催涙ガス？」

ドアティとわたしは同時にその単語を繰り返した。

「そう、毒ガスさ。さっきフリンに渡したバナナサイズの弾丸は、催涙ガスのカートリッジに違いない」

するとドアティは両手で自分の尻を叩いた。

「どうやって催涙ガスを使ったんだ」疑わしげな口ぶりだ。「催涙ガスなら、わたしもいくらか知っている。そんなものを使えば、会場全体が混乱に陥っていたはずじゃないか。白い煙がもうもうと立ち込めることくらい、あんたも知っているはずだ。サッチャー、そんなことはあり得ない！」地区検事長の声は室内に轟くようだった。「そんなことはあり得ないんだ」

コルトはフリンのほうを向いてうなずいた。フリンはそれを見てさっと身を翻し、殺人事件が起きた際のしきたりどおり、ぞっとするような作業にとりかかるよう部下たちに命じに行った。それを見届けたコルトは新しい煙草に火を点けた。

「しかし、事実は事実だ。確かに、はっきりしない点は残っている。観客の誰かが煙を見たか、少なくとも匂いを嗅いだはずなんだが、いまのところそういう人間はいない。ともあれ、ラトゥールの衣装からも同じ匂いが漂っていた。まったく、狡猾な手口だ！　我々がまだ突き止めていないなんらかのマジックで、リングにいるラトゥールのもとにガスが届いた。それを吸い込んだ彼女は転落し――命を落とした。劇的で想像力豊かな殺人と言わざるを得ないよ、ドアティ。今回は頭の切れる人間が我々の相手のようだ」

「しかし、なんらかの痕跡が残るんじゃないか？」ドアティがなおも反論する。

「そのとおり。ただし、マディソン・スクエア・ガーデンが誇る換気システムのことを忘れちゃいけない。たまたま知ったんだが、あそこの換気扇は一分あたり四十万立方フィートの空気を循環させられるそうだ。それらは八つのユニットに分散されて天井近くに設置されている。フィルターを通過してきれいになった空気は再び場内を循環するか、建物の外に排出される。ところで、これと同じ方法が海外でも使われているんだ――つまり、催涙ガス爆弾を兵器として使うんだよ。ドイツのある街で多数の市民が謎の死を遂げたんだが、やがて若いロシア人医師の犯行であることがわかった。青酸と同程度の致死性を持つ揮発性の毒薬をガラス玉のなかに充塡し、それを投げつけたのさ」

「そんなやり方を考えつくような知能犯が、このサーカス団にいるというのか」ドアティは考え込むように、低い声でそう言った。

「クリスリークによるとガスの正体はクロロアセトフェノン、常温では固体だそうだ」と、電話しながらとったメモを手に続ける。「熱によって蒸発すると、まず青っぽい気体が発生する。それは即座に目を強く刺激し、そのなかを通った人間は一時的に失明する。また激痛とともに大量の涙があふれ、ごく微量でもその効果は二分ないし五分間続く。ジョシー・ラトゥールの頰に涙の跡が残っていたのは、そのせいだったのさ――そして、呪術師が押し込まれていたトランクのなかに、未使用の催涙ガス弾が残っていた。ケブリアはどうやってそれを手に入れたのか。どんな魔術が――」

そこで本部長は突然言葉を切り、受話器をとって警察本部を呼び出すと、機関銃のごとく矢継ぎ早に指示を出した。そして夜勤責任者に対し、弾道検査係のハーレー警部に連絡をとってすぐに電話をかけさせるよう告げた。

その間、ドアティは考えごとをするように室内を歩き回っていたが、やがて口をひらいた。

「サッチャー、なぜフランドリンや他の容疑者を調べない。まあ、何を探るべきかわからんのだろう。

できれば、あんたの部下を一人借りてフランドリンの身体検査をしたいんだが」

「何が見つかると思う」

「わかるもんか。やってみるだけさ」

「だが、どうして」

「忘れたのか、フランドリンは化学を勉強したんだぞ」

「わかった、好きにしてくれ」コルトがそう言うと、指紋採取のスペシャリストがやって来た。そしてドアティがキッチンへ向かうのを待ってから、敬礼のあとにこう報告した。

「キッチンの電灯のそばで指紋を見つけました。はっきり残っています」

「呪術師のか」

「どうしてわかったんです？」

「それはいい――その指紋に粘着物が付着していなかったか」

「いいえ、まったく」

「ならば、ケブリアの指に残っていた色つきの膜はここに来てから付着したのか。いいぞ！　他には」

「いまのところはそれだけです、チーフ――でも、まだまだ続けますよ！」

そのとき電話が鳴った。受話器を取ると、相手は弾道検査係のハーレー警部。コルトの命令に従い、十分以内に現場へ向かうという。その会話が終わるとすぐ、ドアティが大きな足音を立てて室内に入ってきた。

「サッチャー！」勝ち誇った口調だ。「事件は終わったぞ。完璧な証拠を手に入れた――事件を陪審に持ち込めるほどのな」

コルトは驚きの表情を向けた。

「何を突き止めたんだ」

「謎はすっかり解けた」と、誇らしげに語る。「ガスについて知っていたのは誰か。フランドリンだ！　あのような弾丸を発射できる機会があったのは。フランドリンだ！　出演者用出入口の陰に隠れ、妻の演技を見ていたからな。奴はウバンギの連中と親しく、このアパートメントに戻ってケブリアを殺すことができ、そのうえれっきとした動機もある。サッチャー、すべての辻褄が合うんだ」

「確かに、そうかもしれないな」コルトも認めた。「それで、理由は。嫉妬？　復讐？　保険金に目が眩んだから？　最初の妻をまだ愛していたから？　あるいはなんだ？」

「サッチャー」しわがれ声で答える。「そんなことは簡単さ。あんたは大半の事件を解決してきたが、今回はこの老いぼれ検事に敬意を表することになるだろうよ。わたしには事件の全体像が見えているんだ。いままでフランドリンを締めあげてやったが、確かに賢い奴だ。しかしそれでも、お前さんの旧友を出し抜けるほど頭が切れるわけじゃない。奴は今回の事件について、自分なりの説を組み立てようとした。つまり、犯人はあの呪術師だと――そうわたしに信じさせようとしたのさ。魔術を使ったに違いないとまで言っていたぞ。そういうものを信じている振りをしたんだな。だが、なんとしても奴から真実を聞き出してやる。最初の女房は、自分はジョシーを嫌っているわけじゃなく、それどころか彼女のファンだと言っていたそうだ。そして、あのメモに書かれてあったように、ジョシーとマールブルク・ラヴェルが一緒にいるのを見た。最初の女房としてはフランドリンを取り戻したい――それは奴も認めている。そこでだ、サッチャー。その二人がジョシー・ラトゥールを亡き者にしようと企んだのは間違いない！　実際、最初の女房は今夜のショーを見に来ていたんだ――奴もそれは知っている」

しかし、コルトの顔にはなんの表情も浮かんでいなかった。

「他には」

「ああ、まだまだあるぞ！」ドアティはなおも勝ち誇っている。「もちろん、他にも突き止めたことはちゃんとある。フランドリンの身体を調べ、まだ手つかずのクローゼットにある衣服を確かめてみると――」

そこでドアティは真っ赤な猪首をひねって振り向き、口を歪めて嬉しそうに大きな笑みを浮かべた。

「これがガウンのポケットにあったんだ――見てくれ、自分の目で！」

地区検事長はサッチャー・コルトの手に大きな真鍮の薬莢を握らせた――先ほどトランクで見つけたものと寸分違わない代物だ。

コルトは驚きのあまり、無意識のうちに手を突き出していた。

「フランドリンはこれについてどう言っているんだ」

すると地区検事長は、馬鹿らしいというように鼻を鳴らした。

「いくらあんたでも聞いたことのない、くだらない嘘をついたぞ。そんなもの見たことがない、などとのたまっているんだ」

サッチャー・コルトは二個目の銃弾を見ながら、深刻そのものの表情を浮かべた。

「で、これからどうする」

「まずはフランドリンを連行し、ホーガン郡捜査官とわたしで尋問するつもりだ。いまは午前二時半

——朝までには自供を引き出せるだろう」

「これら二件の殺人について、自分の仮説に満足しているのか」

「ああ、このまま進めてもいいと思えるほどにはな。あんたが言ったとおり、彼女の転落は事故ではなかった。転落したのはあれが始めてじゃないし、正気さえ保っていれば命取りにはならなかっただろう。なあ、サッチャー。なぜ細かいことを気にするんだ。この弾丸が発見された以上、事件は終わりなんだ。残りの部分はなんとしてもフランドリンから聞き出してやる」

そう言ってドアティは威厳を見せつつ後ろを振り向き、入り口に立つフランドリンに太く短い人差し指を突きつけた。

「お前が彼女を殺した——化学の知識を持つお前がだ。愛情がいつの間にか嫉妬と憎しみに変わり、それで妻の命を奪った。さあ、妻殺しの容疑でお前を逮捕する！」

サッチャー・コルトを見ると、険しい表情を浮かべている。ドアティの先走った行為に口を挟むかと思っていたが、しばらく無言のまま立っていたかと思うと、ドアティのほうを向いてこう言った。

「ダウンタウンに連行するのか。それなら、外に警官が二人いる。手荒い真似は禁物だが、なんとか話を引き出してほしい」

二人の警官がフランドリンの両脇に立つあいだ、ドアティは顔を紅潮させて誇らしげな笑みを浮かべた。

「あんたらも来ないのか」と、フランドリンが二人の警官によって室外へ連れ出されるなか、ドアティがかすれ声で訊いた。

「いや」サッチャー・コルトが答える。「もう少しここにいるよ——それから他の場所へ行くことになるだろう」

「何をしに？」

「ああ」コルトは小さく笑って言った。「大仕事が待っているんでね。ジョシー・ラトゥール殺しの真犯人を見つけるという仕事さ！」

第十一章　深夜の悲鳴

しばらくのあいだ、コルトは深刻な顔つきで黙りこんだ。ドアティ地区検事長が大きな足音とともにその場を去り、続いてドアを乱暴に閉める音が耳に飛び込む。すると、リビングのあけ放たれた窓からいつもの空咳が聞こえてきた。それに続いて自動車のセルモーターが回り、ギアの嚙み合う音を残して走り去っていった。フランドリンをダウンタウンへと運んでいくのだ。

それが合図であるかのように、いつもの捜査手続きが終わったと、フリンから報告があった。呪術師の遺体は何枚もの写真を撮られたうえでトランクから引きずり出され、ベルヴューへと運ばれたという。そこでジョシー・ラトゥールの亡骸のそばに横たえられるのだ。一方のトランクはセンター街へ運ばれた。いまは亡きジョシーの寝室にある小卓には、遺体のしたから発見された長いナイフが横たわっていた。パン切り用のナイフで、キッチンにある他の食器と並べても違和感がない。そこに指紋はなかった。呪術師の喉を掻き切った人物は、手袋をはめる程度の用心はしていたようだ。そしてコルトの指示どおり、窓枠の形がとられ、埃も回収された。それらはただちに、警察本部の専門家が分析にあたることになる。

写真係と指紋採取のエキスパートも現場を立ち去り、次席検死官がそれに続いた。

いくつかの点を話し合ったあと、フリンがアパートメントをあとにする。一人でキッチンに閉じこもるグミンダーを除けば、室内に残されたのはわたしとサッチャー・コルトだけだった。

「まだまだ、ここでできることはある」と、コルトが打ち明けるように口にする。「それにもう少し、じっくり考えてみたいんだ」

しかし、その願いはノックの音によって破られた。戸口に現われたのはハーレー警部。髪を短く刈り込み、灰色混じりの髭を生やしている。コルトはハーレーの前に、フランドリンの舞台衣装から見つけた奇妙な薬莢を置いた。

「こんな弾丸、見たことあるか」

ハーレーは静かに口笛を吹いた。

「いえ、ありませんね。少なくとも警察では見たことがない。ただ、こんな弾丸が最近特許を取ったそうですよ。特許局の官報で見た憶えがあります」

「催涙ガスの薬莢か」

「ええ。射程距離は百五十ヤード。それに、無色透明な新型ガスを充塡できるらしい。市場に出回っているかどうかは知りませんが」

「まったく、そういうものが警察の管理下にないとはな」

「取り締まる法律が必要なんだ！」ハーレー警部が低くうめいた。[※]

「いや、いま必要なのは事実のほうだ。催涙ガスの製造業者で、もっとも信頼できるところは」

「ピッツバーグのフェデラル・ラボラトリー社でしょうね。職員に一人、知り合いがいまして――」

「すぐに長距離電話をかけるんだ――なんなら叩き起こしてもいい。急げ！」

長距離電話をかけさせたあと、コルトは催涙ガスの質問を続けた。

「暴徒制圧用の銃を作っているのもフェデラル社か」

「そうです。署にも刑務所にも大量に配備されています。殺傷能力はなく、失神させるだけ。それに実はガスですらなく、固体の結晶なんですよ。発射したあとに発熱物質の作用で蒸発するんです。一種の時限信管ですね。それによって、目に激痛を生じさせるというわけです。食らった人間は目をあけることもできず、何も見えないままよろめくように安全な場所へ離れるしかない」

「なるほど、それで辻褄が合う」コルトがつぶやく。「しかし、ラトゥールの遺体に弾痕がなかったのはなぜなんだ。外傷はいっさいなかった——金属製のスパンコールがねじ曲がっていただけじゃないか」

「それは簡単ですよ」と、ハーレー警部が口を挟む。「この軽量アルミ製の弾丸は、七十五ヤード先のガラス板を粉々にするだけの威力があります。ところが、肉体のような物質に対しては貫通力がまったくない。二、三十フィートまで近づかない限り、外傷を引き起こすことはないんです」

「発射音は」

「まるで爆音ですよ！」

このとき、殺人が起きてから初めて、コルトはわたしに小さな笑みを向けた。

「ドラムのリズムから外れた爆音……憶えてるか、トニー」

「もしもし！」ハーレーが受話器に叫んでいる。「レプログルさんかね！」

程なくしてコルトは受話器を受け取り、催涙ガスの第一人者と話を始めた。

「レプログルさんですか。そちらで2×162と刻印された、口径一・五インチの弾丸を生産していますか……していない……他の会社では……ニューヨークのコンチネンタル催涙ガス社……そこの担当者は……どうやって……ハンクリー……ありがとう、レプログルさん。コンチネンタル社の新商品について他には……新型のガス……ああ、ほとんど無色透明……いや、助かるよ。そのガスをサーカスで使うことは……なんですって、レプログルさん、もう一度！……多くのハンターが野生動物を生け捕りにしようと、そのガスを使った……いや、本当にありがとう！」

そのとき受話器の向こうで、レプログル氏がこう説明した。

「しかし、野生動物にはうまくいかなかったんですよ。いいですか、コルトさん。そのガスは眼球の角膜に刺激を与えるのですが、それに影響を受けるほど敏感な角膜は、犬のほかいくつかの動物に限られるのです。たとえばライオンは、ガス弾を被弾したとしても大した影響は受けない。普通に煙のなかを歩いていきますよ。残念ながら、そうなのです」

「残念だなんてとんでもない！」サッチャー・コルトの声は弾んでいた。「サーカス関係者で、そのガスを試した人間は」

「さあ、知りませんね。ハンクリー氏に尋ねてみてはいかがです」

コルトは受話器を置き、わたしのほうを向いた。

「コンチネンタル社のハンクリー氏に電話するんだ。さあ、早く！」

それは簡単なことではなかったものの、なんとかコンチネンタル催涙ガス社のセドリック・ハンクリー社長を捕まえることができた。相手は眠たそうにしていたが、それに構わず同じ話を三度繰り返す。それでようやく、わたしの話を呑み込んだようだ。

「だが、午前三時ですよ」と、文句を言う有様。

「それはわかってます。ただ警察としては、新型の透明ガス弾の購入者リストが必要なんです――いますぐに」

「リストならありますよ——明日の朝、会社にお越しくだされば——」

「いますぐです！」わたしは断固として言った。

ハンクリー氏はついに折れ、いまから三十分後、会社でハーレー警部と面会することに同意した。一市民の義務を果たそうというわけだ。弾道検査のエキスパートである警部は、話が終わったらすぐに電話すると約束した。

「二人とも、これをご覧なさい」と、しかつめらしい口調で付け加える。「尻ポケットに小瓶が入っていましたよ。どうです、一口」

それに返事をするより早く——わたしの返事は間違いなく「イエス」だったろう——得体の知れない音が耳に飛び込んだ。静寂が支配する室内に、悲鳴が響き渡ったのだ——この世のものとは思えぬ女性の声。心が押しつぶされたかのように泣き声をあげている。それはまるで、バンシーの悲鳴だった。

しかし、発しているのはどこの誰なのか。

※マディソン・スクエア・ガーデンの事件が解決した直後、サッチャー・コルトは催涙ガス武器を警察の管理下に置くべく運動を始め、すぐさま成功に導いた。ニューヨーク市条例第二章第一項、第一節第三条aにはこう記されている。「何人も許可なく、催涙、窒息、ないし無力化を目的とする、またはその他の害を及ぼす気体、液体、ないし化学物質を発射、発散、拡散、または使用すべく設計された武器、火器、およびその他の装置を生産、販売、提供、所有、ないし使用してはならない」

第十二章　フランドリンの訪問者

それは幻聴などではなく、我々の聴覚が騙されたわけではなかった。この不気味なアパートメントのどこかで、生きた女性が声も限りに悲鳴をあげている。

グミンダーをあとに残し、コルトとわたしは同時にベッドルームから駆け出した。いくつかの部屋を駆け抜け、キッチンで足を止める。しかし、他の部屋と同じくそこももぬけの殻だった。

「外の廊下だ」サッチャー・コルトはそう判断するとドアを押しあけ、片足を踏み出して左右を見回した。その肩越しに廊下をみると、さめざめと泣き声をあげる女性の姿がそこにあった。我々の前にいる太ったその女は、間違いなくこの世の存在だ。頭上の電灯から放たれる仄暗い光のした、壁にもたれてうずくまっている——長身でがっしりした体格だが、ひどいヒステリー状態だ。

「フローラか」サッチャー・コルトが話しかける。

「わたし、フランドリンの妻です」女はそう答えると立ちあがり、ハンカチで目をぬぐった。そして泣くのをやめ、疑い深そうにコルトを見つめる。

フランドリンいわくフローラという名のその女は、安っぽいが魅力的な赤い服に身を包み、青いチェック柄のベルトと飾り紐がよいアクセントになっている。彼女の身体にはいささか小さすぎ、スカートの裾もやや高めで、年齢の割には明るすぎる色合いだ。年の頃は三十半ばだろうか、ぺたりとした黄色の髪は染めてあるに違いなく、サーカスのリングに撒き散らされた麦わらを思わせる。化粧も濃すぎで、滑稽なまでに子供っぽさが感じられた。

「なかにおいでなさい」と、警察本部長が招じ入れる。

フローラは前を見つめたままその言葉に従い、リビングに入るとすぐ、窓際に置かれた肘掛椅子にどさっと腰をおろした。その視界の隅でコルトを盗み見ている。見る人が見れば、警察本部長はなんと冷淡かと思うだろう。それこそが警察のやり方なのだ。じっと待ち続けることほど、証人を不安にさせるものはない。これから尋問されると悟ったフランドリンの元妻は、試練のときを前にして本能的に自らを奮い立たせた。そして他の多くの証人と同じく、試練が始まる前から相手に嚙みつこうとしているかのようだった。

そのとき、独りで酒を飲もうとグミンダーがキッチンに戻っていったので、サッチャー・コルトは女に背を向け、先ほどまでの仕事に取りかかった。ゆっくりと辛抱強く、サイン入りのポートレートが収められた額縁を調べてゆく。それから狭い書斎を見回したが、蔵書の大半は性に関するもので、ヴァン・デ・ヴェルデ著のドイツ語原書が二冊と、ブロック著の『われらの時代の性生活』もそこにあった。それからネミロフ著『女の生物学的悲劇』のロシア語版を手にとったが、いくつかのページの隅が折られていた。

その間ずっと、フランドリンの元妻は待ちぼうけを食わされ、当初の決意も徐々に鈍りつつあった。両目を閉じてため息をつき、足を組んだりほどいたりしている。視線は室内をさまよっていたが、コルトをさっと睨みつけたかと思うとすぐさま目をそらした。もう十分のはずだ——コルトもこれ以上は限界だと感じたのだろう、女のほうを向いて目の前に立った。

「名前をフルネームで」

女は椅子の肘掛けを摑んだまま立ちあがった。

「フローラ・ベッカー・ハイセ」

「年齢は」

「二十六歳」

(あとで知ったのだが、本当は三十四歳だった。とは言え、女というものはこの種の質問に真実を答えないものだ)

「いまの住まいは」

「四十三番通りウエストのリトル・フローレンスというところに部屋を借りてるわ。下宿屋よ」

「仕事は」

「いまは無職――前の旦那が生活費を出してくれるから、何もしないで過ごしてる。この国にはこんな素敵な習慣があるのね」

フランドリンと同じく、フローラのアメリカ英語も標準と異なるところがあり、それははっきり外国訛りだった。

「生まれは」

「シュトゥットガルト」

「アメリカに来てどのくらい」

「一年」

「その間何をしていた」

「ただ生きてただけ。旦那はヨーロッパで研究を投げ出し、わたしを捨てた――そのあとを追ってここに来たのよ」

「旦那はなぜ、君を捨てた」

「決まってるじゃない、ジョシーと結婚するためよ」

「悪いのは旦那のほうか」

「まさか。あの人、女の手にかかれば子どものようなものだわ。ジョシーは旦那をさんざん持ちあげた――それで結局、わたしのような女なんか、ということになったのよ。そういうことに長けた女もいるのね。わたしが足かせになっていると、あの女は信じさせることに成功した。それを旦那は素晴らしいロマンスと勘違いして、早すぎる結婚を後悔したのよ」

コルトは煙草に火を点けた。

「憎らしいだろうな」

しかし、フローラはそれを否定した。

「憎らしい？　とんでもないわ！　それどころか気の毒に思ってるわよ。わたしにはわかってた。あの人がいつか戻ってくるって。あの女、旦那の人生を滅茶苦茶にするつもりだったのよ――これはわたしの妄想なんかじゃない。あの女がそう言っているのをこの耳で聞いたんですもの」

サッチャー・コルトは目を閉じた。

「今日の午後、ジョシー・ラトゥールがマールブルク・ラヴェルと一緒にいたことを、どうして君は知った」

これを聞いた瞬間、フローラの顔面にさっと朱が走った。

「あとをつけたのよ。ときどきそうしてるの。いつか尻尾を捕まえてやろうって」

「彼女がラヴェルの自宅に行ったのを、きみは見たのか」

「ええ」

「時刻は」

「二時半ごろ家に入って、出てきたのは五時近くよ」

「神に誓えるか」

「ええ、誓うわ！」

「最近、旦那に会ったことは」

「あるわよ——旅立ってからは一度もないけど。生活費の支払いが滞ったから、それで何度か会ったのよ。愛してるのは間違いないけれど、法的措置をとろうと思ったのも事実だわ」

「今夜ここに来たのも、それが理由か」

フローラはしばらく考え込んだが、ようやくこう答えた。

「いいえ。ここに来たのは、あの人がわたしの助けを必要としているから」

「つまり、その予感がしたと」

「違う——何があったのか、わたし知ってるの。本当のことを言えば、それを見たのよ」

「あのときガーデンにいたのか」

「もちろん。初日を見逃すなんてできないわ。旦那の演技をこの目で見なきゃならないの」

突然、コルトは目をあけた。

「どこに座っていた」

「上段の最前列」

「席番号は」

震えを抑えようとしても抑えられない指先で、フローラはワニ革のバッグからオレンジ色の半券を取り出した。わたしがそれを封筒にしまい、番号を記す。コルトは先を続けた。

「きみはJ区画に座っていた。ローマ風のリングに立つジョシー・ラトゥールの正面だ。そうだな」

「そうよ」

「彼女が転落したとき、きみはそれを見ていたか」

「ええ」

「それ以前、変わったことがあったか」

「変わったことかどうかわからないけど、わたしを見てぎょっとしたの。まあ、いつだってびくびくしてたけれど。何かあると、いつだって弱気になるのよ。わたしが知ってるのはそれだけ」

コルトは何かを考えるようにうなずいた。

「彼女が転落したあと――きみの行動は」

その質問に相手は肩をすくめた。

「すぐにその場を離れて、それからここに来たわ。女らしくないといえばそうだけど――そんなこと気にしてられなかった。旦那とわたしの人生を滅茶苦茶にした女が死んだ。他人からどう思われようと、わたしはあなたの味方だとあの人に伝えたかったのよ。ここに来ないほうがよかったと、あなたは思ってるんでしょう。だけど、わたしにはそう思えなかった」

コルトは大げさに両手を振って言った。

「何もきみを責めてるわけじゃない。わたしが知りたいのは、ここに来てから何をしていたのかなんだ」

「まず、下の階から建物に入ったわ。正面玄関はいつもあいているし、ここの管理人、だいたい酔っ払ってるから、まずはそこから入ったの。だけどアパートメントの玄関も他のドアも、みんな鍵がかかってた。それで一階におりて、外で待つことにしたの。フランドリンはすぐに帰ってくるはずと思いながら。そしたら明かりが点いたり消えたりするじゃない。何が何だかわからなかったけれど、そのうちあなたがた三人がのぼっていった。面倒に巻き込まれるのは嫌だから、通りの反対側に身を隠したわ。すると、建物に入る旦那の姿が見えた――声をかけたけど聞こえなかったみたい。それでこう考えたの。警察が出ていくのを待って、それからアパートメントに行ってベルを鳴らそうって。そのとき他の警官たちがやって来て、最後に、二人の警官を連れた赤毛の大男が、フランドリンと一緒に出て来るのを見たのよ。わたしは駆け寄って話しかけた――だけど旦那は返事しようともしなかった。そして、車は走り去った。もう気が狂うかと思ったわ――それで建物に入って、ここにのぼって泣きだしたの。そうしたら、あなたが姿を見せたってわけ」

警察本部長は腕時計を見ながら言った。

「転落が起きたのは、午後十時二十分ちょうどだった」

「そうだったわね」

「ガーデンを離れたのは」

「それから五分後くらい」

「ここにはタクシーで」

「いいえ——歩いて来たわ」

「ここに着いたのは」

「たぶん、十一時十五分ごろ」

「それからいままで、このアパートメントの窓に人影を見たとかは」

「玄関からは誰も出入りできなかった。それにわたし、ずっと建物を見てたのよ。だって、フランドリンが帰ってくるのを待ってたんだから」

コルトは相手の様子をじっと観察した。その苦々しげな表情は、素晴らしい食前酒を供されながら、最後のデザートで失望を味わった女のそれだった。

「さて、ミセス・ハイセ」本部長が尋問を続ける。「きみは離婚劇の顛末をタブロイド紙の一つに売り込もうとしたそうだが、それは本当か」

「わたしが？　誰よ、そんなことを言ってるの」

「ロビンソン大佐から、今日の夕方に聞いた。脅迫、と言っていたがね」

眼の前の大柄な女の額に、馬蹄のような皺が寄った。

フローラはもう、尋問者の容赦ない視線から目を逸らすことができないでいた。大きな顔の筋肉がぴくりぴくりと痙攣を始める。目は落ち着きなく動き回り、大きな唇がひらいて不揃いの歯をむき出しにしていた。そしてしばらくうめいたかと思うと、出し抜けに大声をあげた。

「あんたたち、わたしがあの女を殺す手助けをしたと思ってるのね。そんなの嘘よ！　あの女は当然の報いを受けたけれど、わたしは一切手を汚していない。旦那を止めようとしたくらいだもの。お願いだからそんなことはやめてって」

コルトは身動き一つしなかった。彫像のように無表情のまま、じっと相手を見つめるだけだ。するとフローラは両腕を組み、呪いから逃れようとするかのように全身をがたがた震わせた。

「わたしのせいじゃないわ！」その声はもはや絶叫になっている。「あの人はなんとしてもやるつもりだったけれど、わたしはそれを止めたのよ。もう限界、耐えられない！　わたしじゃなく犯人に話を訊きなさいよ――フランドリンから話を聞いて！」

それを最後にフローラは身体を捻じ曲げ、どさりと音を立てて床に倒れ込んだ。

わたしは驚きのあまり立ちあがった。女の全身はひどく震えている。しかし、サッチャー・コルトは痛ましげな、それでいて不快そうな表情を浮かべながら、足元に横たわる不格好な巨体を見下ろすだけだった。

「なんてことだ」わたしはあえぐように言った。「いまの話、ドアティがきっと立証してしまうぞ」

「立証？」

コルトの陰気な瞳が光った。

「立証するだって、トニー？　さあ、この女をベッドに運ぶから手伝ってくれ。そう、そこだ――帽子をとってやれ。この女の話がでたらめなことくらい、きみも警察に長くいるんだからわかるだろう。それに彼女が神経質なことは、精神医を呼ぶまでもなく一目瞭然だ。この女は今夜ガーデンに来て、あらゆるゴシップを集めようとした。そこで、殺人の疑いがあることを知った。ジョシーが殺されたのなら、犯人はフランドリンだろうか。ラヴェルに関するつくり話でフランドリンの想像をかきたてれば、よりを戻すチャンスが生まれるかもしれない。そこでアパートメントでならフランドリンと会えると考えた彼女は、ここに来た。だがドアティに連行されていくフランドリンは、彼女を冷たくあしらった。ここでもまた、彼女の心が毒に冒されたわけだ。そして、わたしの質問に神経を苛まれ、ついに爆発した――フランドリンを巻き込んでな」

「しかし、女がそこまで卑劣になれるものでしょうか。無実の男に殺人の罪を着せて、電気椅子送りにするなんて」

　すると、コルトはにやりと笑みを浮かべた。

「滅多にあることじゃない。女というものは、自分が常に移り気なことを知っている。疑いを晴らしてやりたいと思う一方で、苦しめたいとも思っているんだ。相手に対する自分の力を味わうために。それだけでなく、彼女はフランドリンを自分の足下にひざまずかせ、命を救った女性として崇拝の対象にさせたいとも考えた。なあ、トニー。警察にいればこんなことは日常茶飯事だろう。事件が終わればフローラは新聞社を訪れ、何もかもばらしてしまうはずだ」

　そのとき電話が鳴った。かけてきたのはハーレー警部で、コンチネンタル催涙ガス社からライフルを購入した人物のリストを読みあげた。わたしは電報のごとくそれらを書き取り、一人一人の名前をサッチャー・コルトに伝えた。

「すべてチェックしなきゃならんな」と、コルトが独りごちる。「しかし、これといった名前はまだなさそうだ」

　本部長がそう言い終わったところで、わたしは最後の名前を伝えた。すると、鉛筆書きのメモを見る目に驚きの色が浮かんだ。

「そうだったのか！　この男はなぜ、催涙弾のライフルを必要としたんだ」

　サッチャー・コルトが驚いたのも無理はない。その名前はジョシー・ラトゥールの崇拝者、花と宝石のプレゼントで彼女を熱心に追い求めた百万長者のそれだったからだ――マールノルク・ラヴェル！

第十三章　深夜の電話

コルトは帽子とステッキを手に取ると、怒鳴るように言った。

「行くぞ、トニー！」興奮のあまり声がいささか震えている。「グミンダーを連れてこい。マールブルク・ラヴェルにいくつか質問しなきゃならん」

「フローラはどうします――まだ気を失ってますよ」

「放っておけばいい」と、無関心な返事。「姿を消すことはあるまい」

廊下には巡査部長と二人の巡査がいた。コルトから状況説明を受けた警官の一人が、元妻の供述を電話でドアティに伝えてから、その後フローラのそばで待機するよう命じられた。状況によっては、地区検事長のオフィスへ連れて行くことになるだろう。

歩道の脇に本部長専用車が待機している。運転席に座るのはニール・マクマホン。石膏で固められたかのように無表情ながら、恐れを知らぬ狂人だ。太腿にナイフの古傷が残り、全身の様々な場所に十一もの銃創がある――サッチャー・コルトとの昼夜を分かたぬ活動で得た勲章だ。

ニューヨーク随一の高級地として知られる五番街の古い一角の名を告げながら、コルトはすばやく車に乗り込んだ。そのあとをグミンダーとわたしが続く。車はすぐに発進して八番街を通り過ぎ、目的地に向けてセントラルパークを東のほうへ走り抜けた。通り雨に濡れたニューヨークの街並みは薄暗く、一般市民はいまや寝静まっている。頭上に目を向ければ、魔法のような月明かりが降り注いでいた。

出し抜けにサッチャー・コルトが口をひらいた。

「理性的な刑事の目で見れば、すべての出来事にはなんらかの意味がある。フフンドリンの元妻にした尋問も、まったく無意味だったわけじゃない。まあ、あの『自白』は完全なでたらめだろうが。あとで矛盾を突かれれば、警察に強制されて不利な供述をさせられた、と主張するのが落ちなのさ」

そこで一息つき、苛立たしげな様子で煙草に火を点ける――パイプを忘れることが多くなっているのだ。

「自分で言うのもなんだが、わたしは犯罪の歴史に詳しい」と、不機嫌そうに煙を吐き出しながら続ける。「この摩訶不思議な事件に似たものが過去にあったかどうか思い出してみた。さっき話したガラス玉爆弾の事件を除いて、これに類似したものはなかったよ。もちろん、致死性のガスが使われた事件は初めてじゃない――何年か前に発生した、一酸化炭素を凶器とする殺人事件の流行がそうだ。その大半は自殺として処理され、未亡人、いや殺人犯どもはなんの疑いも招くことなく亡き夫の保険金を受け取り、好みの男と結婚したというわけさ。

だがそれらの事件は、サーカス・クイーンの死とごくわずかに似ているに過ぎない。トニー、我々は犯罪学においてとりわけ独特な事件と向き合っているかもしれないんだ。がたがた揺れるこの車内できみと話しながら、これからたどるべき指針をなんとか組み立てようとしているのも、それが理由なんだよ。ある種の固定観念は向く方向が決まっている。わたしはこう自問する。『ジョシー・ラトゥールの命を奪った弾丸が発射されたとき、殺人犯はどこに立っていたのか』だがトニー、その質問自体は回答不能だ――つまり、現時点で得た証拠だけでは。銃口からは閃光が放たれたに違いない――その閃光は必ず見えたはずなんだ。ドラムの音が銃声を覆い隠したのは事実だろう。しかし、閃光と煙を隠したものはいったいなんなんだ。いいか、ラトゥールを照らすスポットライト以外、会場は闇に包まれていた。ガーデンの反対側で誰かが煙草に火を点けたとしたら、二千人がマッチの炎を目にするはずだ。これでわかったろう――この疑問がいかに重要かつ難しい謎であるかを」

「それについて、何か答えは導けましたか」

するとコルトは謎めいた笑みを浮かべた。

「おそらく、観客の眼前で銃口から火が吹いたんだ。しかし、なんらかの方法で閃光が隠された」

「方法は?」

コルトはそれに答えなかった。そのとき車がぐいと歩道に近づき、マールブルク・ラヴェルが住む五番街の豪邸の前で停車した。

それはまさに、二十年前のマンハッタンに立ち並んでいた邸宅の見本だった。イタリアの宮殿を模した豪邸。それらの大半はいまや消え去り、悲しむべきことに、奇怪な形をした鉄筋コンクリートのアパートメントに取って代わられている。こうした古風かつ壮麗な邸宅はもはや数軒しか残っていない。カーネギー一族とオットー・ハーンの豪邸はいまなお九十三番通りを挟んで向かい合っており、そしてメトロポリタン美術館の裏手に聳えるのが、マールブルク・ラヴェルの邸宅だった。

ラヴェル邸はペーザロ宮殿を模して設計された、後期ヴェネチア・ルネッサンス風の建物である。ときは午前四時。この世のものと思われぬ銀緑色の月光が、ひし形に切り出された大理石を照らしつつ、四角形の窓と、てっぺんにグロテスク模様の施されたアーチ型の門戸に差し込んでいる。見あげれば、上部の二階には脚柱つきのバルコニーと、羽根つきのヘルメットをかぶる兵士の頭部がそびえていた。

グミンダー博士とわたしは無言のままコルトに続いてアーチ形の門戸を通り、バラスター状の優雅な柱を備えた大理石の曲がり階段をのぼった。本部長がベルのボタンを押す。静寂のなか、ベルの音は遠くで響くチャイムのように聞こえた。二度三度、コルトはボタンを押した。その指に苛立ちが現われだしたころ、鉄のドア枠と巨大な玄関ガラスの隙間から弱々しい光が漏れ出し、ガウンをまとった人影が邸内の階段をおりてきた。

執事が扉をわずかにあけ、不快そうに我々を見つめた。

「ミスター・ラヴェルはお休みになっています」その声は冷淡そのものだった。

「警察の者だ」警察本部長の声には力がこもっている。「サッチャー・コルトがいますぐ面会を求めていると、ラヴェル氏に伝えてもらいたい」

「かしこまりました」

執事の態度が一変し、一瞬扉の向こうに姿を隠したあと、広々とした玄関ホールへ我々を通した。暗闇のなかに盾、槍、鎧がぼんやりと見え、壁には巨大なタペストリーが掲げられている。別の片隅には踊る少女や牧神たちの大理石像があり、その滑らかな臀部をほのかな光が映し出している。またその光は、金杯などの美術品を収めたガラスケースをもうっすら照らしていた。ニューヨークに住む他の富豪と同じく、マールブルク・ラヴェルの邸宅は個人美術館そのものだった。

「少々お待ちください。みなさまがいらっしゃったことを伝えてまいります」

執事はそう言い残して階段をのぼっていった。わたしは好奇心から、廊下の曲がり角に姿を消す丸々肥えた人影を目で追った。筋肉を巧みに駆使しながら二段ずつのぼってゆくその様子は、常日頃からそうしている人間の動きだった。

「ラヴェル氏が死んだら、これらの宝物は一流大学へ寄贈されるべきだ」と、グミンダー博士は真剣な口調でつぶやいた。

そうするうちに、執事が音もなく階段を二段ずつおりてきた。相変わらず軽やかな身のこなしだ。

「書斎にお越しください。そこでお会いになります」

グミンダー博士を一階に残し、コルトとわたしは執事のあとに続いて階段を一段ずつのぼった。金の額縁に収められた絵画が並ぶ広々とした廊下を通り、重々しいオーク材で作られた両開きの扉の前で足を止める。そのうち片方があけ放たれていて、広大な室内を見通すことができた。幅は街の一ブロックの半分ほど、両側の壁に書棚が並び、移動式の梯子が置かれている。反対側の壁、立ち並ぶ書棚のちょうど真ん中に、絵画が一枚だけ掲げられていた。本物のレンブラントだろう。

室内の中央に、ルイ・キャトルズ風のけばけばしい机が鎮座している。そしてそのうしろに、青白い顔の人物が立っていた。緑色の眼帯が頭上のランプに照らし出されている。この男こそ、邸内に飾られた数々の美術品の所有者だった。

「こんばんは、本部長」と、ラヴェルは如才なく挨拶した。男らしい深い声だ。「それとも、おはようと言うべきかな」

そのとき、わたしたちは机の前に立っていた。

「どうぞ、おかけなさい」有無を言わさぬ口調で着席を促す。「何か飲みますか——ブランデーでもコーヒーでも、お好きなものをどうぞ」

しかし、コルトは手を振ってその好意を断った。

「もうお気づきだろうが、ここに来たのはジョシー・ラトゥールの死についてお話を伺うためです」と、机の前に置かれた椅子に腰をおろしながら説明する。それを聞いた富豪は目を見ひらいた。

「どうしてその件に警察が？」ラヴェルは声をあげた。「わたしは二重の意味で驚いている――一つは、警察が捜査に乗り出したこと、そしてもう一つは、わたしが捜査対象に含まれていることだ！」

眼帯をはめた現代のクロイソス（紀元前五九五〜五四七頃。リュディア王国最後の王。莫大な富を保有したことで知られる）は自らも着座すると葉巻ケースをあけ、長い葉巻を取り出した。静かにその端を噛み切り、火を点ける。警察当局の深夜の訪問にもかかわらず、見事なまでに超然とし、かつ冷静さを保っているその様子に、サッチャー・コルトは怒りを覚えたに違いない。いや、コルトはきっと腹を立てているはずだ。ともあれ、彼は話を続けた。

「ラヴェルさん、あんたがジョシー・ラトゥールの心をつかもうと、八方手を尽くしたことは知っている」

「ほう？　まあ、そのとおりだ」

「それがうまく行かなかったことも知っている」

「それも、間違いない」

「今日の午後、ラトゥールはここに来た」

ラヴェルは驚きを隠すことなく、口をあけた。

「どうしてそれを？」

「そんなことはどうでもいい。彼女と話したのか」

「いや――ラトゥールが来たとは知らなかった。外出していたのでね。気の毒に、二時間も待ちぼうけを食わされたらしい。帰宅が遅くなってしまったんだ」

「ここに来た目的は」

「それは知らん。あとで訊こうとしたが、楽屋の前で追い払われてしまった——あのサーカス団の大半を保有しているこのわたしがだ。コルトさん、あなたはサーカスがお好きなようだが、ここで一曲歌ってもらえれば、わたしの持ち分をそっくり譲ろう！」

話題を変えようと放った最後の一言を、コルトは非難するどころか、自ら話を転じた。黒い眉をわずかにあげ、目を細めながら身を乗り出す。そして口元を引き締めつつ首をかしげ、こう切り出した。

「催涙ガス銃という武器だが、あんたは所有しているか」

ラヴェルは驚いた風でもなく静かに答えた。

「ああ、持っている」

「射程距離の長いタイプだろう——百五十ヤード先の標的にも命中させられるやつだな」

「確かに。コルトさん、それがどうしたというんだ。別に違法なわけじゃない。サリヴァン法も催涙ガス銃の所有は禁じていないはずだ」

「見せてもらいたい」

マールブルク・ラヴェルは両方の手のひらを上に向け、大げさに肩をすくめた。

「それが望みかね。まあいい。わたしの小さな不運を思い出せないほど、あなたは別の事柄でお忙しかったのでしょうな」

サッチャー・コルトが怒りを爆発させた。

「なんでもいい、わたしの質問に答えるんだ！」

その一言にラヴェルも身を乗り出した。古風なマホガニーの机のうえで、両者の視線が火花を散らす。

「よろしい、いいだろう」ラヴェルは折れた。舌のもつれを隠しきれない口調だ。「催涙ガス銃だが、盗まれてしまった。昨日の朝、警察には届けを出した。本部長、わたしは思い違いをしていたよ。あなたのような立場の人間は、警察での出来事をもっと詳しく知っているはずだと」

それを聞いた瞬間、わたしは前に進み出て、マールブルク・ラヴェルの無傷のほうの目に拳を一発喰らわせてやりたい衝動に駆られた。しかしコルトは、それはどうかなとでも言いたげに、静かな笑みを浮かべるだけだった。

「盗難届のことは知っている。今夜マディソン・スクエア・ガーデンの観客席で、ここにいるアボットにもその件を話した。あんたの観客席のすぐ隣、ジョシー・ラトゥールが死を迎えた場所から六十フィートほど離れたリング正面の席だ。あんたが手すりから身を乗り出し、リングを見つめているあいだにな。だが、催涙ガス銃の盗難届だとは知らなかったが」

「そうか、ではいま知ったわけだ」その口調からは先ほどまでの丁重さが失せている。そして一層顔色を白くしながら、椅子にどさりと座り込んだ。しかし、サッチャー・コルトは身を乗り出したまま固く動かず、相手の馬鹿にした態度にもまったく動じなかった。

「経緯を教えてもらおうか」と、なおも追求を続ける。「購入した経緯だ。どこで催涙ガス銃のことを耳にした？　購入の動機は？」

それを聞いたラヴェルは、光沢を放つ机の天板を拳で叩いた。

「なぜそんなことを訊く！」と、歯をむき出しながら怒鳴る。「このような時間にいきなり現われ、わたしを尋問する理由はなんなんだ！　教えてもらおう、こんな無礼な質問をする理由を！」

「ラヴェルさん、ここでわたしの質問に答えてもらえないのなら、警察本部に行ってもっと不快な方法で訊き出してもいいんだぞ」

ラヴェルは激しく悪態をつきながら葉巻をもみ消した。

「わたしが何を隠さねばならんと言うんだ。わたしの趣味がハンティングだということは、ニューヨークの誰もが知っている。アフリカ、アジア、それに南アメリカの各地で、ハンティングする価値のある動物はどれも一度は撃っている。それにわたしがあのサーカス団を経済面で支えていることも、あんたはすでに知っているはずだ。新型の催涙ガス銃について知ったのはそこからだよ。動物係主任のクランプスから聞いたのさ。それで一丁注文した。新型の銃弾が野生動物にどのような効果があるのか、興味を覚えたのでね。それにクランプスも、一度テストしてもいいと約束してくれた。これが銃を購入した経緯だ」

「受け取ったのはいつだ」

「三日前――クランプスがジョージアから戻ってきたあとのことさ」

「銃の型式は」

「知らんね――そんなことまで憶えちゃいない」

「薬莢がバナナ大のタイプか」

「そうだ」

「三日前に銃を購入したとき、一緒に買った弾の数は」

「弾の数？　いや、待てよ――四発か五発だけだった。あまりに大きいから、そう何発もこの家にしまっておきたくなかったんだ。目に傷を負ったのも、銃をテストしていたときのことだ」

「その弾丸はいまどこにある」

その質問に、マールブルク・ラヴェルはぼんやりした目で相手を見た。

「盗まれたよ」

「弾丸もか」

「ああ」

「それを届け出たのはいつのことだ」

「今日の午前九時ごろ」

「この家に誰かが忍び込み、銃と弾丸を盗み出したのはいつのことだと思う」

「昨夜のうちだろう――何時かまではわからんが。なあ、コルトさん――ジョシー・ラトゥールは殺されたのか？」

「そうだ！」

ラヴェルは机に肘をつき、手のひらに顎を乗せた。

「彼女の死とわたしを結びつけようというのかね」

「彼女の殺害犯を見つけようとしているんだ」と、相手の言葉を正す。「ラトゥールの死は催涙ガスによってもたらされた。そして、たとえ遠くからでもその死をもたらせる人物のうち、催涙ガスを発射できる道具の持ち主は、いまのところあんただけだ」

ラヴェルの顔には驚きとある種の感嘆がありありと浮かんでいた。

「催涙ガスによって殺されたと、どうして突き止められたんだ」

コルトは目を細めた。

「そうした殺害方法は探知するのが難しいと、あんたはすぐに飲み込めたようだ。申し訳ないが、現段階では突き止めた経緯を教えるわけにはいかない」

そんな些細なことはどうでもいいというように、マールブルク・ラヴェルは肩をすくめた。

「だが、その一方で」コルトが続ける。「盗難に関する事実は残らず摑んでおきたい」

「事実？　事実なんてありはしない。ベッドに入ったとき銃はここにあり、目覚めてみるとなくなっていた。それだけだ」

「なあ、ラヴェルさん。言葉を濁したところでお互い無意味だ。事実は山ほどあり、わたしはそれを残らず摑みたい」

「なら、どういう事実だ」

「この家は、ドラックランド自動式電気警報サービスによって警備されているな」

ラヴェルは姿勢を正し、信じられないと言いたげにコルトを見た。

「なぜそれを」と、口をパクパクさせる。「なぜ――」

「廊下の配線を見れば一目瞭然だ。わたしが知りたいのは、あんたが昨日ベッドに入ったとき、警報のスイッチはオンになっていたかどうかだ」

「もちろん、オンになっていたさ！」

「それなのに、泥棒が侵入したと？」

「ああ！」

「警報は？」

「鳴らなかった。いや、言葉が足らなかったようだ——隠すつもりはなかったんだが、この件が気になってはいたんだ。誰かがここに忍び込み、ライフルを盗んで出ていった。なのに探知装置は働かなかった。この電気警報装置をくぐり抜けるなどあり得ないはずなんだが」

コルトはここぞとばかり、小さく笑みを浮かべた。

「確かに、装置自体は優秀だ。しかし泥棒に十分な知能があれば、くぐり抜ける方法はいくらでもある」

「教えてくれないか」

「喜んで——いつか時間ができたらな。だがいまは、銃と弾丸をしまっていた場所を教えてもらおう」

マールブルク・ラヴェルは静かに振り向き、書斎の奥へ歩いていった。コルトとわたしもそれに続く。ぶ厚いカーペットの敷かれた書物の宝庫を歩いていると、わたしの頭に奇妙な疑問が浮かんだ。眼帯をしたこの大富豪が、ジョシー・ラトゥールの死となんらかのつながりがあるなどあり得るだろうか？　動機は？　嫉妬の果てか？　脅迫犯を消すためか？　あるいは——この疑問がわたしをもっとも悩ませたのだが——彼は本当に真実を語ったのだろうか？　催涙ガス銃の所有者であるマールブルク・ラヴェルに罪を着せようと、誰かがこの家に侵入して銃を盗み出し、ラトゥールを殺害したのではないか。

「銃と弾丸をしまっていたのはここだ」壁際の古めかしい木の戸棚に近づきながら、マールブルク・ラヴェルが説明する。それは繊細な彫刻の施された四枚扉のキャビネットで、リシュリュー枢機卿の時代に作られたものと思われた。上部の扉をあけると、何世紀もの年月を経たかびの臭いが飛び込んできた。しかし、なかはもぬけの殻だった。

「ここに銃と弾丸を保管していたのか」と、コルトが尋ねる。

「ああ。他には何もしまっていなかった」

コルトはキャビネットに首を突っ込み、前後左右を見回しながら、埃や物証になりそうなものを調べたが、まったくの無駄だった。それから手をおろして下部の扉を摑み、ぐいと引きあけた。

次の瞬間、コルトは後ずさった。驚きのあまり両目を見ひらいている。

「これはなんだ」と、低い声で訊く。

マールブルク・ラヴェルは興味深げに本部長を見たあと、いったい何事かという様子で、身をかがめて古風な戸棚の奥底を見つめた。

「なんということだ！」ラヴェルの口から叫び声が漏れる。

戸棚の底で光沢を放つその物体は、三人の目にはっきり見えた――ずんぐりした奇妙な形のライフル銃――行方不明の催涙ガス銃に違いない！

第十四章　足跡

その銃はライフルと、銃身を切り落とされたショットガンの合いの子のように見えた。肩当てと引金はライフルに似ているが、銃身はずんぐり短く、クロムメッキの光沢を放っているにもかかわらず、なんとも重々しい印象を与えた。

「銃が行方不明になったあと、一度でもキャビネットの下半分をあけてみたか」

「いや、あけていない」

この奇妙な隠し場所からコルトは銃を持ち出し、フロアランプの光で丁寧に観察した。全長は二十六インチほどだろうか。

「シンシンやオーバーン、ダネモラで使っている催涙ガス銃と同じようなタイプだ。それにニューヨーク市警が採用している標準型とも似ている。しかし、いくつか重要な改良点がありそうだ」

そう言ってさらに身をかがめ、いっそう目を細める。

「いや、改良点などどうでもいい――クロムメッキの銃身に傷や何かの痕が残ってはいないか。何かの金属がここに取りつけられていたということは」

大富豪は手を伸ばして銃を受け取ろうとした。だが、コルトはそのまま手を放すことはせず、手のひらと指をハンカチで覆うようラヴェルに指示した。犯人につながるかもしれない指紋を台無しにされたくなかったのだ。

「これはわたしの銃だ。わたしの指紋が残っているのは当然だろう」と、ラヴェルが不満げにつぶやく。先ほどの無愛想が戻りつつあった。

「しかし、他人の指紋を消してしまってはまずい」精一杯の笑みを浮かべながらコルトが言う。

ラヴェルは無言のまま銃を受け取った。

「傷などないぞ」ラヴェルの声が高くなる。「なぜそんなものがあると思うんだ。どんなものを取りつければ、そのような傷ができるんだ」

コルトは眼帯をはめたマールブルク・ラヴェルの目に顔を近づけ、内緒話を打ち明けるように囁いた。

「正体不明の装置が取りつけられたんだ！」

「だが、サイレンサーをつけたところで傷がつくはずはない――あんたも知っているはずだ」

「サイレンサーなんかじゃない。この銃、または似たような武器がジョシー・ラトゥールに向けられ――発射された。銃声はドラムの音にかき消された。しかし、発射したときの閃光は？　薄暗い会場のなかで見えなかったはずはない。たとえ――」

コルトはそこで言葉を切った。ラヴェルが不安げに咳払いをする。

「わかったぞ、何を言いたいか――閃光を隠すために、長い筒状のものが銃の端に取りつけられたというんだな」

「おそらく」

「だが、コルトさん――マディソン・スクエア・ガーデンの観客席に座る誰かが、こんな巨大で目立つ武器を取り出し、狙いをつけたとしたら、会場はきっとパニックになっていたはずだ。気づかれなかったはずがない」

コルトはそうとわからないほどかすかに笑みを浮かべた。

「その問題がつきまとうのは確かだ」声に力がこもっている。「だが一方で、発見されるかどうかは、射撃手がどこに立っていたか――あるいは座っていたかにもよる。あんたもそれに気づいていたはずだ」

ラヴェルの顔がわずかに白くなる。

「とんでもない。いいか、コルト――まさかあんたは、わたしがあの女の死に関係していると真剣に疑っているのか?」

コルトの陰気な瞳が相手をまっすぐ見据える。

「あんたは彼女に好意を抱いていた。つまり理由があるはずだ――」

「馬鹿馬鹿しい!」

「それにさっきも言ったが、ラトゥールの命を奪ったのと同じタイプの武器を所有しているのは、彼女の友人や知り合いのなかであんただけだ」

「ならばわたしも繰り返し言わせてもらおう。わたしはラトゥールの死に一切関係ない。彼女の死が残念でならないんだ」

「つまりあんたは――」

「そう、真剣にそう思っている。ところで、わたしが彼女の死を願う動機はいったいなんだ?」

コルトはわたしに催涙ガス銃を渡しながら、その質問には答えないことにしたようだ。

「さっきニールに連絡して、応援の刑事を何人かよこすよう指示した。到着したら一階で待つように と。そのうちの一人に、この銃を弾道検査係と指紋採取係のところに持っていくよう伝えてもらいた い。それに結果を早く知りたいと」

わたしはコルトの指示どおりに連絡したあと、すぐさま二階に駆け戻った。するとコルトがマール ブルク・ラヴェルに対し、立場ののっぴきならないことを簡潔に説明していた。

「あんたの話は説得力に欠けている。最近出現した他の金持ちと同じく、あんたも大勢の警備員を抱 えている。それに電気式の侵入警報装置。あんたは催涙ガス銃が盗まれたと言った——それでわたし が探してみると、ものの見事に見つかった」

「ああ。しかし——」

「しかし、こんな事実からわたしに何を信じろというんだ。警報装置があるにもかかわらず、未知の 人物が一度ならず二度までも侵入したとでも?」

ラヴェルはなおも反論する。

「馬鹿げたことなのはわかっている——だが、いったい何が起きたというんだ」

「それをあんたに訊いているんじゃないか、ラヴェルさん。警報装置の存在にもかかわらず、この敷 地に侵入し、銃を盗み、筒状の何かをかぶせ、誰にも気づかれずマディソン・スクエア・ガーデンに 持ち込み、ジョシー・ラトゥールを殺害したあとガーデンからここへ舞い戻り、再び邸内に忍び込ん でキャビネットに銃を隠し、無事に脱出した殺害犯を探せというのか。そんなことをわたしに信じろ と?」

マールブルク・ラヴェルは両手をあげた。

「実に見事な仮説じゃないか」そのしわがれ声は、歯科で歯をドリルされている人間のそれだった。

「わたしは何も知らない。わたしが殺したんじゃ――」

「それはさっきも聞いたよ」相手を落ち着かせるような口調だ。「ラヴェルさん、ウイスキーでも飲んだらどうだね――そのあいだにここを調べさせてもらおう。構わないな?」

それは要請ではなく命令だった。我々はマールブルク・ラヴェルを書斎の机に残し、いつもの精力的かつ入念な捜査を始めた。コルトを先頭に部屋から部屋へと、四階建ての豪邸をくまなく調べる。コルトがここまでの決意とスピードで捜査にあたったことはこれまでなかった。邸宅の裏手に広がるイタリア風の庭から始め、さっそく重要と思しき発見をしたようだ。強力な懐中電灯を振り回しながら庭の芝生を残らず調べ、最後に巨大な鉄棒を支える基礎の真下に来たときのことだ。

「敏捷な運動選手なら、この鉄棒をたやすく乗り越えられるな」と、考え込むように口にする。

「しかし、警報装置は?」

「それはまた別の問題さ」心ここにあらずといった口調で答えたかと思うと、小石が敷き詰められた通路にひざまずき、基礎のあたりの地面を手で掃いた。そして手にした何かを持ち上げ、懐中電灯の強力な光で照らした。それは乾いた土の小片だった。基礎の凹みにあって、雨に濡れないまま残っていたのだろう。

暗闇のなか、コルトはわたしに微笑みかけた。

「トニー、歳はとりたくないな。まったく、能力が鈍っている。この事件についてわたしは最初から間違っていた――そう、間違っていたんだ」

そう言うと興奮した様子で立ちあがり、わたしの手首を摑んだ。

「急ぐぞ！　やらねばならんことが山ほどある」

　わたしは辛抱せざるを得なかった。いま質問したところで無駄に決まっている。正しいか間違いかはともかく、決定的と思われる手がかりを摑んだのだ。我々二人は邸宅のなかを迅速かつ徹底的に調べた。そうして二十分後には最上階の狭いバルコニーに立ち、底なしのように思われる暗闇を見下ろしていた。実際には邸宅の裏庭で、先ほど捜査を行なった場所なのだが。コルトは無言のまま地面を見つめていたが、尻ポケットから再び懐中電灯を取り出すと、真下の地面に光を当てた。

「ラヴェルは入念な仕掛けを施したうえで、ここに閉じこもっている——いや、外の世界を締め出しているんだ」どことなく憂鬱な口調だ。「細長い窓の正面にある、曲がった鉄棒の先端を見てくれ。残酷なまでに尖っている。時代遅れと言えば時代遅れだが、侵入者相手にはいまでも有効なんだ。ところが——」

　その後の沈黙があまりに長く続いたので、わたしはたまらず先を促した。

「ところが？」

「ところがこの場合、あれらの鉄棒は侵入を防ぐのではなく、むしろ容易にしたかもしれない。どうやって？　いいか、トニー。犯人はサーカスという独特な世界に属している。彼らにとって、高さというのは恐怖の対象なんかじゃない——あれらの鉄棒だってジャングルに聳える木の幹と変わらないんだ」

「ジャングル？」

「強靭な足腰の持ち主が、ラトゥールとフランドリンのアパートメントに侵入した。実際の侵入者は二人で、うち一人はもはやこの世にいない。そして、別の一人があの鉄棒も乗り越え——あちらの出っ張りを摑んだとしよう」

そう言って懐中電灯をかざす。その光は細長い欄干のごとく四階の壁を走り、我々が立っている場所の手すりで遮られた。

「トニー、あそこを見てくれ！　土、いや埃のなかに人間のものらしき痕跡がある――あれこそが――」

「どこ――いったいなんです？」

「足跡さ！」

次の瞬間、わたしもそれを見た――裏庭に伸びるコンクリートの通路の真上、目まいを起こしそうな高さだが、四階の欄干のうえに人間の足跡があった。そして、わたしが止める間もなく、サッチャー・コルトは光沢を放つシルクハットをうしろに被り直して手すりを乗り越え、かの物証へと向けてゆっくり這っていった。

「そこにいるんだ」わたしにそう警告する。「二人で来るには狭すぎる。それよりもしたに行って、本部の刑事が来たかどうか確かめてほしい。この足跡を型にとり、写真も撮影しておく必要がある。いや、ラッキーだった――張り出した軒のしたに残っていたんだ。他にもいくつかあったろうが、それらは雨に流されたはずだ――侵入者はそのことも計算していたに違いない――まったく、この軒のおかげだ！」

そのころには、マールブルク・ラヴェルは真実を語っていたのではないかと思い始めていた。正体不明の侵入者が銃を盗み、再び舞い戻ってきたのだろうか。階段を駆けおりるあいだ、頭のなかで大胆な仮説が渦巻いていた――サッチャー・コルトも思いつかなかったであろう仮説だ。マールブルク・ラヴェルこそが真犯人で、自らの無実を強調するため、目もくらむような高さのあの欄干に自分のではない足跡を残したとしたら？

正面玄関にグローヴァー刑事がいたので、謎の足跡を永久に残す型取りの器具一式を持って来るよう、最寄りの分署に電話をかけさせた。それを終えて再び階段を駆けあがったのだが、二階に来たところで足を止めた。驚いたことに、コルトの怒鳴り声が響き渡っているではないか。声の出所は書斎だった。本部長はラヴェルの椅子に座り、ラヴェルの電話機で話していた。

「いいかね、ドクター・クリスリーク」と、すっかり面目を失った毒物学者を叱りつけている。「きみの失敗はニューヨーク市警全体にとっての不名誉だ。催涙ガスについての仕事は立派だったが――もはや意味を失ったんだ。遺体の指から粘着物のかすかな臭いを嗅ぎ分け、それが何かを突き止められないとすれば、税金できみの実験室を維持する意味はどこにある？　いますぐ署の車に乗り、十五分以内にメトロポリタン美術館へ来るんだ。あの粘着物を忘れずにな。なんだって？　仕事のできる化学者のもとへ持って行くんだ！　ではフリン警視に代わってくれ……もしもし、フリンか。窓枠に残っていた痕跡の型について、何か報告は受け取ったか？　なんと言っていた？　埃は封筒に入れて、分析結果とともにわたしのもとに届けてもらいたい。そう、クリスリークが正体を突き止められなかった緑の粘着物と一緒にだ。よろしい。ブロードの生地だと？　ああ、フリン――わたしが庭で発見したものと組み合わせれば、決定的な証拠になると思うんだ。あとで話す。それでは！」

サッチャー・コルトは受話器を置くと立ちあがり、マールブルク・ラヴェルに笑みを向けた。そして豪華な机の中央に置かれた、コイル状の物体を指さした。

「電気警報装置があるにもかかわらず、侵入を許した秘密がこれなんだ。複雑な電気装置で、このコイルに電流が吸い込まれるようになっている。コイルは円を描き、こちらの主回路に再びつながる。この機械は簡単に警報装置へ取りつけられる。ただし、手が届けばの話だ。つまり、この侵入は内部の犯行——四階のバルコニーにこれを取りつけた人間は、きっと邸内のことを知っていたはずなんだ」

マールブルク・ラヴェルは暗い表情で電線の束を持ちあげた。

「またもや得意の想像か」と、怒りを隠しきれない様子だ。「それで本部長、今度は何をしてほしいのかね」

「これからわたしの部下が、うえの階で仕事をさせてもらう。それが終わったらもう面倒をかけることはない——少なくとも今夜は、だが。トニー、刑事をうえの階に案内して、あの足跡を見せてやってくれ。それが終わったら正面玄関に来てもらいたい。あともう一つ、ミスター・ラヴェル。執事を呼んで、キッチンから塩を二、三袋持って来させてくれないか」

塩の袋で何をしようというのか。ドアを閉めて階下へ急ぐあいだ、まわりの世界を理解できないような気がした。しかし、サッチャー・コルトが理由なくしてあのような要求をするなど考えられない。

グローヴァーは電話を終えようとしていた。その彼を四階に案内し、欄干に残る足跡を見せたあと、再び階段を駆けおりる。書斎の前を通りかかると、コルトはマールブルク・ラヴェルに別れの挨拶をするところだった。

「一つだけいいかね」大富豪の口調は真剣そのものだった。「ロビンソン大佐がなんと言ったか知らないが、あのウバンギを信じちゃいかん。わたしはあのサーカス団の大半を保有しているし、自分が何を話しているかもわかっている。いま話してもらったことを実行するなら、奴らの手に文字どおり命を委ねることになるんだぞ。気をつけることだな」

広々とした大理石の螺旋階段を駆けおりてグミンダーと合流し、車へ急ぐ。だがコルトはメトロポリタン美術館へ向かうようニールに指示したあと、一言も口をきかなかった。壮大な美術館の正面で別のパトカーの前に車が停まると、すっかり意気消沈した様子のクリスリーク博士が駆け寄ってきた。「ああ本部長、あなたはどうやら――」と口をひらきかけたものの、二枚の封筒をひったくるコルトの勢いに押され、そこから先は何も言えず後ずさるだけだった。封筒の一つには緑色の粘着物が、もう一つには埃が入っている。それらを化学者の手から奪い取ったコルトは、音を立てて車のドアを閉じた。

「次はルックナー教授。場所はモーニングサイド・ハイツだ！」コルトがそう指示すると、茫然とよろめく化学者をあとに残し、車は勢いよく走り出した。

わたしは驚き、同時にいくらか落胆していた。円盤型の唇をしたあのウバンギのもとへ直行すると思っていたからだ。その代わりに向かうのは、かの奇妙な科学者のアパートメント。ローラ・カリューの不可解な死を顕微鏡の力で解決に導いたウイーン出身の老人だ。[※]理屈っぽく尊大なオーストリア人であるルックナーだが、サッチャー・コルトの得た証拠を実験室に持ち込んだあと、数時間後には逮捕につながる正確かつ詳細な指示を与えることが一度ならずあった。

※"About the Murder of the Night Club Lady"（New York, Covici, Friede, 1931）を参照のこと。

ルックナー教授のアパートメントの玄関先に立ってロングアイランドの向こう側に目をやると、灰色の筋が闇を切り裂き始めていた。一続きになった居室の奥にある飾り気のない一室こそ、モーニング・ハイツに住まう隠遁者の実験室だった。この老科学者は数年前に引退していたが、コルトの説得を受けて自宅に実験室を設け、警察が持ち込む仕事だけを請け負っているのだ。ルックナーの仕事を署の正式な業務にすべく、コルトは各方面に働きかけたこともあるが無駄に終わった。そのため、ルックナーに支払う報酬を自分のポケットから支出している有様なのだ。

眠たげな目をしたエレベーターボーイが不機嫌そうな声で我々の来訪を告げると、次の瞬間には返事が来た。ルックナー教授は起きていた――おそらくは試験管やブンゼンバーナー、奇妙な形をした水差しやビーカーなどを操っていたのだろう。この御仁こそ呪術師ではないかと言いたくもなる。エレベーターから出た我々を、博士は玄関先で出迎えた。灰色がかった赤髭を生やすルックナー教授は豆のつるのような細身で、二重レンズの眼鏡の奥で瞳が輝いている。細長い顔のうえは、ぼさぼさの白髪頭。白衣に身を包み、両手には緑のゴム手袋をはめていた。茨の冠を思わせる日除けが左目のほうにかしいでいる様子は、小生意気な少年を連想させる。その一方、口には不快極まる悪臭を放つ安葉巻をくわえていた。

「またつまずいたのかね」嘲るような口調だ。「なんでもござれの警察が、夜も明けきらぬうちに貧しき老科学者の家屋へ忍び込み、情報を得ようとしている――違うかね、サッチャー先生？　さあ、葉巻をやるかね」

コルトは大げさな丁重さでそれを断り、ガラス板の入った封筒を取り出した。重ね合わせになったガラス板のあいだには、呪術師の遺体の指から採取されたグリス状の物質が広がっている。

「この正体を知りたいのです」

「部下の専門家に任せたらよかろう」と、ルックナー教授は怪訝そうに言った。「なぜわしのところに来た？　世間知らずの学者だぞ――空理空論をもてあそんでいるだけのな」そう言ってしかつめらしい表情を浮かべた。

「そう、そのとおり。ところが署の専門家ときたら、まるで正体を突き止められないのですよ」

「いやはや！」教授の大声は辛辣だった。「なら、わしにわかるわけがない」

「わかるわけがない？　まさかあなたが、そんなことをおっしゃるとは」

それを聞いた老科学者は窓をあけ、長大なヘルゲート・ブリッジのうえに漏れ出るピンクの斑点を見た。

「もうおやすみの時間だ、コルトくん。わしはずっと――」

するると、教授が突然振り向いた。

「なんのために知りたい？」

コルトは笑いそうになるのをこらえた。実際のところ、やせ細った老教授は夢想家なのである。文学というものを軽蔑しており、離婚事件や残酷な殺人事件の記事をタブロイド紙で読むくらいだから、えも言われぬ殺人事件に対しては、ショーウインドウの前で目を輝かせる少女のようになってしまうのだ。今夜起きた二件の殺人をコルトが手短に語るあいだ、教授はスコッチのケースのうえにしゃがみ込み、ニンジンのようなあごひげを緑のゴム手袋でもてあそびながら、動物を思わせる会心のうめき声をあげていた。

「すばらしい！」乱れた外見を気にする風もなく、教授はつぶやいた。そのうっとりした目つきは、カーネギーホールで歌う老いた乙女のようである。「見事な作品だ！　それで、きみは犯人を突き止められないでいるんだな。ものの見事に打ち負かされ、意気消沈している。違うか、サッチャー？　無力で、無能で、木偶の坊の警察本部長。部下の専門家もそうだ！　生気のない顔――生命を失った頭脳！　だが、ウイーンにいればそうはならない。そこではルックナー教授が警察の高官となり、高い俸給と強大な権力を享受している。俸給を支払うのは〝ポリツァイ〟――犯罪が起こればすぐ、わしが呼ばれることになる。高級車でウイーンに到着し、有能な市当局が提供する公式の実験室に直行だ。そして殺害犯を捕らえた暁には、わしの写真が紙面を飾るというわけだよ。しかし、ここでは――何がある？　サーカスのリングからごみくずを山ほど集め、分析しろとここに持ってくる。わしは断る。そしてきみの登場だ！　色のついた微量の粘着物――きみの仕事はそこで終わり。ルックナー教授の寝込みを襲っておいて、だ。まあいい。きみは神に感謝すべきだぞ――わしが寛大な心の持ち主であることに……さあ、酒でもどうだ」

コルトとわたしは顔を見合わせた。宣誓をした法の番人が勤務中に酒を飲むのは違法かもしれないが、いまは午前五時。この時間まで精力的に仕事を続けてきたのだ。学者の顔をした予言者は我々の返事を待つことなく、ウイスキーとソーダを混ぜた。

「ヨーロッパのシュナップだ」顔には罪深い笑みが浮かんでいる。「殺人犯の逮捕を願って」

グラスをカチンとぶつけ合う。ハイデルベルク式の乾杯だ。

「さて」と、教授が待ちきれない様子で続ける。「もう出ていってくれ！　そのささやかな手がかりを残してな。サーカスのリングから集めたごみくずも、助手に調べさせることにしよう」

わたしはエレベーターに乗り込みながら、最後にもう一度教授の姿を見た――背が高く細身で、赤味がかったあごひげを生やしている。槍を思わせる歯は力強く、鼻も巨大だ。射抜くような青い瞳の視線は、ぼさぼさの頭髪から発射された弾丸のようである。不可思議な老科学者。辛辣な言葉遣い、深遠なる知識、疲れを知らぬ精力、そして子どもっぽさ。手には緑の粘着物が挟まれたガラス板を持っている。やがてエレベーターのドアががたがたと音を立てて閉まり、教授の姿が視界から消えた。

眼下の公園と立ち並ぶ家々を赤い炎で焼き尽くすかのような夜明け。我々は城壁を思わせるモーニングサイド・ハイツの通りに再び立った。空気は冷たく、春が去るのを惜しむかのように、冬が一瞬戻ってきたのかと思われた。

ハンドルを握るニールの隣では、グミンダー教授が早々と眠りについていた。コロンビア大学で教鞭をとるこの学者は冒険劇に夢中になりながら、警察の捜査を手助けしてくれた。他の大勢と同じくグミンダー教授にとっても、犯罪捜査のスリルは滅多にない体験を不意にもたらしたのだ。いつ果てるともしれぬ単調な日々、耐えられないほど退屈な日々のあとで、それは突然やってきた。先ほどまで目を爛々と輝かせ、大きく息を喘がせていたグミンダー教授は、いまや失望と落胆のなかでいびきをかいている。しかし、コルトに続いて後部座席に座り、ダウンタウンの車窓を眺めていると、アフリカ系言語の専門家は目を覚ました。そして肩越しに振り返り、驚きの表情を我々に向けた。

「要するに」と、何かを強調するかのように口をひらく。ずっと起きていたと言わんばかりだ。「ルックナー教授に頼まれ、わたしはあなたがたのもとを訪れた。わたしが持つ特別な知識でもって、警察の手助けをするためにだ。それなのに、一人ぼっちにされてどう役立つと言うのかね」

コルトはくすくす笑った。

「これ以上あなたを一人きりにはしませんよ。実を言うと、あなたの友であるウバンギ族の人間から話を聞き出せない限り、解決には長い月日がかかるはずだ。教授、あなたが通訳を務めてくれなければば、事件は解決しないのです」

ついに我々はマディソン・スクエア・ガーデンへと戻ってきた。通用口の前に立つと、灰色の巨大な建物はくたびれて見えた。あたりをうろつく新聞記者を避け、メインロビーの中二階にあるサーカス団の狭いオフィスへと急ぐ。

ドアをあけたコルトの肩越しに、グミンダーとわたしは室内を見た。五人の男がテーブルを囲み、トランプに興じている――動物係主任のクランプス、空中の王者セバスチャン、サーカス団の専属医ランサム医師、ウバンギ族の一団をアメリカに連れてきたシャラヴェイ医師、そしてオーナーにして団長のトッド・ロビンソン大佐。みなオーバーオールやパジャマなど、くつろいだ服装をしている。コルトの姿を見た団長はその場に飛びあがり、カードを置いて本部長につかつかと近づいた。昨夜の親密さは消え失せ、固く引き締まった顎と半分閉じた瞳には、敵意と対抗心が見て取れる。サーカス界全体を改革した功労者であるトッド・ロビンソンは、サーカスの誰もが戦うことを余儀なくされ、敗者はリングの小山に埋められた時代の自分に戻っていた。

「警察とのあいだで誤解は好ましくないが、いまの事態は気に入らない。あんたがた警察は、フランドリンが犯人である証拠を何も得ていない。それはそっちも承知のはずだ。なのにあんたはフランドリンを逮捕した！　我々のスターの一人をだ。公平に言って、いや、失礼を承知で言わせてもらうが、あんたらはあいつの心を折ろうとしている。再びロープをのぼることはできないだろう――あれだけ執着していたダブルツイストとなるとなおさらだ。あいつはもう終わり――このサーカス団に代わりを雇う余裕はない。スターの一人が死んだ！　もう一人は檻のなかだ！　くそったれ！」ロビンソン大佐は相手に挑むかのように、顎を上向けた。「いつまでこんなことが続くんだ！」

「長くないことを祈りますよ」と、煙草に火を点けながらコルトが返す。「フランドリンについてだが、自分でなんとかできるでしょう。有罪なら電気椅子は免れない――無罪ならば、彼の姿を一目見ようとマディソン・スクエア・ガーデンに人が押し寄せる」

「そんな注目など迷惑なだけだ」トッド・ロビンソンは甲高い声で反論した。「それはともかく――あいつはいつ自由になれる?」

「目下のところ、状況は思わしくない。署の専門家がいま手がかりを調べているから、その結果が出ればトンネルを抜け出せるでしょう。だが、それには時間がかかる。その一方で、直接的な情報を得られない限り、時間を無駄にするリスク――真犯人を取り逃すリスク――が増えてしまう」

「どんな種類の情報があればいいいんだ」怒りの感情にもかかわらず、ロビンソンはその一言に興味を覚えていた。

「正直言って、わたしにもわかりません。いまはとにかく五里霧中でね。しかし、あなたのところのコンゴ人が何かを知っているに違いない。だから話を聞き出す必要がある。グミンダー教授をここに連れてきたのも、それが理由ですよ。みんな、赤道アフリカ系言語の専門家、グミンダー教授を紹介しましょう」

四人の男が次々に名乗るなか、わたしは日焼けしたシャラヴェイ医師の顔に浮かぶ当惑の表情を見逃さなかった。本能的な嫌悪感から、自分の領域についてなにがしかの知識がある、このよそ者を遠ざけようとしているのだ。だがそう考えたのも一瞬のことで、馬鹿げた想像に違いなかった。シャラヴェイとグミンダーは互いに不信感を抱いている――アフリカの冒険者なら誰もがそうではないか。

「ならば、ウバンギ族の楽屋にいますぐ案内しよう」ロビンソン大佐はうなずいた。「彼らはずっとガーデンにいる――我々にとっては欠かせない売り物だから、誰の目にも触れないようにしていたのさ。それじゃあみんな、ゲームを続けてくれ」

　サーカス団のオーナーが再び我々の先頭に立って階段をおり、人気のないロビーを横切る。野生動物の檻が並ぶ展示ホールを通り抜けるとそこは、舞台裏の楽屋エリアだった。しかし、その途中でコルトは立ち止まり、H・H・ハリス刑事からいささか長めの報告を受けた。ハリスはノリン警視により、ガーデンを見張る私服刑事三人の責任者に任命されていた。これら私服警官はクフンプスからセバスチャンに至るまで、そして赤いマントを羽織ったメフィストフェレスからロビンソン大佐その人に至るまで、サーカス関係者の出入りを逐一監視していたのである。コルトはハリス刑事の囁き声に耳を傾けたあと、こう言った。

「これから極めて困難かつ重要な任務についてもらう。衣装を一着、盗んでもらいたい。それから本部に行ってわたしに電話をかけること。そのときさらに指示を出す」

「何を盗んでほしいんですって？」ハリスは待ちかねるように訊き直した。

　しかし、その返事はわたしの耳に届かなかった。ちょうどシニョール・セバスチャンが廊下を横切ってきて、話し声が聞こえない場所で待つロビンソン大佐のもとへ近づいたからである。コルトはセバスチャンの姿を認めるとすぐ、ロビンソン大佐のもとへ戻るようわたしに合図した。空中の王者はそばに立っていたが、わたしは急がないほうがよかった。セバスチャンはポーカーを続けるため、五十ドルを借りに来たに過ぎなかったのだ。一方ハリス刑事の姿はすでになく、コルトと再び合流したあと、我々はウバンギ族のねぐらへと向かった。薄暗い通路には人を惑わせるいくつもの不可解な曲がり角があったものの、ロビンソン大佐は迷うことなく一つの扉の前で立ち止まった。そして一瞬躊躇してからひざまずき、鍵穴に耳を近づけた。

「眠っているようだ」大佐がささやく。「だが、いびきすら聞こえない」

そう言いながらドアをあけ、手探りでスイッチを探す。そして天井の電球が灯ると同時に、驚きのあまり悪態をついた。藁の敷き詰められた広々とした部屋はもぬけの殻だった!

奇妙な外見の黒人たちは一体どこへ行ったのか。ここはニューヨークで唯一、彼らが安全に過ごせる場所のはずだ。この部屋でおとなしく眠り、煙草を吸い、魚と米の食事をとり、大好物のサイダーを飲んでいるのではなかったか。リーダーが謎の死を遂げたあと、全員が空中に消えたかのようだった。

そのとき、グミンダー教授が穏やかな声で言った。

「コルトさん、ごく初歩的なことを言わせてもらうが、あの連中は常夏の国からやって来た。だから北アメリカの気候は耐え難いに違いない――それに、ここ二十四時間は底冷えするじめじめした天気だった。ボイラールームを探してみてはどうかね。そこなら暖かいはずだ」

「そうか!」ロビンソン大佐が声をあげる。「言われてみれば確かにそうだ。どうして思いつかなかったんだろう」

時刻は午前五時をとうに過ぎている。我々はマディソン・スクエア・ガーデンの地下エリアへと向かった。わたしも最初は胸を躍らせたが、階段をおりるにつれていくつもの光景が頭をよぎりだした。どれも曖昧で、不吉なイメージだ。動物係主任のクランプス。虹彩のない、悪賢そうなあの目つき。いまは二人の医師、そしてアクロバットのセバスチャンと何やら話し込んでいる。マールブルク・ラヴェルに催涙ガス銃の使い方を教えたこの人物は、いったい何を話しているのか。

カーブを描く暗い階段をおりるあいだ、闇を羽ばたく鳥のようにこのような疑問が頭をよぎり続けた。やがて我々は階段の底にたどり着いた。前方からロビンソン大佐の声が聞こえてくる。低い声でみなを励ましているようだ。大佐に続いて歩くと、そこは細長い通路のようだった。やがて、マールブルク・ラヴェルがウバンギ族について発した警告は真実なのかという疑念が、頭のなかでもたげてきた。怪しい場所はないかと左右に目を向けるものの、薄暗い通路に明かりはほとんど灯っておらず、まるで何も見えなかった。我々のはるか後方から、コンクリートの床を鳴らすかすかな足音が聞こえる。あとをつけられているのか。いや違う。我々自身の足音がこだましているに過ぎない。本当はどちらなのだろう。明かりの乏しい地下通路のこと、忍び足であとをつければ我々に気づかれることはない。背筋に寒気が走りだす――そのとき、目に見えない冷たい手が頰を触れたので、わたしはぎょっとして思わず後ずさった。

しかし、それはグミンダー教授の手だった。近くに誰かがいるか確かめたかっただけらしい。いまや周囲は漆黒の闇――我々自身がジャングルの一部分となり、箱詰めされてここニューヨークに運ばれたかのようだ。ここで告白しておくが、そのときは臆病風に吹かれていた。わたしだって銃撃戦で傷を負ったことがあるし、ギャングの銃弾による傷跡がいまも頰に残っている。だが、今回は違っていた――未知の存在による恐怖。そこに立っていると、あの古いトランクが脳裏に蘇ってきた。仕切りが乱暴に外され、耳から耳へと喉を切り裂かれたアフリカの呪術師がなかでうずくまっている光景が。

無言のままよろめくように歩いていると、突然音が聞こえた――呻くような低い叫び声、闇のなかでさめざめ泣いている声。不意に飛び込んできた声のトーンは、言葉では表せないほど恐ろしかっのだ。それと同時に、何かを叩く音が三度聞こえる。サッチャー・コルトが扉を見つけ、ノックしたのだ。間を置かず、泣き声が止む。ノブを回す音に続き、扉の錠を回す音。ゆっくりと扉がひらく。薄暗い光が向こう側から漏れ出る。その光のなかに、突如顔が見えた……巨大な黒い顔。両方の瞳がらんらんと輝き、顔の下半分から巨大な唇が二つ、歪んだ形で突き出ている。悪夢のなかで見るような顔。しかし、それは現実だった。我々はついにウバンギ族と対面したのだ！

第十五章　黒魔術

巨大な唇を持つ黒人女性の肩越しに、わたしは室内を見た――倉庫らしきその部屋は空っぽで、二つの電球から乾いた枯れ葉がぶら下がり、壁のうえで奇怪な模様の影が震えている――不規則かつ幻想的な形をしたその影は、バロック様式を思わせるしみとなって壁一面を動き回っていた。扉の向こうから悪臭を放つ一陣の風が吹き抜ける。生の石炭を部屋の真ん中で燃やしたときの煙と、ジャングルで激しく動き回る人間が流す汗とが入り混じった臭いだ。頭のてっぺんから足元まで全身をブランケットで覆ったこれらウバンギ族の男女は、何やら不満げに、あてどもなく室内を歩き回っていた。短い歩幅で前後左右に歩くものの、どこか目的地があるわけではない。これこそが部族に伝わるジュジュの儀式――黒人の黒魔術なのだろうか。

「連中は儀式の途中で、それで踊っているんだ」と、グミンダー教授がコルトに耳打ちする。「我々が邪魔したことで困惑しているが、祈りを行なうまでやめることはない」

「入り口でこちらを見つめている女性に、リーダーと話がしたいと伝えてください」

しかし、ロビンソン大佐がそれに反対した。

「こんなときに邪魔をするなど、愚の骨頂だ。何か大事な準備をしているんだぞ。奴らの言葉は理解できんが、それはわかる。じきに手をこすり合わせながら一斉に早口で口ずさみ、槍をかかげて悪魔祓いをするんだ。それを邪魔するなんてこちらの身が危ない！」

「それがどうした」コルトが言い返す。「伝えてください、グミンダー教授」

「よかろう！」教授はうなずいた。「ぐずぐずしていると手遅れになって話を聞き出せなくなる。一種の恍惚状態に入るからな。そうなったら最後、話せる状態になるまで半日はかかる。踊りのあとそうなるのを、アフリカで見たことがあるんだ。そのときだよ、生まれたばかりの赤ん坊の遺体が原野で発見されたのは」

その間、アマゾネスを思わせる長身の女性は腕を組んだままずっと無言で、じっと前方を見つめていた。その彼女にグミンダー教授が話しかける。巻き舌の喉音で、ときおり笛を吹くような歯擦音が混じる。しかし相手の女性は、白人男性が自分たちの言葉を話すのを聞いても、なんら驚きの表情を見せなかった。やがて彼女は踵を返し、室内へ戻っていった。

「すでに手遅れかもしれん」と、グミンダー教授がつぶやいた。

「あいつらはもう放っておこう」ロビンソン大佐も我々を促した。

「連中はなんと言っているんです、教授」サッチャー・コルトが尋ねる。

「新しい呪術師を選びだしたらしい！」

「ケブリアが死んだことを知っているのか」

「行方知れずなのは知っている。裁判をひらいて、ジョシー・ラトゥールの殺害犯を罰しようとしているんだ――いまここで、魔術によって犯人の死を引き起こそうとしているのさ」

「犯人の名前を口にしていますか」

「静かに！」と、グミンダー教授が警告する。「新しい呪術師が来るぞ」

よろめく足取りの人影が、煙のなかから扉に近づいてくる。しかし、半分ほど来たところで立ち止まり、頑なに首を振った。コルトの言葉を伝えにいった女性が戻ってきて、単音節の喉音でグミンダー教授に話しかける。教授の通訳は簡にして要を得ていた。

「呪術師はここを立ち去るよう言っている。祈禱の儀式が終わったら話をすると」

「警察だと言ってください！」

「もう止められないと言われるのが落ちだ。何しろ呪術師だからな」

煙のなか、老人の姿はぼんやりとしか見えなかったが、両手をあげて何やら熱心に語りだした。長音が主体の話し方で、入れ替わる仲間たちの反応がときおり混じる。老呪術師が奇妙な言語で叫び続けるあいだ、グミンダー教授は低く陰鬱な声で、息も継がずに祈りの内容を通訳した。

「殺人犯を見つける手助けをしてもらいたい。美しく善き人、ジョシー・ラトゥールを殺した犯人だ。森の神々よ、どうか手助けを！　太陽の神々よ、どうか手助けを！　月の神々よ、どうか手助けを！手助けを求めるのは、ジョシーが善き人だったため。怒りにかられて殴りつけることもあったが、ジョシーは善き人だった。この国の女性は淫らで邪な服を着ているが、ジョシーは善き人だった。無垢な男を興奮させるのがこれら無知なる者どもの目的だが、ジョシーはそのような目的で服を着ているのではなかった。ジョシーは善き人だった！　神々は知っている。無垢な男を興奮させるウバンギの女は、必ず殺されると。ウバンギの女たちはアメリカの白人女とまるで違う。奴らはウバンギの女性を、大口あけて笑い飛ばす。しかし、自分たちも口や頰に色を塗っているではないか。森の神々、太陽の神々、月の神々よ、いったい何が違うというのか。神々よ、犯人を見つける手助けを！」

これを狂気と言わずしてなんと言おう。

そうだ。春のニューヨーク、時刻は午前六時。ここマンハッタンのど真ん中でアフリカの部族が死のダンスを踊っている。新たな石炭がくべられ、炎の周囲で踊りとともに死の祈禱がなされている。いまいる場所から二分も歩けばエレベータも地下鉄もあり、そう遠くない場所では世界最大の吊橋が建設中だ。さらにコロンビア大学の物理学者や哲学者、それに多数の学生もすぐ近くにいる。我々は文明の中心にいながら、呪術の煙を嗅いでいるのだ。

ほどなくして祈禱は終わった。勢いを失った独楽のように人々の動きが緩慢になる。しかし、ガチョウの鳴き声を思わせる不気味な声は消えることなく響き続けていた。煙のなかで呪術師が再びよろめきだし、痛々しげな、それでいて確固たる足取りでこちらに近づいてきた。その姿が間近に迫ったとき、わたしはその人物を初めてはっきりと見た。我々が出会った二人目の呪術師は気取り屋のケブリアとは裏腹に、皺だらけの弱々しい人物だった。老人は両手を伸ばしながら、右手の茶色く細長い指に小さな木の偶像を持っていた。

「公園に行っていたらしい」と、グミンダーが早口でささやく。「日光のもと木々のしたで、未知の敵によってなされた悪事に対し、死の祈りをつぶやいていたそうだ。それから木の切れ端を削って人形のように仕上げた。それでいま、敵の魂を誘い込む準備が整ったんだ」

教授はそこで口をつぐんだ。老いた呪術師が木の偶像を摑んだまま、部屋の入口に立ちはだかったからである。ガラス玉のような眼球は、サッチャー・コルトに向けられている。石炭から立ちのぼる煙の効果もあって、その外見はより一層印象的だった。自然な、それでいてわたしにとって不可解ななんらかの過程によって、これらウバンギ族はセメントの床を歩き回りながら、石炭の煙に奇妙な影響を及ぼしていた。唇を大きく突き出し、耳から巨大なリングをぶら下げている一人の女性が、両手を振りつつじっと立っている。立ち込める白い水蒸気が彼女の意思によって波打ち、マハトマ・ガンジーを思わせる小柄な老呪術師のうしろで魔法の雲のごとく踊りを繰り広げているかのようだった。

呪術師は我々を見つめながら小さな木像を振り、赤く長い舌のしたからしわがれ声で奇妙な言葉をつぶやいた。

「こう言っている」と、グミンダー教授がささやく。「ジョシー・ラトゥールを殺した人間、そしてケブリアを殺した人間を、必ず突き止める、と。彼らは一時間前にケブリアの殺害を聞かされたらしい。まもなく、手に握ったヌキシのなかに殺害犯の魂が宿る。その偶像に釘を打ち込むことで、犯人の魂に復讐を果たそうとしているんだ」

サッチャー・コルトはマールブルク・ラヴェルの自宅から持参してきた紙袋を、呪術師の前に突きつけた。

「こう伝えてもらいたい」と、グミンダー教授に告げる。「友人からもらった塩だ、と」

グミンダー教授はそれを素早く通訳した。たちまち老いた野蛮人の目に物欲しげな光が宿る。ウバンギ族は塩中毒なのだ。麻薬のように夢中でむさぼり、一掴みもの塩を呑み込んでしまう。呪術師は紙袋を愛しげに受け取ると、矢のような動きでそれを上衣の折り返しにしまいこんだ。

「次はこう伝えてください。警察はきっと、きみらのリーダーの殺害犯を突き止める」

呪術師はその言葉を反芻してから苛立たしげに両手を振り、しなびた唇からもつれるような声で長々と言葉を発した。

それをグミンダーが通訳する。

「好意には感謝するが、あんたには関係のないことだ。部族には独自の法があり、自分たち自身が警察で、陪審で、そして判事なんだ」

　コルトは眉間に皺を寄せた。

「こう伝えてほしい。ここはニューヨーク市であってジャングルじゃない。きみらの国でニューヨーク市警は無力だろうが、この国できみらのやり方は通じない」

　すぐさまグミンダーが返事を通訳してきた。

「神はどこにいらしても、決して無力などではない。ジョシー・ラトゥールは善き人。ケブリアも善き人。これ以上話しても無駄だ」

　コルトはそれでも自らの立場を主張する。

「こう伝えるんだ。白人の警察はいま困惑している。ジャングルに住む太陽と月と森の神が助けてくれるなら、我々は深く感謝する。しかし、我々にも神はいる。指紋、そして無線機つきのパトカーという神だ。どうだろう、我々の神の贈り物と、きみらの神の贈り物を交換してみては」

　これを通訳するのは骨が折れたようで、ようやくグミンダー教授は次の返事を低い声で通訳した。

「その提案を聞こう」

　コルトが即答する。

「この犯罪についてきみらが知っていることと引き換えに、我々が知っていることを残らず教えよう」

　さらに喉音と歯擦音が続く。鼻を鳴らす音、石炭の煙、そのなかで踊る人々の影。

「聞かせてもらおう、と言っている」ようやく、グミンダー教授が告げた。

　サッチャー・コルトは黒魔術師との約束を守った。ニューヨーク市警本部長がウバンギ族の新呪術師に対し、捜査の経緯を余すことなく伝えている。ラトゥール宅の窓枠に残っていた、膝とすねの跡。マールブルク・ラヴェル邸の壁の張り出しに残された足跡。催涙ガスという手がかり、行方不明だったライフル銃が見つかった経緯、そして彼らのリーダーの指に残っていた緑色の粘着物。

　これら奇妙な出来事を、呪術師は関心深げに聞き入った。新たなことを一つ聞くたび、聖歌隊のようにうめいたり、何かをつぶやいたりする。そして最後の手がかり、すなわちいまは亡き黒魔術師の指に残っていた緑色の粘着物のことを聞いたとき、呪術師は指を口にあててインディアンのような大声をあげた。

「それでは、きみらウバンギ族が知っていることを教えてもらおう」

「約束は約束だ」と、グミンダーが相手の言葉を伝える。「ウバンギ族が知っていることをこれから話す。チャド湖のほとりから来た我ら部族は、いつしかラトゥールを愛するようになった。ラトゥールは善き人だった。その彼女に鞭打たれたことを、ここで話すのは馬鹿げている。我々は鞭に慣れている。だから大したことではない。ラトゥールはウバンギ族によくしてくれた。病気のときは手を貸し、医者が腕をこするあいだ、ずっと手を握ってくれた。ラトゥールは善き人だった。だから、ウバンギ族が彼女を憎んでいたとは思わないでくれ。みな彼女を愛していたのだ。

　少し前のこと、我らのリーダーであるケブリアが一つの発見をした。自然死なるものはないことを、彼は知っていた。だが、この村※で不自然なことが数多く起きていると気づいた。そこで彼は調べた。結果、これら不幸の原因となる人物を突き止めた。そしてこの村でもっとも親しい人のもとへ行った——そう、ラトゥールのもとへ行き、自分が突き止めたことを話したのだ。善き人ジョシー・ラトゥールはその悪人と話した。それは三日前のこと、自分の家で、夜遅くに。しかし、ケブリアがそこにいて話を聞いた。それで、ジョシー・ラトゥールが危険に晒されていることを知ったのだ。ケブリアは戻ってきて、部族の人間にラトゥールの危機を伝えた。我々は彼女のために泥の人形を作り、彼女の家の扉にぶら下げた。死を追い払うために。だが、ケブリアは悪人の名を言おうとせず、ずっと前から言っていることを繰り返すだけだった。『悪人に目を光らせろ。目を光らせるのだ！』ケブリアはずっと以前から疑っていたが、暖かい南部を離れて初めて、それが確信に変わった。それでも我々の親友、善き人ジョシー・ラトゥール以外の誰かに、その名を言うことはなかった。そしていま、この村にラトゥールの天敵がいることを、ケブリアは知った。そこで会議をひらき、ジョシーには敵がいて、なんとしても彼女を殺そうとしていると語った。さらに、自分は密かな敵に戦いを挑むと宣言し、神々の祝福を求めて祈ったのだ」

※この呪術師のいう「村」とはサーカス団のことである。アフリカには「旅する村」という言葉があり、ロビンソン・ブラザーズ・アンド・ウッドラフ・アンド・ドーソン合同サーカス団を指すものとして使われている。

「だが、どうやって？」コルトがつぶやく。「教授、訊いてください。ケブリアはどうやって、このサーカス団にジョシーの敵が潜んでいると突き止めたのか」

老呪術師は自分の言葉が遮られたことに迷惑げな表情を浮かべ、苛立ちもあらわにグミンダー教授の通訳に耳を傾けた。そして重火器顔負けの早口で、こう答えた。

「本物の呪術師はなんでも知っている！　知らないことがあると思うか？　さっきも言っただろう、

ケブリアは夜遅くラトゥールの家に行き、密かに会話を聞いていたと。我々は醜聞が好きだ。それが何よりのごちそうなのだよ。つまり、他人の心の奥を覗くのが好きなのさ。目は悪くとも、心のなかははっきり見通せる。だがいかんせん怠け者なので、呪術師にそれをやってもらう。それが呪術師の日課だ。だからケブリアも善き人ラトゥールの自宅に行き、窓枠から会話を聞いていたのだ。

今夜、ケブリアは再び我々を呼び集めた。彼は目を光らせ、ジョシーの敵を追った。そして魔法の銃を盗むのを見た。そのため、我々部族の女性がジョシーの部屋を密かに訪れ、弾除けの偶像をぶら下げた。ところが、それも無駄だった！　ケブリアは我々を呼び、敵の部屋に行ったと語ったが、それでも名前を言わなかった。そこで魔法の弾丸を見つけたが、敵に姿を見られてしまった。にもかかわらず、ケブリアはすぐさまそこを飛び出し、ここを立ち去ったフランドリンにそれを伝えようとした。するとすぐに、ケブリアが殺されたと警察から聞いた。なんということだ！」

呟き込むように語る老呪術師の言葉、そしてグミンダー教授の通訳を、我々は張り詰めた空気のなかで聞いた。

「しかし、それは誰なんだ！」と、コルトが声をあげる。

老呪術師は肩をすくめた。その様子はまるで、小柄な身体がコンパスに姿を変えたかのようだった。

「ケブリアは言わなかった。我々はその名を言ってくれるよう頼んだ。しかし、ケブリアが我々を呼び集めたとき、ある人物がそれを立ち聞きしていたのは間違いない。そしてそいつが廊下を走って逃げるのを、我々は見た。それこそ敵に違いないが、証拠はない。証拠を手に入れるまで、我々は休まず動く。それがいまの目的だが、あんたはそれを邪魔している。いますぐここを立ち去り、我々の好きにさせてもらいたい」

「だが知っているはずだ、廊下を走って逃げたのは誰かを！」警察本部長はなおも言い張る。

「そんなことはない！」

老呪術師はそう言ったきり首を振り、これ以上ないというほど迷惑げに手を振って、我々をドアの向こうへ追い払おうとした。

「そいつの名を突き止めたら、きっときみらに教えてやる！」コルトは言った。

「そいつの名がわかったら、そのときはあんたに教えてやろう！」と、老呪術師も宣言した。

我々はそれで満足せざるを得なかった。目の前のドアが閉まり、地上へと向けて再び歩きだす。しかし暗い通路を注意深く戻るあいだも、わたしの心はボイラー室にとどまっていた。巨大な唇の女性たちが踊り狂い、その一方で背の高い男たちが森の神、太陽の神、そして月の神に魔法の祈りを捧げる。殺人犯を突き止めるためとは言え、ニューヨーク市警の本部長がこれら未開の人間と手を組まねばならないとは、なんという皮肉だろう。

「次はどうします」鉄の階段に足をかけながら、わたしは訊いた。

「通常運転に戻ろうじゃないか」と、コルトが返す。「ジュジュなどもうごめんだ。ジュジュという言葉の語源を知ってるか？　ゲームを意味するフランス語なのさ――玩具、あるいはおもちゃを意味する言葉が転訛したんだよ。別の人種相手に遊んでいる時間はない。我々自身の玩具、つまり緑の粘着物を分析している実験室とか、指紋を調べている犯罪分析課とか、我々をどこかへ導いてくれるに違いない、自分自身の呪術の場へ戻ろうじゃないか。さもないと、こちらが警察から追い払われるかもな」

我々がロビンソン大佐のオフィスの前に戻ったところ、馴染みのある人影が入口に立っていた。もじゃもじゃにカールした赤毛、疲労でだらりとした下顎、眼窩から飛び出そうな青い瞳。我々を出迎えたその人物こそ、マール・K・ドアティ地区検事長だった。

「よう、サッチャー」と、大声をあげる。「地下のボイラー室で黒人どもと何をしていたのか知らないが、一つ伝えたいことがある。ラトゥール殺人事件は解決したぞ——このわたしが解決したのさ！」

第十六章　緑の粘着物

「なかへ入ろう、ドアティ」コルトはそれだけ言った。それを合図にロビンソン大佐が鋭い一声を発すると、蜘蛛の子を散らすようにオフィスから人が出ていった――クランプス、セバスチャン、そしてサーカス団の専属医二人がカードを置き、慌てて部屋を立ち去る。あとに残されたのは我々だけ――サーカス団のオーナー、地区検事長、警察本部長、そしてわたし。

「いったい何があった？」サッチャー・コルトが問い詰める。

「全部終わったんだよ」ドアティは言い張った。「フランドリンを連行して吐かせたのさ！」

「拷問したのか！」ロビンソン大佐が怒り狂って非難する。

　ドアティはサーカス団のオーナーに軽蔑するような一瞥をくれたあと、しわがれ声で言った。

「相手が地区検事長だと知って口をきいているのか？　わたしのオフィス――庁舎の奥まった一室をなんだと思ってるんだ？　まあいい。サッチャー、一筋縄ではいかなかったぞ。奴を何時間も同じ件で問い詰め、嫌になるほど話を繰り返させた。古い方法だが、必ずうまくいくやり方だ。二時間ほどして奴が弱りかけてきたころ、一本の電話があった――フランドリンの元妻に関するあんたのメッセージだ。そこでフローラを庁舎に呼び、二人を対決させた」

「それから？」と、コルトが先を促す。だがドアティは悠然としたもので、葉巻の端を噛み切りゆっくり火を点けた。

「二人とも認めたよ」賛美歌を歌うような口調でそう言うと、勝ち誇って煙を吐いた。

「二人ともヒステリー状態になったということだな」

「いや、二人とも自白書にサインをしたんだ」苛立ちで顔が赤くなっている。「さあ、おめでとうと言ってもらおうか」

「犯人はフランドリンじゃない！」ロビンソン大佐が声をあげた。

「二件の殺人をともに認めたのか」コルトの追求は止まらない。

「いや、そのあたりが少し曖昧でな。実際にはこれ以上話をできる状態じゃないんだ。フローラは、二人でジョシーを殺したと認めている。一方のフランドリンは、あの黒人を殺したことしか認めていない。わたしは自白を引き出したあと、二人を休ませた。だから正午前には、完全な供述を得られるだろう——二人とも二件の殺人で有罪なのは間違いない」

そのときなぜか、コルトの瞳が光った。

「ゾイラス（古代ギリシャの文法家。極めて辛辣な批判で知られる）のような物言いで申し訳ないが」ささやくような静かな口調だ。「曖昧なことが多すぎる。フランドリンがどこで催涙ガス銃を手に入れたと、フローラは言っているんだ？」

「全部あとで説明すると約束したんだ！」

「それに、ラトゥールの書類に紛れていたフローラの写真の切れ端は？」

「天敵の写真を持っていたのは気まぐれにすぎん！」

「しかし、二人はそれぞれどんな事実を話したんだ？」

「山ほど話してくれたさ。いいか、わたしはフランドリンから自白を引き出したんだぞ」

「動機は」

「それが妙なんだ――弁護士が来るまで、ケブリアを殺した動機は話さないと言うんだよ！」

「さっきも言ったが、フランドリンが犯人のはずはない！」サーカス団のオーナーが声をあげる。

するとと、コルトが即座に反応した。

「あなた以上にフランドリンを知る者はいない。一緒に働き、どのような男か知っている。実に立派な信頼ぶりだが、実は弱い男だということも知っているはずだ。もちろん、性格のことだが。そうじゃありませんか？」

「弱い男だと？」

「そう、違いますか？　ダブルツイストをするうえで、精神的な支えとしてジョシー・ラトゥールを必要としていたでしょう」

「それは――確かに――そのとおりだが――」

「フランドリンは地区検事長の尋問に疲れ果て、逃れるために罪を自白した。数時間もすれば、きっと否認に転じるに違いない。それは元妻も同じだ。いまは二人ともヒステリー状態に陥っている。警察では日常茶飯事の出来事だ――ドアティ、それでもきみは、二人の供述をまともに受け取っている。今夜はきみ以上に熱心な検事はいなかっただろうな」

「それだけか？」

「ああ、十分だ」コルトはピシャリと言った。

「それじゃあお前さんは、フランドリンと元妻が完全にシロだと考えているのか？」

「わからん。きみの言うとおり、二人ともクロかもしれない。問題はそれを証明することにある。白書にいくらサインをしようが、そんなものは無意味だ。数分もかけて事実を素直に見れば、きっときみもわかるだろう。いいか、ドアティ――」ここでコルトは友人の腕に手を置き、相手を説得するかのように声を低めた。「我々の手には辻褄の合わない事実がいくつかある。きみはこれらの事実を残らず知っているわけじゃない。わたしの見る限り、この事件にはまだまだ奥があるんだ」

しかし、ドアティは怒っていた。自分の手柄を馬鹿にされたと感じていたのだ。コルトの手を振り払い、自分の手を腰に当てて反論する。

「少なくとも、わたしの部下は仕事をした。お前さんの部下は何をした？」

「ほとんど何もしていないな」コルトは認めた。「おやすみ、ドアティ。きみのほうが正しいかもしれない。だがいまはまだ、おめでとうは言わないことにしよう」

二人は握手をして別れた。その後コルトはグミンダー教授に礼を述べ、自宅に戻る彼を見送った。それからウバンギ族の見張りを解き、ロビンソン大佐にあとで連絡すると告げて別れる。そうして本部長とわたしは車に戻り、ニールに命じて七十番通りウエストへ向かった。「小さな本部」の別名で知られる、コルトの自宅がある場所だ。

朝の空気は冷たく湿っていた。大気を切り裂く曙光が寒々しく感じられ、ビルの正面や薄暗い通りのアスファルトもくすんで見える。八十番通りを疾走する車内は陰気で、二人とも無言だった。コルトは背を丸め、どことなく不機嫌そうだ。脇道を通り過ぎるとき、いまだ営業しているナイトクラブの窓から、キューバ・ルンバのリズムと歌声が聞こえてきた。排水溝では清掃員が声をかけ合い、長い取っ手のブラシを振るって空き缶をワゴンに集めている。マンハッタンでは珍しく、フランシスコ修道会の托鉢修道僧が人気のないコロンバス・サークルを斜めに渡る。その直後、車は物寂しいキャンベル葬儀場の前を駆け抜けた。入り口には太ったハゲタカに似た形をした三つの電灯がぶら下がっている。わたしはこの前を通り過ぎるたび、映画俳優ヴァレンティノの遺体を見ようと列をなして並ぶ、ハゲタカのごとき群衆を思い出さずにはいられない。

立ち並ぶアパートメントに挟まれた七十番通りウエスト。そこの通りに入ったとき、わたしは思わず安堵のため息をついた。

コルトの忠実な使用人、ジャマイカ出身のアーサーがドアをあけてくれた。アパートメントの内装は緑色で、花壇に咲く花が一層映えている。自宅に入ったコルトは、よりくつろいで呼吸しているように見えた。これから向かうのは武器室か、自分専用の「弾道検査室」か、毒物をしまっている屋根裏部屋か、あるいは書斎なのか。

「浴室の準備ができております」顔一面に笑みを浮かべてアーサーが言った。

それで結局、我々は寝室へと急ぐことになった。ベッド脇のテーブルには、サーカスのあとで読むつもりだった本が積まれている。軍事戦術に関する古代・現代の専門書、異教徒との戦いを記したゴドフロワの十字軍遠征記、ゴート族征服を記したベリサリウス戦記、そしてランゴバルド王国との戦いを描いたカール大帝戦記。このような事蹟にサッチャー・コルトは魅せられているのだ。そして奇妙な取り合わせではあるが、これら書籍の傍らにはコートニー・ライリー・クーパーの名著『サーカスの日々』や、サラゴサで一四九〇年に印刷され、細長いTの文字と二つの小さなピラミッドから成る紋章がプリントされた『カスティリア王国法令集』という貴重な書物が置かれている。夜遅くまでこうしたとりとめのない数々の本を読み込むのが、サッチャー・コルトの習慣なのだ。そしてこれら書籍の一番うえには、お気に入りの詩人であるソロモン・イブン・ガビーロール詩集のうち、イズレイル・ザングウィルが訳した初版本が置かれていた。

これらの魅惑的な書籍は、サッチャー・コルトの精神にとって常に慰めとなっていた。しかし、いまは素早く衣服を脱ぎながら、どの書籍にも関心を示さない。それに、飲み物を持って来るよう命じたとき以外、口をひらくこともなかった。素晴らしいポートワインの入ったグラスを黒人のアーサーから受け取る。だが、主人にはブリュネルの小さなグラスを渡しただけで、しかもコルトはそれを脇へのけた。

本部長がここまで意気消沈しているのを、わたしは見たことがなかった。両目は悲しげで、バスタブのなかで身をよじりつつ、自分の身体にスポンジを叩きつけている。

「いいか、トニー」しずくの垂れる顔に笑みを浮かべながら、コルトがようやく口をひらいた。「フランドリンが両方の事件の犯人であるはずがない。その意味では、もう一人も同じだ」

「でも、証拠があるでしょう」わたしは反論した。「これ以上不安の種を増やしたくはないですが――」

「証拠はあてにならない！」落ち着きを取り戻したのか、くすくす笑いながら続ける。「我が警察の弁護論者たるきみが、そんなことを言うとはな。だがわたしの望みは、フリン警視とルックナー教授から何を聞けるかにかかっているんだ」

フリンがコルトに何を話すというのか。彼の行動は逐一憶えているが、重要な役割を与えられたとは記憶していない。風呂を浴びて生気を取り戻しつつある本部長とは裏腹に、わたしは心を沈ませたままそこに座っていた。すると電話が鳴った。アーサーの低く静かな声が響いたかと思うと、受話器を持って浴室に現われ、床のソケットにつないだ。コルトはバスタブに入ったまま受話器を手に取り、フリンに挨拶をした。

短い沈黙のあと、小さく笑う声が聞こえる。どうやらよい知らせらしい。暗号のような指示を与えてから通話を終え、受話器を床に置いたコルトは、少年のように声を立てて笑った。

「トニー」喜びに満ちた口調だ。「我々はようやく、何かを摑んだ。まだすべてがわかったわけじゃないが、これだけは確かだ——犯人はマールブルク・ラヴェルの銃をジョシー・ラトゥールに向けて発砲した。弾道検査係がそれをはっきり立証しているし、ドアティがなんと言おうと、わたしにとってはそれで十分だ。さらに、催涙ガスの痕跡が舞台主任の目の薄膜から検出された。これでわかったろう——フランドリンは少なくとも片方の殺人容疑から除外される」

「どうしてです?」

コルトはさらに水を浴び、勢いよくしずくを振り飛ばした。

「どうして?」咎めるような口調だ。「トニー、事実を考えろ。舞台主任が転落死を遂げたときガーデンにいた人物は、全員調べをつけている。そのときフランドリンはまだ下船していなかった。つまり、フランドリンが舞台主任を殺したのではないということだ。それにすべての証拠は、舞台主任の死がラトゥール殺しのリハーサルだったことを指し示している。フランドリンに共犯者がいないとすれば、これは大いに彼の有利に働く。舞台主任が殺されたとき、容疑者の何人かがそこにいたこともわかっている——そこには大きな時間のずれがある。しかし、それだけじゃない。フランドリンはクラウダー刑事に尾行されていた。しばらく姿を見失ったのは事実だが、その時間内に、刑事たちに気づかれることなくイーストサイドで家宅に侵入し、ウエストサイドで殺しを行なうのは不可能だ。

時間の流れを追ってみれば、そんな仮説が馬鹿げているのは明らかだよ。ラヴェル邸に侵入して銃を元の場所に戻し、七十九番通りウエストの自宅に取って返して呪術師を殺し、現場から逃げるなど可能だろうか。理論的には可能かもしれないが――超人でない限り無理だ」

「ということは、真相はまだ闇のなかですね」わたしはそう言ってため息をついた。

するとコルトは、再び冷水の蛇口をあけた。

「そんなこともないさ。思うように進んでいないのは確かだが、それでも進展していることに違いはない。忘れるな、トニー。これがニューヨーク市警のやり方なんだ。フリンも多数の証拠を摑んできている。たとえばワシントンを動かして、イザベル・チャントのパスポートを調べさせた。中身はすべて問題なし、さ」

「最初からその可能性も考えていたんですね」

「まあ、何事も調べておかなくてはな。フリンはムリオという退団した綱渡り芸人の足取りも追った――結果はシロ。ロープをのぼる前、ラトゥールが手にこすりつけた樹脂の袋も調べたが、何も問題なし。どこにでもある樹脂の袋だ。ともあれ、ラトゥールがどのように死を遂げたかが明らかになった瞬間、その証拠は無意味になったがね。憶えているか、舞台主任を司法解剖した結果、遺体から催涙ガスが検出されたことを。それにもう一つ――ラファエロの死についてフランドリンが話した事実に、わたしは驚かされた。フランドリンによると、ラトゥールの前夫は空間失調症に陥り、高い足場から落ちて死んだという。そこでわたしは、記録を手に入れようとフリンに電報を打たせ、検死報告書を取り寄せた。すると、前夫の死因は卒中だったことが、検死の結果明らかになったというではないか。ここにも事件とのつながりはなかったわけだ」

「わたしも、フランドリンが前夫を殺したものと疑っていましたよ。ですが、本部長は違っていたんですね」

「言っただろう、わたしは時間の流れを追ってみたと」コルトは笑いながら続けた。「次にフリンは、ラトゥールの専属運転手を務めるジョン・スミスの報告書を持ってきた。実に正直者で、フランドローに関する証言も間違いなく真実だ。しかし、彼が見たという、包みを持ってガーデンを立ち去った人物は、フランドローではない。フランドローがラトゥールに横恋慕していたのは本当だろう。まったく裏切りとしか言えないが、フランドリンはそれを知ったうえでショーを続けた。公演のたび、自分の恋敵に命を預けていたんだよ。サーカスの世界ではこういうことが無数にあるのさ。不可解と言えば不可解だが、事実はそうなんだ。こうした不可解な背景が、サーカスのようなビジネスをややこしくしている。それはさておき、舞台係のエディー・スティーヴンスとフランドローが密談していたという運転手の証言を、わたしはたどってみた。そして、署でエディーを尋問した刑事たちがその裏をとった。エディーの供述によると、フランドローのためにスパイをしていたらしい。つまり、ラトゥールの夫に対する不義を証明しようとしていたのさ。まったく、喜劇もここに極まれりだが——真実はそのなかにある。エディーはラトゥールをスパイしていたと認めたものの、犯罪への関与は否定した。まあ、それは信じてよかろう。

しかし、フリンによるもう一つの報告には大きな意味があるようだ。ピエロ犬の飼い主をもう一度追ったところ、事件の手がかりが得られたんだ。その供述によると、誘われてリングにのぼるほどなついている人物のなかに、我々が疑っている人間も含まれているらしい」

「誰なんです、それは」わたしはせっつくように訊いた。

「一人はケブリア。そしてフランドリン、フランドロー、フランドラ、セバスチャン、ロビンソン、シャラヴェイ医師、それにクランプスなどだ」

「まあそれでも、進展と言えば言えるでしょうね」

「いや、遅々たるものさ。それに筆跡の問題がある。フリンは全員の筆跡のサンプルを手に入れ、専門家に脅迫状の文字と比較させた。しかし、無駄だった。あの脅迫状は、誰の筆跡かわからないように書かれていたんだ。我々の相手は実に注意深い陰謀家だ。とは言え、稀代の陰謀家とまでは言えないがね。当然ながら、フリンは用紙――それに鉛筆――の出所もたどったが、そちらのほうも見込みはなさそうだ。まあ、あの鉛筆はわたしを少々手こずらせたが」

「フランドリンの楽屋で見つけた鉛筆ですか」

「そう。最初はフランドリンの有罪を立証する証拠のように思われた。しかし彼は、そんな鉛筆など使ったことがないという。それにフリンによれば、ケブリアは自分の部屋に一箱分の鉛筆を持っていたらしい」

「それなら誰が――」

「まだわからん!」サッチャー・コルトは声をあげた。「しかし、犯人がなんらかの意図をもってそこに置いたのは間違いない」

そこで水しぶきをあげながらすくっと立ち、見事な肉体をあらわにした。

「それから、我々の手には石膏で固めた証拠もある。ベルティヨン式識別法にかけて、主な容疑者の体格と比較するのはもちろんだが、もう一つ新しい使い方を思いついたんだ」

コルトが髭を剃り服を着ているあいだ、わたしも浴槽につかった。階下から卵とコーヒーの馥郁たる香りが立ちのぼってくるなか、頭のなかでは様々な考えが渦をなしていた。その後運ばれてきた朝食を、これほどありがたいと思ったことはない。

　糊のきいたテーブルクロスのうえに、光沢を放つ銀器が置かれている。コルトは一晩ぐっすり眠ったかのように、生気がみなぎっていた。

「銃のことを忘れちゃいけない」ロールパンにバターを塗りながら、わたしの注意を促す。「閃光を隠すために筒状のものが使われたとしたら、誰がその筒を持っていたのか」

「楽団員だ！」

「しかし、楽団員はアリーナの反対側にいた。それに、そうした方法が用いられたなら、銃に傷がついたはずなんだ」

　そのとき、アーサーが再び電話器を持って部屋に入ってきた。

「ルックナー教授からでございます」

　コルトはわたしに向かってうなずき、廊下へ急ぐよう促した。もう一つの受話器を耳にあてながら、会話の内容をメモに書き取る。

「おはようございます、教授（ヘル・プロフェッサー）！」

「おはよう（グート・モルゲン）、本部長どの（ヘル・コミッショナー）！　調子はどうかね？（ヴィー・ベフィンデン・ズィー・ズィッヒ）」

「申し分ない（ゼーア・グート）ですよ。教授は？（ウント・ズィー）」

「まあまあだ（ヤー・ヴォール）。本部長、少々あせっているような声だな。いったいどうした？」

「憐れな警官をお助けください、教授。粘着物の正体は突き止めましたか？」

「いきなりそんな質問をするなど、無礼にもほどがあるぞ。こちらはまだ朝食をとっていないんだ。

きみの部下だって、あの粘着物の正体を突き止められなかったじゃないか。わたしを侮辱するつもりじゃなかろうな？」

「いや、教授――」

「いや、本部長――それほど悩んでいるのなら、一刻も早くきみの催促に応えなきゃならんな。まず、リングの床から集めた塵を分析したものの、きみに伝えるべき結果は出なかった。次に、きみから渡された緑の粘着物を調べた。分析に丸一晩かかったが、なんの変哲もない物質だったよ。オイル、鯨蠟、それにワックスだ」

「その組み合わせに、いったいどういう意味が？」

「おやおや、本部長。きみの好奇心もわたしに負けていないな――とどまるということを知らない。その秘密を突き止めるにあたって、わたしはこれ以上ないほど工夫をこらした。そして多くの胸踊らせる秘密と同じく、その正体は実に単純だった。メイク用のグリス塗料だったよ」

「グリス塗料！」本部長は声をあげた。

「それ以外の何物でもない。これで我が素晴らしき実験室のほうが、きみら無能揃いの警察より優れていることがわかったろう。まあ気にするな。この件を論じるにはもう疲れすぎたよ――今日は一日中、ベッドで横になるつもりだ。それでは、ごきげんよう！　あとで請求書を送る」

メイク用のグリス塗料！

コルトは受話器をアーサーに手渡すと、興奮した様子で立ちあがった。

「ロビンソン大佐は決定的なことを話していた！　二人のピエロが同じメイクをすることはない！

ケブリアの口を封じた人間は、彼を追ってフランドリンのアパートメントへ急いだ。だが時間がなかったので、メイクを落としきれなかった。おそらくタオルで拭っただけで、メイクの痕跡が顔に残ってしまった。そして争いの途中、呪術師は犯人の顔を爪で引っかき、それで指先にグリス塗料が残ったんだ」

わたしの背筋を寒気が走った。

「緑のメイクをしていたのは誰か――そう、フランドリンだ！」わたしは静かに言った。

それにコルトが反論する。

「しかし、両方の殺人を犯せたはずがないことは、すでに証明した。それに、青と黄色を混ぜても緑になる――さあ、マディソン・スクエア・ガーデンに戻ろう――いますぐに！」

ガーデンに着いたあと、サッチャー・コルトは出迎えた署の人間から大きな包みを受け取った。そしてロビンソン大佐の姿を探すことなく、楽屋エリアに直行する。守衛が本部長をとどめようと試みたが、我々はそれを押しのけ楽屋の一つへ急いだ。

「ここで待つんだ、トニー。誰かが来たら、すぐ声をかけてくれ」

コルトがドアの向こうに姿を消した瞬間、そこがセバスチャンと初めて会った場所だと思い出し、心臓の鼓動が激しくなった。やがてコルトは、赤いマントにくるまれた大きな何かを持って部屋から出てきた。

「この事件の問題は、犯人を捕らえることでなく、犯行を立証することにあった。しかしいま、決定的な証拠を摑んだと思う。それでもまだ、わからないことが一つある。銃が発射されたとき、犯人はどこに立っていたのか。さあ、リングに行こう」

ほどなく、我々は薄暗いアリーナに着いた。照明は灯っておらず、朝の日光が広々としたこの場所に差し込むだけである。サッチャー・コルトは中央のリングに直行し、周囲を見回した。顔にはなんの表情も浮かんでいないが、目には希望の光がきらめいていた。

「ロビンソンの手伝いが必要だ。呼んできてくれ」

まだポーカーを続けていたロビンソン大佐を、手招きで呼び寄せる。事件の解決が間近だと伝えたところ、喜びの表情が顔に走った。

再びリングに着くと、コルトはなんと左の足首を掴みながら、ピエロの樽に座っているではないか。その顔にはいたずらっぽい笑みが浮かんでいる。

「やってしまったよ。リングのへりにつまづいて、足首を捻挫したんだ。二十四時間営業のドラッグストアが近くにあっただろう。そこで包帯を買ってきてくれないか」

わたしは不安に包まれたまま、その場を急いで出発した。一方のコルトは、隠れて銃を撃てそうな場所をロビンソンから聞き出している。二十分後に戻ってみると、今度はロビンソン大佐の肩を借りつつ舞台の周囲を歩いていた。そして団長とわたしに礼を述べてから、腫れあがった足首に包帯を巻いた。

「さて」と、憂鬱げに小さく笑いながらコルトが続ける。「トラブルはこれで終わりだ。ロビンソン大佐、わたしに見せていない場所がもう一つありますね」

「どこだ、それは」

「新しい照明箱ですよ。ほらあそこ、座席番号八〇の右側だ」

「照明箱だって?」ロビンソン大佐は明らかに困惑している。

「今日の午前三時、ケブリアがうろついていた場所の近くです」

「ああ、あの箱か。あれはまだ使っていない」

「なかを見せてほしい」

わたしとロビンソン大佐は警察本部長が鉄箱に入る手助けをした。それは舞台を囲む箱の列の一番したにあって、なかには巨大な投光器が据えつけられていた。映画館の投射室に似ており、箱そのものは防火仕様、小さな窓からサーチライトが放射状に放たれる仕組みになっている。

コルトはわたしの肩に腕を回しながらこの小さな鉄の囲いに立ち、会心の笑みを浮かべた。

「我々はいま、ジョシー・ラトゥールが殺された場所に立っている。殺害犯はここに立ち、この窓から銃を発射した。この鉄箱が閃光を隠し、銃声を防いだのさ！」

ロビンソン大佐はあんぐり口をあけ、信じられないというようにこう尋ねた。

「で、誰が殺ったんだ？」

「まずはオフィスに戻りましょう。とにかく座りたい。そこですべて話します」

ポーカーはまだ続いていた。マディソン・スクエア・ガーデンの中二階にあるロビンソン大佐のオフィスは、休火山のように煙が立ちこめている。シャラヴェイ医師の右手に一番多くのチップが積まれており、警察本部長が入口に姿を見せた瞬間、熱帯病の専門家はちょうど新しい手を作るところだった。

四人の男は無言で我々を見あげた。表情こそ穏やかなものの、目に敵意が浮かんでいる。その様子はまるで、我々の肉体が占めている空間そのものを嫌悪しているかのようだったが、場の空気を読む程度の分別は残っていた。

コルトが口をひらかないので、ロビンソン大佐が促した。

「さあ、チーフ。話してくれ」

「ようやく、殺人犯を捕らえることができると思う」そう言いながら、キャンプ用の折りたたみ椅子に腰をおろす。

「それで？」セバスチャンはそう言うと、ため息をついた。

「いや、聞いてくれ。ゲームの邪魔をしてすまないが、まずは疑念を消してしまいたい」

「疑念だと？　あんたはさっき――」

「そういうつもりじゃない、大佐。確信はあります」折りたたみ椅子に腰掛けたコルトは、そう言ってロビンソン大佐を安心させた。「事態の経緯を振り返るだけです。そのなかで、ある人物を仮にXとします。話を聞き終えたら、あなたの常識でもって、そのXが誰かを名指ししてもらいたい」

「いいだろう！」ロビンソンはうなずき、何かを考えるように新しい嚙み煙草を口にした。しかし、セバスチャンはランサム医師に申し訳なさそうな表情を向け、引いたカードを相手に見せた――二枚とも赤のエースだった。メフィストフェレス、またの名を空中の王者ことセバスチャンの手元には、僅かなチップしか残っていなかった。コルトは悪いタイミングでゲームの邪魔をしたらしい。

「すでに感づいているだろうが、このXこそ事件の犯人だ。さて、ここで現実の人物に話を移そう。それはここにいる我々の友、ミスター・クランプス――このサーカス団の動物係主任だ」

クランプスはよろめくように立ち、見苦しく、それでいて恐ろしい態度で、前後に揺れ動いた。

「つまり、おれが事件に関係しているというのか？　馬鹿馬鹿しい。事件のことなど何も知らないぞ！」

「いや、そんなことはない！」手を振って椅子に座るよう促してから、コルトは追求を始めた。「きみは催涙ガス銃に詳しく、マールブルク・ラヴェルに購入を勧めた。それにわたしの考えでは、Xはきみと親しい人間だ。だから、きみがシロであろうとクロであろうと、犯人Xに催涙ガス銃の存在を教え、その機能に関する知識を与えたのがきみだという仮説から話を始めたんだ」

「おれは事件になんの関係もない」クランプスはなおも言い張ったが、シャラヴェイ医師に声をかけられ、椅子に座って黙りこんだ。そしてテーブルに肘をつき、顔を手のひらで覆った。

コルトが先を続ける。

「Xなる謎の人物は、マールブルク・ラヴェルがクランプスの勧めで催涙ガス銃を買ったことを知っていた。またXは、クランプスとともにラヴェル邸を訪れたことがあるかもしれない。だとすると、Xは銃の隠し場所だけでなく、家の間取りも知っていた。つまり必要とあれば、忍び込むことができたのだ。

あと少しで、署の人間が石膏の型を持ってやって来る。フランスの警察はムラージュと呼んでいるらしいがね。型をとったのはマールブルク・ラヴェル邸の壁の張り出しに残っていた足跡、そしてフランドリンのアパートメント、キッチンの窓枠に残っていた足跡だ。これらの足跡は、Xの正体を突き止める手がかりになる――だが一方で、マールブルク・ラヴェルの証言が本当だったことも、これら足跡から証明される。つまり、誰かが彼の自宅に忍び込んで銃を盗み、それで殺人を犯し、再び侵入して武器を戻したということだ。

なぜそうしたのか？　その疑問に答えることは、事件における他の奇妙な謎にも答えを与えることになる。未知の人物Xは自尊心の塊で、芸術家顔負けの虚栄心を持つ人物だ。そいつは完全犯罪を狙い、被害者に脅迫状を送ることまでした。さらに、無慈悲にも犯行のリハーサルを行ない、計画が成功するかどうか確かめるために舞台主任を殺害した。馬鹿げた妄想ではあるが、隅々まで計画を練りあげたのさ。このサーカス団のスポンサーであるマールブルク・ラヴェルが難攻不落のジョシー・ラトゥールを落とそうとしていたことは、この界隈では有名な噂だった。ここに動機があり、無実の人間に罪を負わせるチャンスがあった。二度も他人の家に侵入したのはそのためだし、催涙ガス銃を使うという独創的かつ素晴らしいアイディアもそこから生まれたんだ。

我々の容疑者リストは徐々に絞り込まれてくる。一員として、あるいは一種のエージェントとして、サーカスへ自由に出入りできた人物——それこそが、犯行を成し遂げるうえで絶対的に必要な条件だからだ。

ここまで来れば、具体的な疑いの領域に近づきつつあることがわかると思う。しかし、もう少し話を続けてみよう。楽団員を計算に入れることができるほど、サーカスの進行に精通していたのは誰か。犯行を組み立てるなかで、ジョシー・ラトゥールが空中を舞っているとき、ドフムロールが鳴り響くことを知っていたのは誰か。

犯行は入念に計算されたものだというのがわたしの意見だが、諸君もそれに賛成してくれるだろう。一見したところ、偶然が入り込む余地はない。完全無欠のミスターXはどこにも指紋を残さなかった。極悪非道の行ないをするあいだずっと、しっかり手袋をつけていたのさ。

しかし、どんな手袋でも隠せない痕跡——一種の精神的な指紋は残っていた。たとえば、犬が吠えた一件がある。あれが偶然だったとは思えない。実に見事なタイミングだったからだ。それでは、なぜか。ここでも、犯人の虚栄心がその答えだ。完全犯罪への願望——あらゆる証拠はその情熱を指し示している。Xはそれに突き動かされ、犬を吠えさせた。つまりそれを、引き金をひく合図としたわけだ。去年、この犬が何度か舞台にあがってきて、連れて行かれるまでずっと吠え続けていたことを、Xは知っていた。だから今夜も、Xは犬を誘って舞台にあがらせた。そして、犬が吠えだすまで待った――それは二つの点でXの役に立った。ドラムロールと合わせて、銃声を消す役割を果たしたこと。だが、そちらはさほど重要ではなく、付随的なものにすぎない。本当の目的は、全員の目を舞台へ向けさせることにあった。それで、空中で苦しんでいるジョシーの姿も、かすかながら目に見えたに違いない催涙ガスの煙も、誰一人として目にすることがなかった。さらに、エディー・スティーブンスとイザベルの目も、そちらへと逸らされてしまった――女主人が転落したときには、すでに手遅れだった!」

「なんてことだ」指のあいだからクランプスがうめいた。「あの犬のために、あいつは転落してしまったのか」

「さあ」サッチャー・コルトの声に力がこもる。「ミスターXの正体にどんどん近づいていくのがわかるはずだ。こうした過程を経ることで、我々は犯人を推理の輪のなかへ絞り込んでいるんだ。つまり、Xが舞台裏やリングに出入りできたことを、我々は知っている。Xが犬を舞台へあげたことを、我々は知っている。Xは出演者として登場することになっていたのか。この疑問への解答は、捜索範囲を大いに狭める。Xが発砲した銃は射程およそ一五〇ヤードだった。ということは、巨大で扱いにくい武器を持ち歩いていたことになる。またその事実は、かなりの遠距離からラトゥールを撃ったことを意味する。つまりXは射撃の名手だったに違いない。

これで推理の輪はさらに小さくなった。他にもいくつか疑問はあるが、それにも答えを与えてみよう。観客の誰も、近くの人間に気づかれることなく、ジョシー・ラトゥールに狙いをつけ、引き金をひけたはずがない。そんなことをすればたちまちリンチだ。また誰ひとりとして、出演者用の通用口、あるいは他の出入口に立っていたはずがない。どの出入口にも警官が配備されていたからだ。Xがどこに立っていたか、我々は知っている――照明箱のなか、舞台そばに配置された新型照明箱のなかだ。

これらの事実を基に、事件をさらに再構成してみよう。ここで白状するが、この事件に取りかかったとき、わたしは誤った仮説を基に行動した。その銃が出演者によって、おそらく銃身と閃光を隠すため筒状の物体に覆われた状態で、舞台に持ち込まれたと考えたのさ。誰がそのような筒を持っていたか。わたしはセバスチャンのトランペットを思い出した。ここにそのトランペットを、メフィストフェレスのマントにくるんで持ってきた。しかし、襟口が小さすぎる。そこから発射するためには、特別にカットする必要があるだろう」

「わたしを疑っているのか？」セバスチャンが声をあげた。「いったいなんのために？」

「あんたには完璧な動機がある」言葉とは裏腹に、親しげな口調だ。「いつの日か、それを知ることになるだろう。ところが、Xの動機はより強力だ。つまり、まったくのビジネスがらみなのさ。一種の狂気に駆り立てられた強欲。その狂気は、犯人の行動のなかに現われている。ビジネスの成功と、完全犯罪への願望。精神異常と言っていいだろう」

ロビンソン大佐の瞳に凶暴な光が宿る。その言葉のなかに、個人的な何かを感じ取ったようだ。

「つまり、どういうことだ」サーカス団のオーナーはついに声をあげた。「そのXとやらが誰なのか、はっきり言ったらどうなんだ」

「あんたのことだよ」

「わたし？」

「そうだ、ロビンソン大佐！　ジョシー・ラトゥール、およびウバンギの呪術師ケブリアの殺害、そしてその他極悪非道な犯罪の疑いで逮捕する！」

第十七章　解明

ロビンソン大佐は立ちあがった。拳を握りしめ、タン革色の顔面を蒼白にしている。

「ジョークのつもりだとしたら、まったくつまらんぞ」

コルトは相手をじっと見すえた。

「座るんだ、大佐。あんたがすでに知っていることを、これから全部話してやる」

「聞いているよ」ロビンソンも本部長をにらみつける。「しかし、立ったままでいい」

「忘れたのか。あんたはもう囚人だ。命令に従ってもらおう。座れ！」

自分に罪はないというように瞳を燃えあがらせながらも、ロビンソン大佐は命令に従った。コルトはロビンソンに面と向かって話しだした。

「あんたのサーカス団を襲った不運がみな、この犯罪の直接的な前兆だったのは明らかだ。それに、あんたの野心は簡単に見抜くことができた――世界最高のサーカス団を率い、そのすべてを我が物にする。しかも、あんたには遺産がある。マールブルク・ラヴェルの心を挫いて持ち分を安値で売るよう仕向けられれば、あんたは遺産でそれを買い、長年の宿願を果たせるというわけだ」

「で、自慢のパフォーマーを殺したというわけか」セバスチャンの口調は辛辣だ。

それを無視してコルトが続ける。

「あんたは一連のサボタージュを始め、何もかも悪い方向に進むよう仕向けた。そのたび、ラヴェルは巨額の支払いを強いられた。列車の脱線事故、ライオンと象の変死、ラバの骨折。これらの不運はみなあんたが仕組んだもので、どれも目論見どおりにうまくいった。わずか数時間前、ラヴェル氏はただ同然で自分の持ち分を全部売るとわたしに言っていたくらいだからな。あんたはラヴェル氏をすっかり消耗させたのさ。

しかし、不健全な大衆の見世物にすべくあんたが連れてきた、素朴なウバンギ族の抜け目なさは計算に入っていなかった。あんたはケブリアに疑われていることを知り、その疑いがラトゥールに伝わったことにも気づいていた。当時フランドリンは外国にいて、あんたが彼女に言い寄っていたことは公然の秘密だった。思うに、あんたは旦那のいない隙に再びラトゥールを口説いたが、そのとき彼女は、あんたについて知っていることを話したのだろう。ラトゥール自身が気性の荒い人間だったから、直接暴露する決心をしたんだ。旦那のいない隙に彼女を口説いていたことを、なぜわたしが知っているのか？　それは日記に書かれていた。ラトゥールは一部始終を記録に残し、わたしはそれを読んだ。あんたを嫌悪していた彼女は、すべてを暴露すると脅した。三日前、彼女のアパートメントでのことだ。その一部をイザベル・チャントが立ち聞きし、キッチンの窓から忍び込んだケブリアもそれを盗み聞きしていた。その会見の中身は、わたしもいくらか知っている。それに、あんたがジョシーを脅したこと、ジョシーがそれに屈しなかったこともちゃんと摑んでいる。翌日、彼女はマールブルク・ラヴェルに会いに行った。だが、ラヴェル氏は残念ながら不在で、そして昨夜、ラヴェル氏が楽屋で彼女に会おうとしたときも、あんたがその邪魔をした。そのときに真実を悟るべきだったが、それを当然のことと信じたために、わたしは結局目をくらまされた。ジョシーは楽屋の入口で、あんたに気をつけろと言ったつもりだったが、わたしはラヴェルのことだと勘違いしてしまった。それがなんとも悔やまれる。そのとき真実に気づいていれば、彼女の命を救えたはずなんだ。

会見が終わってラトゥールのアパートメントを立ち去ったあと、あんたはスターである彼女を生かしておけないと決心を固める。フランドリンの最初の奥さんが書いた手紙のおかげで、ジョシー・ラトゥールがラヴェル氏のもとを訪れたことをわたしは知ったが、それだけじゃない。あんたもマールブルク・ラヴェルの自宅を訪れたんだ。象の調教から照明の修理まで、サーカスのことならなんでもござれのあんたは、電気警報システムをいかに無力化できるかも知っていた。それに、ピエロとしてアクロバットの経験もあったから、邸宅の壁を乗り越えることも朝飯前だった。しかし、完全犯罪を企むすべての犯罪者と同じく、あんたも一つのことを見落としていた。それは無意識の習慣、しかもかなり特徴的な習慣だ。あんたは嚙み煙草をたしなむが、ラヴェル邸の裏庭で煙草を吐き捨ててしまった。わたしが見つけたときには、乾いた泥の塊になっていたがね。それで、あんたが現場にいたことがわかったのさ。銘柄はプランターズ・リーフ・タバコのはずだ。ニューヨークでは売られておらず、ジョージア州でしか購入できない。まあ、立証は我々の専門家に任せておこう。

あんたは催涙ガス銃と弾丸を盗んだあと、マディソン・スクエア・ガーデンに戻ってそれらを照明箱のなかに隠した。どうしてそれがわかったか。あんたが話してくれたからだよ、大佐。午前三時ごろ、ケブリアがそのあたりをうろつき回っていたと、あんたは言った。だがあんたのほうこそ、そんな時間にそこで何をしていたのか。それに照明箱のなかから弾丸が発射されたと、なぜわたしが突き止められたのか。これも、あんたが教えてくれたんだ。わたしを騙そうとしたのだろうが、残念ながら裏目に出たようだ。わたしはわざと足首を捻挫した。そして、あんたの肩を借りてリングのまわりを歩いた。そのときすでに、あんたの犯行を確信していたがね。あんたもショーの世界に長くいるから、いわゆる『読心術』のトリックは知ってるだろう。あんたの肩を借りたのは、読心術ならぬ『読筋術』をするためだったのさ。つまり、何か隠しごとをしている人間に触れ、本能的な筋肉の動きを読み取ることで、その人物が何を隠しているのか読み取るというわけだ。わたしはあんたの筋肉を読み取らせてもらった。すると、わたしとともに歩いているあいだずっと、リングの一方から遠ざけようとしていることがわかった。あんたは気づかなかったろうが、そちらのほうへ向かうたびに逆方向へ引き戻そうとしたんだ。まあ、最後は消去法で、あの照明箱のほうへわたしを連れて行ってしまったがね。

あんたはそこで無慈悲にも舞台主任の命を奪ったわけだが、そのときも見事な抜け目のなさを示した。三時半ごろ市警本部長と会うことになっているという言葉を残したあと、誰にも気づかれることなく照明箱に忍び込み、引き金をひいた。オーケストラがリハーサルをしていたおかげで、銃声も聞こえない。さらに、照明がわずかしか灯っていなかったことを、わたしはようやく突き止めた。混乱のなか、あんたはガーデンを抜け出してわたしと会ったわけだが、そこに悲報が飛び込んできた。そうすることで、自分に容疑がかからないようにしたんだ。つまり、舞台主任が死を遂げたときは本部長オフィスにいたと、わたしに思い込ませようとしたのだが、警察の力を過小評価していたようだな。昨晩ロビーで会ったとき、わたしはまず、舞台主任はちょうど三時に転落したと言った。ところが、あんたがわたしのオフィスに着いたのは三時三十分だった。

計画が順調に進むなか、やがて夜を迎える。いまや時間こそが重要だった。まず幸いなことに、フランドリンが遅れて到着する。あんたは夫妻を離しておくため、フランドリンの記者会見を仕組んだ。

ラトゥールが自分の知っていることをフランドリンに話す可能性があれば、あんたは二人とも殺していただろうが、それでも安全とは言えない。そこで、ジョシーはリングをおりる前に死なねばならないと確信していたあんたは、悪魔のような狡猾さで二人を引き離した。

さて、そのとき何があったか。あんたは何度も我々の観客席に現われた。そして、夫妻のあいだに問題がないか確かめると言って、フランドリンの演技が始まる前にそこを立ち去ったわけだが、本当は、危険なメッセージを夫に伝えてしまう可能性がないか確認するためだった。事実、ジョシー・ラトゥールがリングに登場するまで、あんたは我々の席に戻ってこなかった。さらに、観客席を立ち去るときに檻の掛けがねを持ちあげ、犬をリングに放した。それから腰をおろしてラトゥールを眺める。もちろん、次に何が起きるか承知のうえでだ。犬はリングにのぼり、そこで吠えだす。それを耳にした瞬間、あんたは犬を捕まえるからといってその場を離れた。しかしそれは嘘で、実際に向かったのは照明箱だった。そこで犬が再び吠えるのを待ち、引き金をひく。ガーデン全体が暗かったから、誰もあんたの姿を見ていない。ジョシーの転落に続く混乱のなか、あんたは我々の観客席にちらりと現われ、自然な様子ですぐに去った。何もかも計画どおりに進んでいたが、なすべきことは残っていた。

混乱に紛れて銃を摑むと楽屋エリアに戻り、フランドローのコートを着てガーデンを出たあと、車に銃を隠した。警察が転落死の真相を突き止められるはずはないと、あんたは信じていた。しかし、彼女のドレスに触れた瞬間、わたしは手がかりを得た。そう、折れ曲がったスパンコールだ。

こうしたことをあんたは知るよしもなかった。別のトラブルが持ちあがったからだ。わたしはケブリアを呼ぶよう、あんたに頼んだ。すると、ケブリアは薬で警官を眠らせ、見張りから逃げ出していたではないか。そこで彼の楽屋を覗いてみると、ケブリアが催涙ガス弾を手にしている。それで真相がばれたと悟った。ジョシー・ラトゥールからも聞かされていたが、いまやその目で確かめたわけだ。そこであんたはケブリアのあとをつけた。そのときは他の何も目に入らなかった。ケブリアが乗ったタクシーを車で追う。キッチンの窓からラトゥールのアパートメントに忍び込んだ彼に続き、あんたも部屋に侵入する。あとに続いたのは激しい争い。そして、ケブリアを殺す。喉をかき切り、遺体をトランクに詰めた――発見を遅らせ、計画立て直しの時間を稼ぐためだ。どうしたらそれを立証できるか？　このときもあんたは、現場にいた証拠をあとに残してしまったのさ。膝とすねの跡が窓枠に残っていたんだよ。わたしはそれらの型をとらせ、仕立屋に見せた。広幅生地の服だという答えだった。あんたは広幅生地の夜会服を着ていたが、それだけでは証拠として十分じゃない。だがわたしは、あんたが着替えていたことを思い出した。そこで警官の一人に、それを盗むよう命じた。そして膝の部分に掃除機をかけ、回収した埃を分析して窓枠に残っていた埃と比較したところ、まったく同じものだった。ごくわずかな埃だが、それであんたが我々の追い求める人物だとわかったのさ。

あんたは少々頭が切れすぎたようだ。ケブリアの指に緑のメイク用塗料をこすりつけ、フランドリンによる犯行だと思わせようとしたくらいだからな。だが大佐、あんたはもう抑えがきかなくなっていた。二発の催涙ガス弾をそれぞれトランクとフランドリンのローブのなかに隠したが、現場から持ち去って捨てたほうがよほどよかった。完全犯罪への願望が、かえって仇になったんだ。

それからガーデンに戻り、ケブリアが見つからないと我々に報告する。実に見事な役者ぶりで、わたしも見事に騙されたよ。嚙み煙草の塊を見つけるまで、考えが間違っていたことに気づかなかったくらいだ。わたしはそれまでセバスチャンを疑っていたが、警官に命じてガーデンを見張らせ、人の出入りを報告させた。あんたはガーデンを三十分ほど離れた。どこへ向かったかは想像に難くない。

マールブルク・ラヴェル邸に銃を戻しに行ったんだ。そして、完全犯罪を見事仕上げたと思い込んだ。大佐、残念だがゲームは終わりだ」

ロビンソン大佐は立ちあがり、激しく拳を振った。

「嘘だ！」声が枯れている。「どこの陪審員が、そんな与太話を信じるというんだ。まったく馬鹿げている！　そんなものは――」

だが次の瞬間、ロビンソン大佐の顔面が恐ろしいまでに蒼白になった。両手は首の裏側を摑んでいる。

「これはなんだ！」恐るべき絶叫。「なんなんだ！　部屋が暗い、何も見えない！」

そして巨体を一度大きく痙攣させ、ねじ曲がった姿勢のまま床に激しく倒れこんだ。その瞬間、ロビンソンは死んだ。

「触るな！」シャラヴェイ医師の声は震えている。「顔面を見ろ。毒矢を撃たれたんだ――効果は即座に現われる」

コルトは驚きのあまり息を吞み、入口のほうを向いた。ドアのうえの窓がひらいている。すぐさま部屋の外へ駆け出すも、廊下に人影はなく、誰かがいた痕跡もなかった。ウバンギ族を探してみると、彼らはみな愛するボイラー室の床で横になり、大きないびきをかいていた。誰が毒矢を撃ったのかはいまも謎のままである。だがコルトとわたしは、自分たちが陪審であり、判事であり、そして処刑人であるという、かの呪術師の言葉を忘れていなかった。

第十八章　マディソン・スクエア・ガーデンの亡霊

その日の遅く、サッチャー・コルトとわたしはドアティ地区検事長のオフィスを訪れた。そこにはフランドリンもいた——目は落ちくぼみ、すっかり意気消沈している。

「どこか別の場所にいて、やっと戻ってきたような感じですよ。これは言っておきますが、みなさんに悪い感情は持っていません。確かに、昨夜のドアティさんは厳しかったし、やってもいない犯行を自白した自分を許せない。だけど、自分を取り戻して亡き妻を悼むためには、そうするより他にないと思ったんです。これから妻の遺体を引き取り、自分たちだけで葬儀を行ないます。その後はどうするか——でも、サーカスの世界に戻るのは無理でしょうね。もうロープをのぼることはできない」

するとと、サッチャー・コルトは若きアクロバットの肩に手を置いた。

「もう一度のぼらなきゃだめだ！　彼女はダブルツイストを望んでいた——それをやるんだ——ジョシーのために！」

それから一年が過ぎた。再び春が巡る——象やピエロを描いた派手なポスターや、『マディソン・スクエア・ガーデンにサーカス団来たる』という広告の文字を見て、ニューヨーク市警本部長が少年たちとともにそわそわと落ち着きを失う季節だ。

市警本部二階の北端にある古いオフィスのなか、サッチャー・コルトとわたしは大量の書類仕事に没頭していた。捨て子の件数が例年よりも多い——大恐慌の影響だ。騎馬警察隊の再編成が進んでいるのみならず、窃盗対策班や盗難対策班、それに麻薬局にも変化が生じつつある。そして我々の前には、ため息をつきたくなる書類の山が置かれていた——アメリカ随一の大都市で過去二十四時間に発生した犯罪の報告書だ。

サッチャー・コルトは椅子にもたれ、吸取器のそばにいつも置かれている小さな象牙のホメロス像を所在なげにもてあそびながら、背後の壁に掛けられた市長の写真を見た。笑みこそ浮かべているが、その目は何かを問いたげだ——このような大量の犯罪に対して、警察はいったい何をできるのか。

過去二十四時間の事態は、我々が日々直面するいつもの問題に過ぎなかった。

ボストンのサウスエンドを根城とするマフィアの遺体が、スタテン島にある映画館の廃墟の階段で発見された。全身に四十ヵ所もの刺し傷があったという。クイーンズ島ではこぢんまりとした結婚式の直後、新郎が牧師に殴打された。ウエストサイドではドラッグストアを標的とする強盗未遂があった。とある有名なブローカーは、保安官がオフィスのドアをノックする直前に窓から身を投げた。五十七番通りでは男三人が店の窓ガラスを割り、高価な毛皮のコートを盗み去った。しかし、店主は笑顔だった。大恐慌のさなか、割引すれどもコートは売れなかったのだが、盗難保険に入っていたため定価の金額で補償が受けられたからだ。そしていまは自宅でパーティーを催し、友人たちの祝福を受けている。ブロンクスのとある倉庫の一部を焼いた火事には、放火の疑いがあった。二十番街ウエストで働く織物工たちは正午ごろに暴動を起こす恐れがあり、共産党員たちは、市長がフランス人飛行士を出迎えるさなか、市庁舎前でデモを起こすと脅していた。ビールの密造を生業とするダゲット一家の縄張りを荒らしていた〝片目のオーギー〟が、五十七番通りにあるイタリアン・ライン商船の埠頭で溺死体となって発見された。デモイン出身のとある人物はナイトクラブで五十ドルの小切手を切ったが、なぜか銀行から五百ドルを請求されたという。

コルトがこれら報告書との格闘を続けていると、ドアがひらいてイスラエル・ヘンリー警部が姿を見せた。警部からわたしに手渡された名刺には、エンボス加工された金色の飾り文字で、次のように記されていた。

『ピックニー・スノーデン　スノーデン・ブラザーズ・アンド・ドーソン・アンド・ウッドラフ合同大サーカス団オーナー兼団長』

「よろしい。いまは亡きロビンソン大佐の後継者だ。お通ししろ！」

ピックニー・スノーデンは愛想のよいずんぐりした小柄な男で、初日のチケットを本部長に進呈すべく訪れたという。招待されたのはコルトに加えベティーとわたし、それにドアティ一家の全員である。コルトは一同を代表してうれしげにチケットを受け取った。

「必ず行きますよ！　ただ、一つ気になることがある――フランドリンは大丈夫ですか？」

「ええ――まったく問題ないですよ！」

「いや、そうじゃなく――ダブル・ツイストを見せてくれるでしょうか」

すると団長は目をそらした。

「それはどうでしょう。ジョシー亡きいま、ダブル・ツイストをやるとは思えない。コルトさん――おかしなことだが――わたしだって迷信深くはないのに――」

「そうでしょうな」

「しかし、フランドリンが縄ブランコに乗るたび、旗の近く、あるいは出演者用の出入口のそばに彼女がいるような気がするんですよ――いつも立っていた場所、マントに身を包んで、フランドリンを見つめているんです。演技が終わると、あいつはいつもジョシーに頭をさげる。ダブルツイストをやるのではと思わせるときもあるが、それでも決してしないんです」

二人は握手をし、ショーのあとで会う約束をした。

四月初頭のその夜、我々はマディソン・スクエア・ガーデンのロビーで別の再会を果たした。何もかも変わっていない――キャンディー売りやチケット係の呼び声、観客の熱気と体臭――ウバンギ族のポスターもそのままだ。唯一変わったことといえば、ドアティの甥っ子二人、アルとジミーがいくぶん太り、歯もだいぶ生えそろってきたくらいである。

今回は舞台裏へ行かず、観客席に直行する。馬や象の曲芸、それに針金渡りなど、リングとプラットホームで行なわれる雑多ながら見事なショーに見とれていると、最後にアナウンスが響いた。お次はショーの目玉――空中の王者ことフランドリン！

フランドリンはフランドローとフランドラを伴いアリーナに登場した。だが、観客の目を釘づけにしたのはなんといっても、かつてジョシー・ラトゥールを愛したアドニスの姿だった。マントを脱ぎ捨て歓声に応えるフランドリンの態度には、新たな自信が見受けられる。最小限の動きで高い縄ばしごを素早くのぼる様子は、猫のように優雅だ。不安定な玉座に立つ新たな空中の王者は、軽々とブランコを揺らした――空中五十フィートのブランコ乗り。

もの悲しいウイーン・ワルツが流れるなか、緑のタイツ姿の三人は前後にブランコを揺らし、立ちあがったりかがんだり、飛び跳ねたり身体を巻きつかせたりしたあと、それぞれ離れた――四分の三拍子のリズムに乗った、完璧な演技だ。フランドリンは波打つバーから何度も何度も手を離してはツイストや宙返りを決め、そのたびフランドローの力強い手のひらに着地した。

ようやく、演技が終わった。高い台のうえに立つフランドリンは一礼すると、拍手とともに嵐のような歓声をあげる観客に手を振った。

わたしはそれで終わりと思い、視線を違うほうに向けた。すると突然、フランドリンは有無を言わさぬように手をあげたかと思うと、アリーナの反対側にいるフランドローへ鋭く声をかけた。相手はすっかり驚いている。

「だめだ、だめだ！　やめるんだ！」

しかし、フランドリンの声がそれを圧倒した。

「準備してくれ！」

観客が息を呑むなか、フランドリンは振り返った。台のうえには可動式のバーがあり、ソケットにはまっている。それを持ちあげるとブランコの振れ幅が大きくなり、より危険になるという仕掛けだ。ブランコのバーを摑み、空中に放り出す。ロープの速度があがり、天井に触れるのではないかというほど大きく振れた——振り切れるほどの勢いだ。やがて戻ってきたブランコのバーを摑んだかと思うと、フランドリンは虚空に飛び出した。

その様子は投石機から発射された石のようだった。最初に宙返りをし、ツイストに移る。それから再び同じ動きを決め——奇跡中の奇跡だ——フランドローの手のひらに乗った。

ダブルツイストを決めたのだ！

初日のアリーナを埋め尽くす観客は絶叫しながら足を踏みならし、鋼鉄のトラスが落ちるほどの轟音を立てた。しかし、いつまでも続く賞賛の嵐のなか、フランドリンは何も見えず何も聞こえないかのようだった。

はしごのうえに立つフランドリンの目は、旗がひらめくアリーナの出入り口を向いていた。その視線の先を追うと、黒いマントを羽織る小柄な身体が見えたような気がした。

フランドリンもそれを見ていたに違いない。一礼した相手は、現実そのものの誰かだ。そしてフランドリンは、キスを投げた。

訳者あとがき

本書はアンソニー・アボット著“About the Murder of the Circus Queen”の全訳である。当論創ミステリーシリーズで『世紀の犯罪』が六月に刊行されたばかりなので、屋上屋を架すことになってしまうが、まずは著者アンソニー・アボットについて簡単な紹介を。

About the Murder of the Circus Queen（1932,Covici Friede）

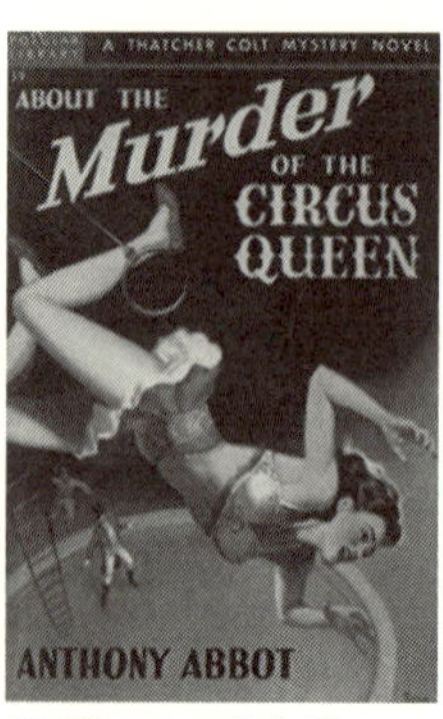

“A Thatcher Colt Mystery Novel” About the Murder of the Circus Queen（1948,Popular Library）

アボットの本名はフルトン・アワスラー。一八九三年に生まれ、一九五二年に没するまで雑誌編集者を務めるかたわら、アンソニー・アボット名義のものを含め十数作のミステリーを著わした。アンソニー・アボットがニューヨーク市警察本部長サッチャー・コルトの部下として語り手を務めるシリーズは比較的高い評価を得ている。

一九三二年に刊行された本作はマディソン・スクエア・ガーデンを舞台とし、演技中のサーカスクイーンが謎の死を遂げるというところから物語が始まる。衆目環視のなかで行なわれた一見不可能な殺人事件、そして続いて起きた密室殺人を、サッチャー・コルトがいかに解決していくかが本作の見所である。トリックには多少強引なところも見られるが、張られた伏線から真犯人にたどり着くのは比較的難しくなく、エンターテインメントとして見れば及第点といったところだろうか。とりわけ本作に怪奇さを加えているのが、「ウバンギ族」なるアフリカの原住民である。作中で触れられているように、彼らはあるフランス人医師によってアメリカに連れてこられ、見世物にされた。その行為と作中における彼らの描写は、まあ今日の倫理観では許容できないものだろうが、原作の時代背景を考えて原文通りに訳している。もちろんネガティブな描写だけでなく、彼らの独特で愛すべき一面も作中には描かれているので、それも楽しんでいただきたい。

次に本作の舞台となったマディソン・スクエア・ガーデンだが、ウィキペディアの英語版記事によると、マディソン・スクエア・ガーデンは四度移転している。最初のものは一八七九年に建設され、作中に名前が登場する興行師P・T・バーナムにリースされたものの、屋根がないなどの理由で一八九〇年に取り壊された。ちなみに「マディソン」の由来は第四代合衆国大統領ジェイムス・マディソンである。二代目のガーデンは一八九〇年に建設され、一九二五年まで使われた。その後、当初の場所から移転し、八番街と四九番および五〇番通りに面した場所に建設される。これが本作刊行時のマディソン・スクエア・ガーデンである。三代目の建物は最大一万八千名あまりを収容可能な六一メートル×一一四メートルのアリーナを擁し、サーカスのほかボクシングの興行などでも使われた。そして一九六八年に現在のガーデンが完成したのに伴い、三代目の建物は取り壊された。なお現在のガーデンは八番街と三一番〜三三番通りに面した場所にあり、三代目ガーデンの跡地には超高層ビルワールド・ワイド・プラザがそびえている。

さて、本作はサーカスの公演中に第一の殺人が発生するという筋書きだが、モチーフとなったであろうサーカス団が実在する。これも作中でちらりと言及されているが、『リングリング・ブラザーズ・アンド・バーナム・アンド・ベイリー・サーカス』がそれである。このサーカス団はリングリング兄弟がバーナム・アンド・ベイリー・サーカスを買収する形で誕生したものの、一九一九年まではリン別々に公演を行なっていた。その後の大恐慌と第二次世界大戦を生き延び、長きにわたって活動したが、動物愛護運動の高まりから象の見世物が不可能となり、その結果、二〇一七年に解散した。リングリング・ブラザーズ・アンド・バーナム・アンド・ベイリー・サーカスは専用のサーカス列車を所有しており、千名以上のスタッフと数十匹の象を擁していた。また謳い文句は「地上最大のショウ（The Greatest Show on Earth）だが、このタイトルの映画がチャールトン・ヘストン主演で一九五二年に制作されている。

最後に、前訳書と重複になるが〈サッチャー・コルト〉シリーズの長編作品リストを挙げる。

1. "About the Murder of Geraldine Foster"［英題・The Murder of Geraldine Foster］（一九三〇）
2. "About the Murder of Clergyman's Mistress"［英題・The Crime of the Century］（一九三一）『世紀の犯罪』（黒白書房、一九三六）、『世紀の犯罪』（論創社、二〇一九）
3. "About the Murder of the Night Club Lady"［英題・The Murder of the Night Club Lady］（一九三二）

4. "About the Murder of the Circus Queen"［英題・The Murder of the Circus Queen］（一九三二）『サーカス・クイーンの死』（論創社、二〇一九）本書

5. "About the Murder of a Startled Lady"［英題・Murder of a Startled Lady］（一九三二）

6. "About the Murder of a Man Afraid of Women"［英題・Murder of a Man Afraid of Women］（一九三七）

7. "The Creeps"［英題・Murder at Buzzards Bay］

8. "The Shudders"［英題・Deadly Secret］（一九四三）

訳者記す

二〇一九年八月

『サーカス・クイーンの死』はなぜ「幻のポケミス」に選ばれたのか？
――または、アンソニー・アボットのオカルティズム

横井　司（ミステリ評論家）

早川書房が一九五三年から刊行を開始したハヤカワ・ポケット・ミステリ・ブックス（通称ポケミス）は、創刊二年目の一九五五年七月に刊行されたパット・マガー『被害者を探せ』の巻末で、「第一期全100巻」の既刊リストを掲げたあとに、何の説明もなく、作品と作者名をずらずらと並べたリストを10ページにわたって掲載している。これが後年、海外ミステリ・ファンの間で「幻のポケミス」リストと呼ばれるようになって、実際に刊行されたものや、他社から刊行されたものをチェックしたり、未訳のままに終わった作品の内容や事情を想像したり穿鑿したりする楽しみを与えることも、しばしばだった。現在そのリストは「藤原編集室通信／本棚の中の骸骨」においてネット上に公開されており[1]、それを見ていると、国書刊行会の〈世界探偵小説全集〉の刊行から始まった海外クラシック・ミステリの紹介が、「幻のポケミス」リスト掲載作品をかなりの数にわたって埋めてきたことがうかがえて、興味が尽きない。

その「幻のポケミス」リストのトップにあがっているのが、作家事典のトップにあげられることをもくろんでペンネームを作成したといわれるアンソニー・アボット（「幻のポケミス」リストでの表記は「アントニイ・アボット」）であるから、アボットの意図はさしあたりそこで見事に反映された

ことになる[2]。そしてアボットの作品としてリストにあがっていたのが、論創海外ミステリ既刊の『世紀の犯罪』(一九三一)と、今回訳された『サーカス・クイーンの死』(一九三二)の二作であった。『世紀の犯罪』は、戦前に抄訳されており、その完訳版を出そうという意図であったことは、容易に想像できる。もっとも、出来が悪ければ完訳を出そうとは考えられなかったろうが、例えばサザランド・スコットは『現代推理小説の歩み』(一九五三。以下、引用は長沼弘毅訳、東京創元社、一九六一から)で「彼の作品のうちで、もっともすぐれたものといってよいであろう」と述べている。ジャック・バーザン&ウェンデル・ハーティグ・テイラー編著の *A Catalogue of Crime*(一九七一)では、ビル・プロンジーニ&マーシャ・マラー編著 *1001 Midnights: The Aficionado's Guide to Mystery and Detective Fiction*(一九八六)でも、代表作として選ばれている。

それに対して『サーカス・クイーンの死』がポケミスの収録候補作となった事情は、よく分からない。発表の翌年に映画化され[3]、日本では《十三日の殺人》*The Circus Queen Murder* という邦題で公開されたからかとも思われるが、*About the Murder of the Night Club Lady* も《ナイトクラブの女》*The Night Club Lady* という邦題で公開されているのだから、そちらが選ばれても良かったわけで、あまり説得力が感じられない。その他に理由として考えられるのは、もしかしたら井上良夫の評価(というか期待)が反映しているのかもしれない、ということくらいだ。

井上良夫が、雑誌『ぷろふいる』に一九三三(昭和八)年九月号から翌年八月号まで連載した「英米探偵小説のプロフィル」は、「作の新しいと古いとには関係なく、私が比較的最近に読んだもののうち、何らかの点でご紹介の価値が有ると思われるものに就いて、雑談的に読後感や批評などを書いてみよう」という意図で始められたものだが、その第一回でアンソニー・アボットの *About the Murder of Geraldine Foster*（一九三〇）と *About the Murder of the Night Clib Lady* が取り上げられている。そこで井上は両書を紹介したあと、次のように書いている（右および以下の引用は『英米探偵小説のプロフィル』国書刊行会、一九九四による）。

近作の第四話は「サーカス・クイーン殺害事件」で、世界的な女空中曲芸師が、数千の観客を前にして、息のつまるような空中曲芸中、突如、叫び声を上げて墜落してしまう……という発端であるが、殺人の場所に新味を出そうとして、劇場が選ばれ、病院が選ばれ、百貨店のショー・ウィンドウまでが持出されている折柄、サーカスの大天幕とは仲々面白そうに思われる。

第三話の「ナイト・クラブ・レディ」を第一話の「ゼラルディン・フォスター」に較べて、作者の筆の進歩振りを見ると、或はこの作など相当よい物かも知れない。

残念ながら、井上が『サーカス・クイーンの死』を読み得たかどうかは分からない。読んだらどのような感想を抱いたかと想像してみるのも一興だろう。ちなみに『世紀の犯罪』については、「クライム・オブ・センチュリイ」がサッチャー・コルト・シリーズの「第二話」であると書かれているだけで、感想などはひと言も述べられていない。『世紀の犯罪』の本邦初訳は連載終了後の一九三六年だが、それ以前に井上が読み得たかどうかも不明である。

井上良夫は *About the Murder of Geraldine Foster* について「物語の内容は簡単至極、少しもドラマチックな所がなく、藁人形が緋縅（ひおどし）の鎧を着て出て着（ママ）たかの感が強い」と評し、それに比べると*About the Murder of the Night Clib Lady* は「息のつまるようなミステリから端を発した物語」が「グングンと最後まで引張っていく」し、「『ゼラルディン・フォスター』に比較すると、どの点から見ても遥かによく書けている」と述べ、「私自身、引張られてしまって、いつになく早く読み上げた」と書いている。

井上は、アボットがS・S・ヴァン・ダイン的な本格探偵小説の流行に影響を受けている、というより「迎合している」と、今日に通ずるような評価を与え、「一九三〇年度のアメリカの小説界で断然一位の売行を示した」ことを紹介しつつ、「今のところ決してヴァン・ダインやクイーン級に伍し得る手腕を持った作家でない」と難詰し、「ヴァン・ダインやエラリイ・クイーンのものの良さが、果してアメリカの読者に広く理解されていたかどうか、頗る怪しいと思う」と書いているのが興味深い[4]。これに拠って見るに、要するにアボットの作品は筋の面白さや舞台の派手さに興味が偏った通俗的な作風であると井上はいっている、と解釈することもできるだろう。

このように見てくると、井上が評価したから「幻のポケミス」リストにアボットの『サーカス・クイーンの死』が加えられたのではないか、という想像も、いささか怪しくなってくると思わざるをえないようだ。しかし、井上は *About the Murder of the Night Clib Lady* について「悪口は云っているものの」「引張られてしまって、いつになく早く読み上げた」と書いており、そのリーダビリティーには一目置いていたと考えるべきだろう。

ちなみに、日本で公開された映画の評判が良くて「幻のポケミス」リストに選ばれたと思えないのは、《ナイトクラブの女》も映画化されているから、ということの他に、映画の出来栄えがさほど良いとは思えないからでもある。

《十三日の殺人》の映像は現在YouTubeで全編が公開されており[5]、観ることができるので、興味のある方は御覧になってみることをお勧めしたい。字幕は英語のみだが、北島明弘『世界ミステリー映画大全』（愛育社、二〇〇七）あるいは英語版Wikipedia[6]を始め、映画.com[7]やMovie Walker[8]など、ネット上にアップされているあらすじの紹介と併せて鑑賞すれば、だいたいの雰囲気はつかめるはずである（映画紹介サイトのあらすじでは、いずれも結末が明かされているので、ご注意あれ）。

映画でもサーカスを舞台としているものの、原作がマディソン・スクエア・ガーデンでの公演が描かれているのに対して、地方巡業のサーカス・テントでの公演を描いており、そのため原作の興味の中心といっていい衆人環視下の殺人トリックは、まったく採用されていない。また、真犯人の設定も異なり、単なる情痴殺人として処理されている点も気になる。

というわけで、なぜ「幻のポケミス」リストに『サーカス・クイーンの死』がラインナップされることになったのか、よく分からず、あるいはポケミスをセレクトするブレーンの中に原作を読んだ人間がいて、衆人環視下の殺人トリックの創意が注目されたのかもしれない。

こうしたトリック趣味は、アボットが本名のフルトン・アワスラー名義で発表したとされる短編「深紅の腕」[9]にも顕著なのだが、それだけでなく、「深紅の腕」の犯人の行動原理なり設定なりは、かなり『サーカス・クイーンの死』のそれに近いものが感じられる[10]。

『サーカス・クイーンの死』の読みどころは、右に述べたような殺人トリックの面白さと犯人の意外性、そしてサーカスの公演を背景としていることといっていいだろう。サーカスを背景とするミステリについては、論創海外ミステリ既刊のクリフォード・ナイト『〈サーカス・クイーン号〉事件』（一九四〇）の解説でもふれたので、ここでは繰り返さないが、ただひとつ、サザラント・スコットが前掲の『現代推理小説の歩み』において、サーカスを背景とした作品として、クレイトン・ロースン『首のない女』（一九四〇）、アンドルー・スピラー *Phantom Circus*（一九五〇）とともに、『サーカス・クイーンの死』をあげていることを付け加えておきたい。

ロースンの『首のない女』は、最近になって新訳が上梓されたので（白須清美訳、原書房、二〇一九）、読み比べることが容易になったが、同じくサーカスを背景としていても、見世物として連れてこられたアフリカ人たちの描き方において、本書とロースン作品とでは顕著な違いが見られる。本書の場合、当時としては典型的な、しかし現在では通用しない、偏見に満ちた、差別的だといわれかねない描き方ではあるのだが、現在の視点からすると、かえって先鋭的ともいえる特徴が見出せなくもないのだ。以下、その点についてふれていくことにする。犯人の正体やトリックにはふれないが、物語の結末について言及せざるを得ないので、まっさらな状態で作品を楽しみたい方は、読了後に読まれることをお勧めする。

『サーカス・クイーンの死』開巻早々の第二章で、興行主（団長）のロビンソン大佐に舞台裏を案内された際、語り手のアンソニー・アボットは、「驚異と不思議の国の人々」という見世物のために連れてこられたアフリカ人たちを見て、次のような感想を抱いている。

我々がいま立っているのは「驚異と不思議の国の人々」という見世物の前、正面には顎の高さほどの足場があり、余興のメインであるウバンギ族たちが立っていた。全部で九人いて、女性が五人、男性が四人である。フランス領赤道アフリカの隔絶された三角地帯からここニューヨークへ連れて来られたこれら風変りな人たちを見るのは、これが初めてだった。女性の口にはめ込まれた大きな円盤は、顔を醜く見せることで、他の有力部族の人さらいから彼女らを守るためだという。アヒルのような嘴と、円盤をはめ込まれた唇を持つこれらウバンギ族の女性たちは、悪魔学の古い書物に見られる巨大な怪物のようだと言われているが、それももっともなことだと思った。

ロビンソン大佐の説明によれば、彼らは「チャド湖の南、チャリ川沿いの出身」で「部族独特の言葉」と「ピジン・フランス語の一種」を話すとのことで、アボットが描写した九人の他に、イギリスで教育を受けた英語の読み書きができる呪術師がいるという。女性の口唇に円盤がはめ込まれているという描写から、エチオピアのムルシ族（あるいはスリ族）の人々をモデルにしているのは明らかであろう。もともとアメリカのサーカスは博物館的な見世物と曲馬的サーカスとが融合した「娯楽と教育とを一つにした（あるいは少なくともそう宣伝する）文化機関」であり、「この世の驚異を具体的に教えてくれる機関」としての性格を持ち合わせていた（引用は亀井俊介『サーカスが来た！――アメリカ大衆文化覚書』平凡社ライブラリー、二〇一三から）。ロースンの『首のない女』にも、アフリカ人や異形の者たちの見世物小屋の存在がフィーチャーされていたが、ここまで具体的に描かれることはなかった。

『サーカス・クイーンの死』に特徴的なのは、そうした描写の詳しさだけでなく、サーカス・クイーンを殺害した犯人に対して、彼女を「善き人」として慕ってウバンギ族の人々が、「部族には独自の法があり、自分たち自身が警察で、陪審で、そして判事なんだ」と考え、祈禱の儀式を行ない、その「黒魔術」によって犯人を罰しようとしていることだ。そのときサッチャー・コルトは、通訳を介し、呪術師と次のようなやりとりをする。


「ここはニューヨークであってジャングルじゃない。きみらの国でニューヨーク市警は無力だろうが、この国できみらのやり方は通じない」

「神はどこにいらしても、決して無力などではない。これ以上話しても無駄だ」

「白人の警察はいま困惑している。ジャングルに住む太陽と月と森の神が助けてくれるなら、我々は深く感謝する。しかし、我々にも神はいる。指紋、そして無線機つきのパトカーという神だ。どうだろう、我々の神の贈り物と、きみらの神の贈り物を交換してみては」

「その提案を聞こう」

「この犯罪についてきみらが知っていることと引き換えに、我々が知っていることを残らず教えよう」（引用は第十五章から。一部省略したが、煩瑣になるため省略部分は示さなかった。諒とされたい）

コルトがウバンギ族のやり方をそれなりに受け入れるのは、情報を引き出すための駆け引きとも読めるが、ニューヨーク市警の科学的な方法とウバンギ族の呪術的な方法とを同等のものと見なすラディカルな視点には驚かされる。そして興味深いのは、コルトが真犯人を告発し終わった瞬間、真犯人が毒矢を撃たれて絶命すること、しかも「誰が毒矢を撃ったのかはいまだに謎のまま」で終えていることだ。そうした怪異は実は怪異ではなく、語り手が明かさないだけで、実際にはウバンギ族が自らの法を実行したのだろうと読み手は想像するのだが、最終章（第十八章）は、そういう解釈を許さないように思われる。被害者であるサーカス・クイーンの「亡霊」が夫の演技を観ており、スピリチュアルな交感によって、夫が難しい演技に成功したかのように語って幕を下ろすからである。つまり最終章では、オカルティックな要素が謎解きミステリの世界に侵入してきているかのようなのだ。これを単なるメロドラマ的な仕掛けに過ぎないと見なしていいものかどうか。

　当時のアメリカ・ミステリは、たとえばＣ・デイリー・キングのように、オカルト趣味や超常現象と謎解きミステリとの融合を拒まなかった作家が多い。キングの短編集『タラント氏の事件簿』がまとめられたのは一九三五年である。同じ年、ヴードゥー教をモチーフにしたマイク・ロスコウの『死の相続』が上梓されているし、ディクスン・カーの問題作『火刑法廷』は一九三七年の刊行だ。アンソニー・アボットの『サーカス・クイーンの死』は、それらに比べれば微温的な、あるいは通俗的な内容かもしれないが、そうした異端ともいうべきミステリの系譜に位置づけられる要素は充分に持っているといえるのではないか。こうした系譜の鼻祖は誰かと見極めるのは難しく、それこそ黄禍を背景とした通俗ミステリまで見渡せば山ほど見つかりそうだが、本格ミステリという文脈ではＴ・Ｓ・ストリブリングの『カリブ諸島の手がかり』（一九二九）や、Ｓ・Ｓ・ヴァン・ダインの『グリーン家殺人事件』（一九二九）、『カブト虫殺人事件』（一九三〇）あたりが、その嚆矢といえるかもしれないし、そこからさらにＣ・Ｂ・クレイスンの『チベットから来た男』（一九三八）を経て、Ｊ・Ｔ・ロジャーズの『赤い右手』（一九四五）の出現を用意した土壌を垣間見させてもくれるのである。

英語版 Wikipedia のフルトン・アワスラーの項目[11]によれば、子どもの頃は読書とステージ・マジックが情熱の対象だったアワスラーは、十五歳のときに不可知論者であると宣言したらしいが、さまざまなパルプ雑誌に小説を書き始めた頃は魔術師と魔法をプロットに取り入れていたし、一九二〇年代には、降霊術などのいかさまを暴くハリー・フーディーニの活動に共鳴し、サムリ・フリケル Samri Frikell という筆名で著述活動に従事したらしい。また一九三五年には中東を旅行して聖地に対する懐疑論者となったが、ナチズムと共産主義への脅威からキリスト教的な倫理に惹かれていき、一九四三年にバプテスト（プロテスタントの一派）からローマ・カトリックに改宗したという。一九四九年に『偉大なる生涯～たぐひなき物語～』というイエス・キリストの伝記を書き上げたのは、こうした経緯によるものだが、中東旅行以前に『サーカス・クイーンの死』で描かれたような、異教を肯定するかのような（ないしは、必ずしも短絡的には否定しない）作品を書き上げていたのは興味深い。単に読者に「迎合」した結果かもしれない可能性はあるとはいえ、アワスフーの経歴を鑑みれば、本作品が特異な位置を占めるのは間違いあるまい。また本作品を補助線として、アメリカ・ミステリのひとつの潮流ないし傾向を見出すことが可能であるという意味でも、重要な作品だといえるのである。

註

（1）http://www.green.dti.ne.jp/ed-fuji/column-pocket.html

（2）「藤原編集室通信／本棚の中の骸骨」のリストは五十音順に並び替えられているので、フランシス・アイルズとアーサー・アップフィールドの後になってしまっている。ちなみに海外の作家事典でも、エドワード・S・アーロンズ Edward S. Aarons という作家が登場したことで、アボットの意図は実現しないことになってしまった。

（3）映画のオープニングでは From the LIBERTY MAGAZINE STORY／by ANTHONY ABBOTT とクレジットされているので調べてみたところ、週刊誌『リバティ』に一九三二年九月二十四日号から同年十一月二十六日号まで十回にわたって連載されたことが分かった。既刊の単行本を再連載したものか、連載後に単行本化されたものかは不詳だが、映画のオープニングでクレジットされているということは、連載後に単行本化されたものと判断できるだろうか。ちなみに当時、『リバティ』の編集に携わっていたのはフルトン・アワスラー、すなわちアンソニー・アボットであった。

（4）森英俊編著『世界ミステリ作家事典【本格派篇】』（国書刊行会、一九九八）によれば、チャールズ・シバックやドナルド・ラッドなど「クイーンにはおよばないまでも」「ヴァン・ダインを上まわるという評価を与えている評論家もいる」という。もっとも「クイーンにはおよばない」というのが、シバックやラッドの意見なのかどうか、文脈からは判断しづらいところだが。

（5）https://www.youtube.com/watch?v=ucOLT6ZnMKs

（6）https://en.wikipedia.org/wiki/The_Circus_Queen_Murder

（7）https://eiga.com/movie/61257/

（8）https://movie.walkerplus.com/mv4385/

（9）森英俊編著『世界ミステリ作家事典【本格派篇】』〔註（2）前掲〕では、ジョン・アーヴィング・

ピアーズ・ジュニアとの共作で『ブラック・マスク』一九二〇年六月号に発表した The Hand of Judas が原作だと確定されている。邦訳は『新趣味』一九二二年六月号にジー・エフ・アワースラー作、青木羊太訳として掲載されたものが、火野錫訳と改められてアルス・ポピュラアー・ライブラリー第一巻『深紅の腕』（アルス、一九二四）に収められた。単行本収録の際もアワースラーのみが作者として表記されている。ピアーズとの共作だとすれば、邦訳時にアワースラーとともに記名されたのではないかと思われるのだが、詳細は不詳。

（10）実をいえば *About the Murder of the Night Clib Lady* は「深紅の腕」のプロットを流用しているのではないかと想像しているのだが、残念ながら私家版として出ている同作の翻訳（ＲＯＭ叢書）を読むことができなかったので、ここではそういう疑念を持っていることを記しておくことにとどめ、後日を期したい。

（11）https://en.wikipedia.org/wiki/Fulton_Oursler

＊

●参考文献・サイト（本文および註にあげたもの以外）

長谷部史親「フルトン・アワスラーの生涯とその著作」『探偵小説談林』六興出版、一九八八

阿部太久弥「アバウト、アンソニー・アボット」『世紀の犯罪』論創社、二〇一九

William G. Contento & Phil Stephensen-Payne ed. *The FictionMag Index* (http://www.philsp.com/homeville/fmi/0start.htm)

Allen J. Hubin. *Crime Fiction III: A Comprehensive Bibliography, 1749-1995*

なお、海外ミステリの基本的文献として参照されることの多い *Twentieth-Century Crime & Mystery Writers*（一九八〇）では、アボットの項目が載っているのは、版元が St. Martin's Press だった第二版（一九八五）までで、St. James Press に変わった第三版（一九九一）以降は掲載されておらず、英米におけるアボットの受容の変遷を偲ばせる（なお、*Twentieth-Century Crime & Mystery Writers* でアボットの項目を執筆しているのが、森英俊が『世界ミステリ作家事典【本格派篇】』のアボットの項目で言及しているチャールズ・シバック Charles Shibuk である）。いま現在、アボットを最もリスペクトしているのは、日本の海外ミステリ愛読者だといえるのかもしれない。

〔著者〕
アンソニー・アボット
本名チャールズ・フルトン・アワスラー。1893年、アメリカ、メリーランド州ボルチモア生まれ。法律を学んだのち、リポーターの仕事や様々な雑誌の編集をしながら執筆活動を始めた。敬虔なバプティストの家庭に育ち、宗教関係の著作が多数ある。1949年に刊行されたイエス・キリストの伝記『偉大なる生涯～たぐひなき物語～』はベストセラーとなり、200万部以上売れた。1952年死去。

〔訳者〕
熊木信太郎（くまき・しんたろう）
北海道大学経済学部卒業。都市銀行、出版社勤務を経て、現在は翻訳者。出版業にも従事している。

サーカス・クイーンの死（し）
——論創海外ミステリ 242

2019年9月20日　初版第1刷印刷
2019年9月30日　初版第1刷発行

著　者　アンソニー・アボット
訳　者　熊木信太郎
装　丁　奥定泰之
発行人　森下紀夫
発行所　論 創 社
〒101-0051 東京都千代田区神田神保町 2-23 北井ビル
TEL:03-3264-5254　FAX:03-3264-5232　振替口座 00160-1-155266
WEB:http://www.ronso.co.jp

印刷・製本　中央精版印刷
組版　フレックスアート

ISBN978-4-8460-1869-6
落丁・乱丁本はお取り替えいたします